MENSCH RUDOLF
»Du komischer Vogel«

Rudolf Vogel

MENSCH RUDOLF
»Du komischer Vogel«

Erinnerungen an eine umstrittene Zeit

1924 bis 1948

Bibliografische Information der Deutschen Bibliothek:
Die Deutsche Bibliothek verzeichnet diese Publikation in der Deutschen
Nationalbibliografie; detaillierte Daten sind im Internet über
<http://dnb.ddb.de> abrufbar.

© 2006 Rudolf Vogel
Herstellung und Verlag: Books on Demand GmbH, Norderstedt
ISBN 3-8334-4591-2

Inhalt

Vorwort des Verfassers

Der Sinn einer Autobiographie besteht bekanntlich darin, Erlebnisse und Erfahrungen des eigenen Lebens niederzuschreiben. Jeder Mensch hinterläßt Spuren, deren Aufzeichnungen ihn vor dem Vergessen bewahren. Leider wissen wir meistens nur wenig über unsere Eltern, Großeltern und Vorfahren, die auch in ihrer Zeit ungewöhnlich interessante Dinge erlebt haben, welche Stoff für Romane bieten und ihnen, rechtzeitig für die nachfolgenden Generationen festgehalten, Denkmale hätten setzen können. Einige familiäre Aufzeichnungen aus ihrer Vergangenheit konnte ich für mein Buch verwenden.

Aus diesen Überlegungen heraus, nicht zuletzt aber auf wiederholte Bitten von Familienangehörigen habe ich im Alter von 80 Jahren diesen Teil meiner Memoiren verfaßt, die natürlich subjektive Interpretationen der persönlichen Erlebnisse und Wahrnehmungen sind. Dabei war ich auch mir selbst gegenüber um wahrheitsgemäße Darstellung bemüht und habe keine Rücksicht auf den Zeitgeist genommen, der ständig Teile unserer geschichtlichen Vergangenheit im Sinne einer sogenannten politischen Korrektheit zu manipulieren versucht: Freie Meinungsäußerung ja, aber nur im Rahmen des Erlaubten!

Das gebe ich denjenigen Lesern zu bedenken, die an Passagen dieses Buches Anstoß nehmen, welche nicht in ihr persönliches Weltbild passen sollten.

Familie und Kindheit

Am 25. August 1924 im Sternzeichen Jungfrau geboren, soll ich in Gegenwart von Zeugen unsere interessante, problematische Welt mit einem überlauten Schrei begrüßt haben, womit schon bei Lebensbeginn meine große Klappe dokumentiert wurde.

Man bezeichnete mich als ein pflegeleichtes Kind, was jedoch nur bis zum Ausbruch der Pubertät, früher als Flegeljahre bezeichnet, galt und sich dann in das Gegenteil kehrte. Die anfängliche Bescheidenheit fand wahrscheinlich ihren Grund in der Frage der Freundinnen meiner Mutter: »Wie kommt diese schöne Frau zu einem so häßlichen Sprößling?«

Meine Mutter, Clara Aldenhoff, genannt Cläre, war auch nach unseren heutigen Vorstellungen eine schöne Frau, charmant, intelligent, gebildet, klug, parkettsicher, egoistisch und eine perfekte Intrigantin. Sie besaß eine beachtliche Ausstrahlung, mit der sie durchsetzte, was sie wollte oder auch nicht wollte.

Sie rauchte bis ins hohe Alter wie ein Schlot und trug damit zu stabilen Aktienkursen der Zigarettenindustrie bei.

Im Gegensatz zu meiner unter ständigen Spannungen mit ihr leidenden Schwester liebte ich sie sehr und übersah, allerdings ungern, ihre Neigung zu alkoholischen Getränken und die daraus resultierenden sporadischen Störungen des häuslichen Friedens, zumal ich daran als heimlicher Besitzer eines Zweitschlüssels des väterlichen Weinschrankes, der gelegentlich in erpresserischer Weise eingesetzt wurde, nicht ganz unschuldig war.

Im übrigen hielt sie der Geist des Weines bis ins gehobene Mittelalter offensichtlich jung. Mit Verblüffung registrierte ich als Soldat im Urlaub während einer gemeinamen Straßenbahnfahrt die Frage eines Kameraden, wo ich diese tolle Puppe aufgegabelt hätte.

Ihren Kriegsdienst leistete sie als Leiterin einer Wehrmachtsbetreuungsstelle des Roten Kreuzes mit besonderem Engagement, nicht zuletzt aber wohl wegen ihrer Zuständigkeit für die damals rationierten Zigarretten- und Getränkevorräte.

Mit der Vorliebe für den Alkohol setzte sie ein untaugliches Mittel ein, um die Enttäuschung über den unglücklichen Verlauf ihrer Ehe zu betäuben. Diese blieb dennoch scheidungsfrei, weil sich die Eltern aus Rücksicht auf uns Nachwuchs arrangierten und beide unter Wahrung des Dekorums ihre eigenen Wege gingen.

Cläre zeigte bis ins hohe Alter bei den unpassendsten Gelegenheiten bemerkenswerte Reaktionen. Als ich, durch die telefonische Schreckensmeldung alarmiert, der Dachstuhl ihrer Wohnung brenne und sie weigere sich hartnäckig, das Haus zu verlassen, unter Mißachtung der Geschwindigkeitsvorschriften zum Tatort fuhr, empfing sie mich inmitten von Wasserkaskaden, in der rechten Hand fröhlich ein Cognacglas schwenkend, in der Linken die unvermeidliche Zigarette, mit den Worten: »Junge, so etwas Interessantes haben wir noch nie erlebt.«

Sie überstand den Brand ohne jeden Ansatz einer Gefühlsregung, getreu ihrem Motto, demzufolge sich eine Dame selbst dann nicht umzudrehen habe, wenn hinter ihr eine Bombe detoniert.

Als sie anläßlich einer Operation narkotisiert werden sollte, sagte sie auf dem OP-Tisch liegend zum Chefarzt:»Herr Professor, Sie sollten Ihre Hose mal bügeln lassen!« Die Anekdoten ließen sich fortsetzen. Sie war einmalig. Nachdem sie, alle Warnungen mißachtend, im Alter von 86 Jahren an Lungenkrebs verstorben war, versetzte sie uns post mortem einen letzten Schock. Als ich im Krankenhaus die nach ihrem Tod zu treffenden Maßnahmen besprechen wollte, eröffnete mir der Stationsarzt, sie befände sich bereits in der Medizinischen Hochschule, der sie ihren Körper zu wissenschaftlichen Zwecken vermacht habe. Als Gegenleistung würden die Kosten für Trauerfeier, Einäscherung, Bestattung und Grabpflege übernommen. Zum Beweis legte er einen zu ihren Lebzeiten heimlich abgeschlossenen Vertrag vor. Bei der Vorstellung, was sie dort alles mit ihr anstellen würden, traf mich fast der Schlag. Nach zwei Jahren wurde uns die Urne in einem schwarz ausgelegten Raum übergeben. Dort roch es sehr stark nach Rauch. Wir deuteten das fälschlich als Zeichen ihrer Identität mit den sterblichen Überresten, bis wir herausfanden, daß einer der Friedhofsangestellten dort seine Zigarrettenpausen zu verbringen pflegte.

Claras Grab befindet sich auf dem Laher Friedhof in Hannover.

Mein Vater, Dr. rer. pol. Rudolf Vogel II., war stolz auf die sein Gesicht verunzierenden Schmisse, welche er sich dem damaligen Zeitgeist entsprechend als Korpsstudent mittels eines Säbels verpassen ließ. Er war ein im Ersten Weltkrieg als Offizier schwer verwundeter, mutiger und entschlossener Mann, was die folgende Geschichte belegt.
Nach Entlassung aus der kaiserlichen Armee holte sein Bruder, mein Onkel Fritz, ihn am Bahnhof Friedrichstraße in Berlin ab. Es herrschte Revolution. An der Sperre standen Arbeiter- und Soldatenräte mit roten Armbinden, Gewehrlauf nach unten, die den in Uniform heimkehrenden Soldaten die Rangabzeichen und Auszeichnungen abrissen. Als mein in vollem Ornat die Treppe herabschreitender Vater das bemerkte, lud er seine Pistole durch und zeigte mit der Mündung auf seine Stiefel, in denen zwei Stielhandgranaten steckten. Er kam unbehelligt nach Haus und zog erst dort seine Uniform aus, die er allerdings kurze Zeit später als Freikorpsteilnehmer an den Kämpfen in Schlesien wieder aus dem Schrank holen mußte. Seine Mutter fand es gar nicht komisch, daß er die Handgranaten in ihrem Wäscheschrank versteckte.

Er war Jäger und ein anspruchsvollen Wein und gutes Essen liebender Gourmet, was nicht ohne figürliche Deformationen blieb. Seine dem damaligen Modetrend entsprechende Glatze fand ich nicht besonders ansprechend. Als ehemaliger Wandervogel war er ein leidenschaftlicher Spaziergänger mit Tagesleistungen von oft mehr als 30 km, die er, ständig Selbstgespräche führend, ermüdungslos absolvierte.

Für seine Umgebung war er als autoritärer und widersprüchlicher Charakter nur schwer erträglich, zumal ihm jeder Humor fehlte. Er war ein glänzender Rhetoriker und Stilist, besaß einen ungewöhnlich hohen IQ, profilierte sich als wandelndes Lexikon und reagierte auf jedes Stichwort mit sachlicher Kompetenz. Seine Kurzantworten auf meine kindliche Neugier trafen den Punkt. Auf die Frage, was Kommunisten seien, erwiderte er: »Verbrecher!« Homosexuelle bezeichnete er als »Arschf...«, womit ich im Alter von fünf Jahren aber noch nichts anfangen konnte. Daran verschwendete er keinen Gedanken. Abgehakt! Die nächste Frage?

In den wilden Zwanzigern war er kurze Zeit Freimaurer-Mitglied der Loge »Zum Weißen Pferd« in Hannover gewesen. Nach zwei Jahren, 1929, verließ er diese Organisation, weil er nicht akzeptieren wollte, Weisungen von einem ihm unbekannten Oberen entgegenzunehmen. Daraufhin entging er mit Glück einem Jagdunfall, einer damals gängigen Methode, sich unerwünschter Personen zu entledigen. Obwohl sich dieses vor der nationalsozialistischen Machtergreifung abspielte, ergaben sich daraus unangenehme Spätfolgen. Wie viele seiner Altersgenossen war er 1933 in die NSDAP eingetreten. Man bezeichnete sie als Märzgefallene, was mit dem Eintrittsdatum nach der sogenannten Machtübernahme im Januar zusammenhing.

Als die Gestapo die längst erledigte Freimaurermitgliedschaft entdeckt hatte, schloß man ihn aus der Partei aus. Gleichzeitig verlor er einen seiner beiden Jobs, was das Einkommen halbierte und den Lebensstandard der Familie erheblich reduzierte. Obwohl er nach mehreren Jahren die Rehabilitierung erreichte, das Parteiabzeichen zurückbekam und sogar

Blockwart in Goldfasanenuniform, genannt Treppenterrier, wurde, war der finanzielle Schaden irreparabel. Familienprobleme ausgenommen, blieb er in der typischen Untertanenmentalität seiner im vorigen Jahrhundert geborenen Generation befangen. Die bestand mehrheitlich aus Konjunkturrittern mit entsprechenden Auswirkungen auf die damalige Politik.

Die Intelligenz des Vaters stand in krassem Gegensatz zu einer nur mangelhaft ausgeprägten Lebensklugheit. Obwohl Dritten gegenüber hilfsbereit und verantwortungsbewußt, dazu natur- und tierliebend, trug er bei Familienproblemen das berühmte Brett vor der Denkerstirn. Natürlich aus Teakholz! Selbst bei unbedeutenden Anlässen cholerisch reagierend, stieß er jeden vor den Kopf und schmiß mit dem Hintern alles um, was er mit seinem Geist aufgebaut hatte.

Im Nachlaß fand ich die Geburtstagskarte eines Freundes mit einem Gedicht. Es endete: »Ein Vogel sei kein Schreier, er lege besser Eier!«

Sein Spitzname »Berstender Volkswirt« traf den Nagel auf den Kopf. Er stand sich selbst im Wege und hätte bei seiner überdurchschnittlichen Begabung mit Selbstbeherrschung viel mehr als Syndikus von Verbänden erreichen können. Mein Verhältnis zu ihm war problemgeladen, im Grunde genommen eine klassische angespannte Vater-Sohn-Beziehung mit Neid auf den heranwachsenden Sprößling, der das Leben noch vor sich hatte. Einerseits besaß er meine Bewunderung, andererseits sah ich ihn lieber gehen als kommen, weil er ständig mein Selbstbewußtsein verletzte.

Als ich im Alter von zwölf Jahren auf dem Gymnasium in Schwierigkeiten geriet, versuchte er, anstatt rechtzeitig angemessen zu reagieren, wutentbrannt eine Lösung mittels Rohrstock und der Bemerkung, meine geistigen Fähigkeiten reichten nicht einmal für den Beruf eines Straßenfegers oder Müllkutschers aus, was er in den folgenden Tagen mehrmals wiederholte.

In meiner Gegenwart sagte er zu meiner Schwester: »Du besitzt leider nicht die Schönheit deiner Mutter. Zum Ausgleich dafür hast du aber im Gegensatz zu deinem Bruder meine Intelligenz geerbt.«
Als Reaktion auf diese Demütigungen begann ich, mich ihm innerlich zu verweigern.

Nach sechs Jahren Kriegsteilnahme und Gefangenschaft, gleichbedeutend mit dem erzwungenen Verzicht auf meine Jugend, entwickelte ich mit 25 Jahren seinen Vorstellungen widersprechende Zukunftspläne. Er hatte mir aus unserem Bekanntenkreis ein Mädchen als Ehefrau zugedacht, die Alleinerbin eines größeren Bauernhofes wurde, nachdem ihre beiden Brüder aus dem Krieg nicht zurückgekehrt waren. Ich vermutete, daß darüber zwischen den befreundeten Vätern vertrauliche Absichtserklärungen ausgetauscht worden waren. Wir besuchten gemeinsam die Landwirtschaftsschule in Hameln. Die väterlichen Pläne fanden wir lachhaft. Die Rolle eines einheiratenden Prinzgemahls war nicht mein Fall.

Nachdem ich dem alten Herrn meine Ablehnung in Verbindung mit der Mitteilung, daß die Dame bereits anderweitig gebunden sei, kundgetan hatte, brüllte er, ich solle gefälligst meinen beneidenswerten Charme einsetzen und das Mädchen abwerben. Es gäbe Männer, die ganze Königreiche erheirateten, wobei er Philipp Mountbatten meinte, der zur damaligen Zeit die spätere Königin Elisabeth II. ehelichte. Mein angeblicher Charme, noch dazu beneidenswert, war mir bis dahin gar nicht bewußt gewesen. Den folgenden lautstarken Krach beendete mein Vater mit der Bemerkung, es sei bedauerlich, daß ich Taugenichts im Kriege nicht gefallen sei. Nach dieser beleidigenden Entgleisung verließ ich auf der Stelle das Haus und brach die Verbindung zu ihm ab. Erst am Vorabend einer lebensgefährlichen Operation besuchte ich ihn auf Bitten meiner Mutter im Krankenhaus. Als sie das Krankenzimmer betrat, spottete er: »Morgen werde ich geschlachtet! Da kommt die Witwe Vogel!«

Seine Taktlosigkeiten waren bemerkenswert. Er starb im Alter von 59 Jahren an Krebs, hinterließ Schulden und eine nahezu unversorgte Frau. In Fehleinschätzung von Zukunftsrisiken und unter Mißachtung seiner eigenen Inflationserfahrungen von 1924 lehnte er Mitgliedschaften in Kranken-, Renten- und Sterbeversicherungen ab. Er beschränkte die Zukunftsfürsorge für seine Familie auf eine Lebensversicherung, in die er 25 Jahre lang hohe Prämien einzahlte. Sie wurde 1948, zwei Tage nach der Währungsreform im Verhältnis 1:10 abgewertet, fällig. Dieser Betrag reichte gerade aus, um sich nach Ausbombung und Verlust des gesamten Eigentums wieder einzurichten. Meine Mutter, die ihn um 32 Jahre überlebte, nach den bürgerlichen Regeln der damaligen Zeit Hausfrau ohne Berufsausbildung, mußte mühsam ihren Lebensunterhalt bestreiten. Das Geld reichte nie. Über 30 Jahre habe ich sie finanziell unterstützt, was mir besonders zu Beginn meiner Berufstätigkeit sehr schwer fiel und manchen Verzicht erforderte.

Das verdankte ich den Fehlleistungen meines Vaters, der, stolz auf seinen Doktortitel der Volks- und Staatswissenschaften, jeden an mich gerichteten Brief mit dem Satz »Dein Vater Dr. Rudolf Vogel« unterschrieb. Seine Handlungen bewiesen die alte Erfahrung, daß Genialität und Lächerlichkeit Geschwister sind und nicht selten hochintelligente Querköpfe diese Welt bevölkern. Trotz allem war er eine interessante, sympathische Persönlichkeit, der ich dafür dankbar bin, daß er mir in Krieg und Gefangenschaft ein guter, kameradschaftlicher Vater war.

Seine Urne wurde im Familiengrab meiner Großeltern mütterlicherseits in Georgsmarienhütte bestattet.

Die väterliche Familie lebte in Berlin. Mein Großvater Rudolf Vogel I. war gelernter Gürtlermeister, ein Beruf, den es heute nicht mehr gibt. Als Fabrikant wurde er ein wohlhabender Mann und residierte als eingefleischter Junggeselle im gutbürgerlichen Stadtteil Charlottenburg. Im Alter von 62 Jahren verführte er meine damals 22jährige Großmutter Bozena und zeugte dabei meinen Vater Rudolf II. Aus den Urkunden ist ersichtlich, daß er sie erst drei Tage vor dessen Geburt ehelichte. Mit dieser Heirat schockte er nicht nur die Familie, sondern drehte auch seinem jüngeren Bruder, einem betuchten Juwelier, genannt »Goldvogel«, der sich bereits lauthals verkündete Hoffnungen auf das brüderliche Junggesellenerbe gemacht hatte, eine lange Nase. Vier Jahre später verstarb er und hinterließ unserer damals 27jährigen Großmutter ein beträchtliches Vermögen, welches ihr das Leben einer lustigen Witwe ermöglichte.

Sie verliebte sich in einen Journalisten namens Friedrich Graf, den sie probeweise als Lebensgefährten in ihrer Wohnung aufnahm, zumal er sich mit seinem Stiefsohn, meinem späteren Vater, gut verstand und ihn nach Kräften förderte. Er war Journalist und Herausgeber der »Grafschen Finanzchronik«, einem gefragten Berliner Börsen- und Wirtschaftsblatt. Aus dem Bankhaus Graf in München stammend, hatte ihn die Familie ausgestoßen, weil er, ungeschriebene Bänkerregeln verletzend, 50 Reichsmark in einem Spielkasino auf Rot setzte und prompt verlor. Das hätte er besser verschwiegen. Friedrich und Bozena waren Pioniere einer heute üblichen, damals aber moralisch verwerflichen freien Lebenspartnerschaft. Geheiratet wurde erst nach der Geburt des zweiten Kindes. Sie produzierten insgesamt sechs Sprößlinge. Bei der Bestattung von Friedrich Graf tauchten noch zwei Uneheliche auf, über die mir aber nichts bekannt ist. Nach heutigen Maßstäben muß Friedrich Graf eine beachtenswerte potentielle Gefahr für die Berliner Weiblichkeit gewesen sein.

Für seine Geschwister war mein Vater in spe auch als Stiefbruder eine unbestrittene Autorität. Er hielt diese Position auch noch, als sie erwachsen waren. Fritz und William studierten. Sie wurden Wirtschaftsprüfer und Industriemanager. Cläre war als Chefsekretärin die heimliche Herrscherin von Siemens. Elsa erschoß sich aus Liebeskummer, einem niemals bestätigten, aber heftig bestrittenen Gerücht zufolge mit der Pistole meines Vaters.
Berthold, genannt Berti, blieb mir als Spender einer riesenhaften Eispor-

tion im Gedächnis. Er soll auch gekokst haben. Als Schauspieler war er Mitglied des Ensembles von Heinrich George am Berliner Schillertheater, heiratete eine Kollegin und bekam von ihr einen Sohn, der heute unter einem anderen Namen ein bekannter Schauspieler in München ist. Er ist meinem Vater wie aus dem Gesicht geschnitten. Berti fiel 1941 als Soldat in Rußland ohne seinen Sohn gesehen zu haben.

Meine Lieblingstante Luise, Spitzname Tante Teddy, wurde von ihrem Freund geschwängert. Er hieß Reinhard, war Erdölspezialist und Dipl.-Ing., verdiente gut, wollte sie aber nicht heiraten. Das war ein Fall für meinen Vater und Onkel Fritz, die beide viel Sinn für dramatische Effekte besaßen. Sie luden den unwilligen Zukunftsschwager in die Berliner Wohnung zu einer Unterredung ein. Die schon mehrfach erwähnte Pistole meines Vaters wurde in die Mitte des Herrenzimmertisches mit der Mündung in Richtung des Sessels, auf dem Reinhard Platz nehmen sollte, gelegt. Mit durchschlagendem Erfolg. Vier Wochen später waren Luise und Reinhard verheiratet. Nach Kriegsende brach die Verbindung ab, weil Reinhard in einer politischen Wendung um 180 Grad ein hohes Tier im DDR-Wirtschaftsministerium geworden war, dem jede, auch die familiäre, Verbindung zum Westen verboten wurde.

Die Grafs sind mangels eines männlichen Namensträgers leider ausgestorben. Schade um sie! Sie waren allesamt interessante Zeitgenossen!

Meine Mutter war von ihrer Schwiegermutter Bozena begeistert, nachdem sie von ihr zur Zeit der Golden Twenties als junge Frau in das Berliner Nachtleben eingeführt worden war. Sie schwärmte von der unnachahmlichen Grazie, mit der sie sich im eleganten Abendkleid, eine überlange Zigarrettenspitze in der Hand haltend, auf einen Barhocker schwang.

Die Sympathie meiner Mutter wurde von mir geteilt. Als ich 1929 im Alter von fünf Jahren bei der Großmutter zu Besuch war, vermittelte sie mir unvergessliche Erlebnisse. Die Weltstadt Berlin mit ihrem Verkehr, ihrem Tempo und den Kodderschnauzen übte eine große Faszination aus. Außerdem lebte im Hause die Katze Mijou, mit der ich stundenlang spielte und die meine lebenslange Zuneigung zu dieser Tierart weckte. Auf dem Hof orgelte der Leierkastenmann. Er sang:»Waldesluhulust, oh wie einsam schlägt die Brust«, und fing mit seinem Zylinder die ihm zugeworfenen Münzen auf. Er provozierte meine neugierige Frage, was denn die Waldesluhulust sei.

Omi Bozena fuhr geduldig mit mir in der Berliner U-Bahn von Endstation zu Endstation sämtlicher Linien. Aus dem Doppeldeckerbus betrachteten wir den Straßenverkehr von oben. Der war eine Mischung von Autos und Pferdefuhrwerken, mit denen damals Kohlen, Kartoffeln, Eis und kleine Bierfässer in die Haushalte geliefert wurden.

Eines Tages beobachtete ich vom Fenster aus einen mit zwei Pferden bespannten Rollwagen vor der Haustür. Es waren Stuten, eine davon offenbar rossig. Die äußeren Zugketten waren ausgespannt, die Bremse angezogen. Der Kutscher begann mit dem Abladen. Da kam im Trab ein von einem Hengst gezogener Milchwagen um die Ecke. Der sollte mit einer Zügelparade hinter dem Rollwagen halten, was er aber nicht tat. Statt dessen sprang er mitsamt Wagen und Milchmann auf die Stute, die auskeilte und damit ein mittleres Chaos auslöste. Mit größtem Interesse den Vorfall beobachtend, fragte ich die Omi, was die da denn trieben. Sie antwortete schelmisch lächelnd:»Diese schlecht erzogenen Tiere benehmen sich daneben.« Sprach's und schlug mir das Fenster vor der Nase zu.

Eine Sensation, die den Kindern heute nur noch ein müdes Lächeln entlocken würde, war 1929 die Installation der ersten Verkehrsampel Deutschlands auf dem Alexanderplatz. Sie hatte vier Seiten mit jeweils drei Lampen, die in rot, gelb und grün leuchten konnten, den gleichen Farben wie heute. Sie hing an vier sich kreuzenden Kabeln. Zur Einweihung gingen wir natürlich hin. Ganz Berlin war am Alex versammelt. Früher stand dort ein den Verkehr mittels Handzeichen regelnder Polizeibeamter mit langen weißen Stulpenhandschuhen, der mir sehr komisch vorkam, worauf ich Omi Bozena die Frage stellte, ob das ein Kreuzungskasper sei.

Sie brachte mir die ersten Verkehrsregeln bei: auf der Straße vorsichtig zu sein, nach links und rechts zu sehen, den geraden, kürzesten Weg zu gehen, Tempo beim Ein- und Aussteigen in die bzw. aus der U-Bahn zu machen, um nicht von den Türen eingeklemmt zu werden, und erklärte mir die Bedeutung der Verkehrsampelfarben.

Omi Bozena und die Berliner Erlebnisse in meiner Kindheit habe ich bis heute nicht vergessen. Sie starb sehr früh mit 61 Jahren. Wir vermißten sie sehr.

Die unbestrittene Hauptperson unserer Kindheit war der Vater meiner Mutter, Georg Aldenhoff in Georgsmarienhütte bei Osnabrück. Wir haben ihn bewundernd geliebt und verbrachten dort, nahe dem Teutoburger Wald, als Kinder unsere Ferien. Er war ein gepflegter, großer, schlanker, attraktiver, blauäugiger Mann mit vollem Haar, einem breiten Schnurrbart und einer ungewöhnlich starken Ausstrahlung. Er kam nicht, sondern erschien und füllte jeden Raum allein durch seine Anwesenheit aus. Ich bin im Verlaufe meines Lebens keiner auch nur annähernd vergleichbaren Persönlichkeit begegnet.

Als Sohn eines Bergmannes, damals Steiger genannt, war er nach dem Besuch der Volksschule mit 15 Jahren als Lehrling in die Klöckner-Werke AG, GM-Hütte, einem Stahlwerk, eingetreten und wurde im Alter von 35 Jahren dessen technischer Betriebsleiter. Ihm unterstanden vier Hochöfen, das Walzwerk, der Gasometer, die Werkslokomotiven und Waggons sowie die Koks- und Erzvorräte. Als eine Art Rangabzeichen trug er einen großen Schlapphut. Das war sein Privileg. Von der Pieke auf gelernt, war er beim Vorstand und bei seinen Mitarbeitern ein respektierter, hochqualifizierter Hüttenmann und darüber hinaus wegen seiner humorvollen, ruhigen aber bestimmten Art sehr beliebt. Er galt als der ideale Chef, entschied, wo es langging und diente seiner Firma ein halbes

Jahrhundert bis zur Altersgrenze von 65 Jahren. Bei seinem Abschied erhielt er ein von Adolf Hitler unterzeichnetes Anerkennungsschreiben, das eingerahmt über seinem Schreibtisch aufgehängt wurde. Das kann ich, wegen seiner Abneigung gegen die Nazis und konsequenter Ablehnung der Partei oder einer ihrer Gliederungen beizutreten, aus heutiger Sicht nur deshalb verstehen, weil er es als eine unpolitische Auszeichnung für seine lange Berufstätigkeit durch das damalige Staatsoberhaupt empfand. Aus der Kaiserzeit stammend, blieb er zeit seines Lebens ein konservativ eingestellter Deutsch-Nationaler.

Obwohl Reservist, wurde er als für die Rüstungsindustrie unentbehrlicher Stahlwerker während des ersten Weltkrieges »uk« (unabkömmlich) gestellt und deshalb nicht als Soldat eingezogen. Als 1918 die Revolution ausbrach, die Arbeiter sich bewaffneten und streikten, machte er sich Sorgen um die Hochöfen. Der Vorstand beschwor ihn, das Werk wegen der möglichen Risiken nicht zu betreten, was ihn aber nicht davon abhielt; denn er kannte seine Pappenheimer. Am Tor grüßten seine streikenden Leute ehrerbietig und baten ihn unter dem Hinweis, daß er wegen seiner Herkunft doch einer der ihrigen sei, den Vorsitz des Streikkomitees zu übernehmen. Er lehnte es mit der Bemerkung ab, sie hätten noch nicht einmal rote Fahnen, weshalb das für ihn keine richtige Revolution sei. Er übergab ihnen den Magazinschlüssel mit der Empfehlung, aus den dort gelagerten schwarz-weiß-roten Fahnen den roten Teil abzutrennen und auf den Hochöfen zu hissen. Auf diese Weise konnte Georg Aldenhoff die Anlagen ungestört inspizieren und verließ danach unbehelligt das Werk. Wenige Tage später brachen die Amateurrevoluzzer (seine Wortschöpfung) den Streik ab. Sie hatten ihre Familien zu versorgen, was vorübergehend in Vergessenheit geraten war.

Um seine Person ranken sich unzählige Geschichten und Anekdoten, die man sich noch heute erzählt. Er war ein ideenreicher, geselliger Eulenspiegel, hatte viele Freunde, besaß aber eine Vorliebe für die örtlichen Kneipen in Verbindung mit der ausgeprägten Abneigung, daran vorbeizugehen.

Sein Charme, seine gute Laune und sein Einfallsreichtum stiegen mit dem Alkoholpegel. Er schwankte zwar manchmal leicht, fiel aber niemals aus der Rolle und blieb stets ein Gentleman mit guten Manieren. Trotzdem führte das hin und wieder zu Konflikten mit unserer Großmutter, die lebhafte Bühnenauftritte inszenieren konnte, aber auch selbst erdulden mußte. Als er ein fröhliches, nicht ganz sauberes Lied singend leicht benebelt nach Hause kam und auf die Toilette ging, schüttete sie ihm wutentbrannt einen Eimer Wasser über den Kopf, worauf er gelassen mit den Worten reagierte:»Marie, benimm dich! Wisch den Boden auf und häng meine nassen Klamotten zum Trocknen auf die Leine. Ich gehe jetzt schlafen.« Als staunender Zeuge beeindruckte mich seine Gelassenheit tief.

Die Großeltern residierten in einer Wohnung neben dem Werk in der Kaiserstraße, der Hauptstraße von Georgsmarienhütte. Im Garten befand sich eine geheime Pforte, die es Opa erlaubte, in wenigen Minuten zum Frühstück oder Mittagessen nach Hause zu kommen. Von dieser Möglichkeit machte er aber nur in den Pausen Gebrauch. Abends verließ er die Fabrik grundsätzlich durch das Haupttor, weil er seine Freunde in den Gastwirtschaften nicht durch sein Fernbleiben enttäuschen wollte. Als er eines Abends in fröhlicher Runde »bei Schürmann« in einem Erkerzimmer saß, von dem aus die Straße zu übersehen war, bemerkte er seine im Anmarsch befindliche Ehefrau und verzog sich nach Erteilung von Instruktionen aufs Klo. Auf Maries Frage, ob ihr Mann hier sei, antworteten die Freunde, er sei nach dem ca. 3 km entfernten Ort Oesede gegangen, um Sand für das Werk zu bestellen. Nach dieser Antwort entschloß sie sich, ihm entgegenzugehen. Großvater feierte mit den Freunden belustigt weiter, ging unter genauer Berechnung der Zeit für den Hin- und Rückweg seiner Frau nach Hause, legte sich ins Bett und fragte seine heimkehrende bessere Hälfte vorwurfsvoll, wo sie sich mitten in der Nacht herumgetrieben habe.

Damals gab es noch keine Kältetechnik. Vorräte und auch Speisen wurden in kühlen, sorgfältig verputzten Kellerräumen aufbewahrt. Großmutter hatte einen Sonntagsbraten dort deponiert. Nach einem fröhlichen Umtrunk machten sich Opa Georg und sein Freund, der Leiter des örtlichen Polizeireviers war, auf den Heimweg. Als sie von einer Art Heißhunger geplagt wurden, beschlossen sie, dem häuslichen Vorratskeller einen Besuch abzustatten. Sie aßen den größten Teil des Bratens und noch einiges mehr auf. Anschließend genehmigten sie sich einige Bierchen und hinterließen ein mittleres Chaos.

Am nächsten Morgen, einem Sonntag, stürzte Oma Marie aufgeregt ins Schlafzimmer und weckte ihren Mann mit dem Entsetzensschrei: »Georg, steh auf! Einbrecher waren im Keller!« – »Das ist ja eine Riesensauerei!« bemerkte Opa, rief die Polizei an und erstattete Anzeige gegen Unbekannt. Und zwar mittels des Werktelefons, welches mit Trichter, Hörer und Kurbel an der Wand hing. Nach zehn Minuten erschien sein Komplize, der Polizeichef, und brachte meiner Großmutter gegenüber mit ernster Miene seine Besorgnis darüber zum Ausdruck, daß die Kriminalität jetzt auch in GM-Hütte auszubrechen scheine. Er nahm ein Protokoll auf. Alle Anwesenden unterschrieben. Beim Abschied versicherte er, das Ermittlungsverfahren würde noch heute eingeleitet, was natürlich nicht geschah. Nach vier Wochen behauptete Großvater, es sei mangels Beweisen eingestellt worden.

An der Geburtstagsfeier eines Freundes konnte er nicht teilnehmen, weil an diesem Tag Besuch von Verwandten angesagt war, die er nicht leiden konnte. Der Freund kam auf einen genialen Gedanken. Über das Werkstelefon rief er mit verstellter Stimme unter dem Namen eines Mitarbeiters an und sprach mit dem Ausdruck größter Erregung: »Herr Aldenhoff, kommen Sie bitte sofort ins Werk! Hochofen 3 beginnt auszubrennen. Ohne Sie werden wir mit dem katastrophalen Notfall nicht fertig. Bitte beeilen Sie sich!«
Die Verwandten zeigten Verständnis, daß er sich dieser Pflicht nicht entziehen konnte. Mit Sorgenfalten auf der Stirn verabschiedete er sich, begab sich schnurstracks zu seinen Freunden, kehrte spät in der Nacht zurück

und legte sich zu Bett. Als Marie seine Fahne roch und peinliche Fragen stellte, antwortete er mit unwiderlegbarer Überzeugung: »Du hast ja keine Ahnung über die Hitzeentwicklung beim Ausbrennen eines Hochofens. Wir müssen pausenlos trinken, um nicht auszutrocknen. Oder hättest du lieber eine Mumie im Bett?«

Mit dem Ausdruck großer Anerkennung erzählte Omi jedem, der es nicht hören wollte, wie bescheiden ihr Mann sei. Er überließe ihr die Verwaltung seines Gehaltes und beanspruche nur ein kleines Taschengeld. Sie übersah aber unverständlicherweise, daß ihr sehr großzügiger und in der Freizeit elegant gekleideter Ehemann das mit seinem Taschengeld kaum finanzieren konnte. Als sie nach seinem Tod hinterlassene Papiere durchsah, stellte sie mit Ärger und Empörung fest, daß ihr Georg für jede produzierte Tonne Stahl eine Tantieme von fünf Pfennigen erhielt, die sich im Laufe der Zeit zu einem stattlichen Betrag summiert hatten. Die Überweisungen erfolgten auf ein ihr verschwiegenes Sonderkonto, dessen er sich bei gegebenen Anlässen heimlich bediente. Sie war ihm niemals auf die Schliche gekommen.

Unser Großvater war ein religiöser Mann und empfand es als seine Pflicht zu helfen, wo es ihm notwendig erschien. Als Mitglied des evangelischen Kirchenvorstandes stand er in ständiger Opposition zum Superintendenten, genannt Suppus. In einer Sitzung bemerkte dieser, Georg Aldenhoff beziehungsvoll ansehend, der größte Feind des Menschen sei der Alkohol, worauf dieser schlagfertig konterte: »Doch in der Bibel steht geschrieben, du sollst auch deine Feinde lieben!«

Der sonntägliche Kirchgang war eine familiäre Pflichtübung. Die Predigten beurteilte er kritisch und begann schon beim Ausgang der Kirche noch unter Glockengeläut deutliche ironische Bemerkungen zu machen.

Seine stille Hilfsbereitschaft bestand darin, begabte Kinder von Verwandten, die in finanziell wenig gesegneten Verhältnissen lebten, bis zum Ende der Schule oder ihrer Berufsausbildung zu unterstützen.

Als sein Schwager, Brandmeister der freiwilligen Feuerwehr von GM-Hütte, in die Feuerwehrkasse gegriffen hatte und eine Revision bevorstand, offenbarte er sich meinem Großvater. Der machte ihn zur Schnecke, glich den Fehlbetrag aus seinem geheimen Tantiemenkonto aus und verlor darüber niemals mehr ein Wort.

Als Unteroffizier der Reserve in einem Hannoverschen Infanterieregiment hatte er viel Verständnis für seine Neffen Otto und Helmuth, die als Soldaten in ständigen Geldnöten waren. Wenn sie Urlaub hatten, wurde Onkel Georg besucht, der ihnen immer einige Scheine mit der Bemerkung schenkte: »Jungs, amüsiert euch, solange das noch möglich ist!« Eine prophetische Bemerkung. Er hatte Hitlers »Mein Kampf« eingehend gelesen und sich darüber eigene Gedanken gemacht, worüber er auch ungeniert sprach.

Die Sonntagsspaziergänge im Teutoburger Wald haben Spaß gemacht. Sie endeten stets im Forsthaus, einer Waldgaststätte, wo es für mich Malzbier und damit das Gefühl beginnender Männlichkeit gab. Opa schenkte mir mein erstes Taschenmesser, schnitzte aus Birkenholz Pfeifen und einen »Wuppup«. Der bestand aus Birkenrinde und diente zur Erzeugung unanständiger Geräusche. Zu Ostern trennte er die Naht seiner rechten Hosentasche auf, trat auf ein Moospolster und ließ jeweils ein Osterei durch das Hosenbein auf den Boden fallen. Wir staunten.

Am Ostermontag besuchten wir seine Freunde (und Sandlieferanten) in Oesede. Das waren große Bauern mit vielen Kindern, mit denen wir gerne spielten. Da gab es Pferde, Kühe, Schweine, Schafe, Hühner, Enten und Gänse. Für uns Stadtkinder ein Erlebnis. Wir suchten versteckte gefärbte Hühnereier und aßen davon, bis der Magen rebellierte.

An der Wand hing anstatt Adolf Hitlers Konterfei ein Bild des Papstes. Der Grund dafür wurde mir erst später klar. Diese katholischen Familien gehörten zur Diözese Münster des rebellischen Bischofs und späteren Kardinals Graf Galen.

Nach Einbruch der Dunkelheit fuhr man uns mit der Pferdekutsche nach Hause. Eine Kerzenlaterne beleuchtete den Weg mit schummerigem Licht. Das beeindruckte uns sehr.

An meinem zehnten Geburtstag machte mir Großvater ein unvergessenes Geschenk. Er nahm mich mit aufs Werk zu einem Hochofenabstich. Auf einer Bühne über den vier Hochöfen befand sich in 20 m Höhe das Kranhaus. Großvater plazierte mich am Fenster neben dem Kranführer, befahl mir, zuzusehen und mich nicht von der Stelle zu rühren. Er bezog den Kommandostand und gab seine Anweisungen. Ein Stahlwerker schlug mit einer langen Stange und einem schweren Hammer die aus Ton bestehende Sperre der Hochofenöffnung ein, worauf sich die glühende lavaartige flüssige Masse in ein vorbereitetes mit kleinen Kanälen versehenes Sandbett ergoß.
Der schwere Stahl setzte sich in den Kanälen fest und erkaltete. Er wurde später mit Magnetkränen angehoben und in das Walzwerk transportiert. Die leichtere Schlacke schwamm oben und wurde in tieferstehende offene Waggons geleitet, die mit einer Lokomotive auf die Halde des Werkes gezogen wurden. Ich durfte mitfahren und die Pfeife sowie Bremse betätigen. Ab sofort wollte ich später Lokomotivführer werden.

Zum Schluß zeigte mir Opa das Walzwerk, die Dampfmaschinen für die Stromerzeugung und den Bahnhof mit 13 Werkslokomotiven.
Dies war eines der größten Erlebnisse meiner bisherigen Kindheit.

Das pünklich um 9 Uhr eingenomme Frühstück war stets eindrucksvoll. Großvater säbelte mit dem Schlachtmesser ein großes Stück Schinken ab, legte es auf ein Brett und sagte: »Junge, putz ihn weg, damit du groß und stark wirst!« Er war ein weiser, lebenskluger Mann. Wenn er uns Kindern etwas mitbrachte, ordnete er an: »Einer teilt, der andere wählt!« Dieses Verfahren, ein Beispiel klassischer Gerechtigkeit, funktionierte reibungslos.

Als ich mich als kleiner Pöks über irgendetwas geärgert hatte und trotzig zurück nach Hannover fahren wollte, bemerkte Opa, daß meine Kleidung für eine solche Reise unangemessen sei, setzte mir seinen Schlapphut auf, gab mir einen Regenschirm in die Hand, holte einen Koffer vom Boden, gab mir eine Mark und empfahl mir, so ausgestattet zu gehen. Ich kam über den ersten Treppenabsatz nicht hinaus.

Als Kind wurde ich von meinen Eltern »Bübchen« genannt, was mich in Wut versetzte und zu ständigen Protesten führte, worüber man zu Hause aber nur lachte. Ich vertraute mich dem Großvater an, der verständnisvoll Abhilfe versprach. Als man mich in seiner Gegenwart wieder so titulierte, machte ich einen Zwergenaufstand. Opa zwinkerte mir zu und bemerkte kühl: »Der Junge hat recht. Ihr solltet ihn nicht mehr mit Bübchen, sondern mit seinem Vornamen Rudolf ansprechen.« Mein Vater, Rudolf II., protestierte, weil er dann wohl weiterhin Rudi genannt würde, was ihm nicht passe. Darauf entgegnet sein Schwiegervater ungerührt, daß dies schon immer sein Spitzname gewesen und deshalb kein Problem sei. Bübchen wurde gelöscht.

Meine Eltern gaben mir für die Bahnfahrt zu den Großeltern inklusive Fahrrad 5 RM. Mehrmals benutzte ich diesen Betrag zur Aufbesserung meines knappen Taschengeldes, indem ich die Strecke von 125 km nach Georgsmarienhütte heimlich mit dem Fahrrad zurücklegte. Diese für einen Jungen reife Leistung dauerte etwa sieben Stunden und wurde niemals entdeckt.

In vielen Familien wurde der Hausfrau gegen Monatsende das Geld knapp. Es war dann ein gängiges Verfahren, in den Geschäften anschreiben zu lassen. Meine Mutter entwickelte darin eine besondere Meisterschaft. Wenn ihr Vater uns besuchte, führte sein erster Weg zu den Kaufleuten, die ihn besonders schätzten, weil er die aufgelaufenen Kredite ablöste. Natürlich aus dem geheimen Tantiemenfonds!

Einen westfälischen Räucherschinken und einen großen Korb Birnen aus dem Garten schickte er unserer Familie jeweils im Herbst als eine Art jährliches Deputat per Bahn. Danach konnte man die Uhr stellen.

Wir besaßen eine Schäferhündin, die nicht nur sehr hübsch war, sondern auch ein helles Fell besaß. Mein Großvater ging mit ihr gerne in der Eilenriede spazieren. Auf das schöne Tier angesprochen, sagte er mit ernster Miene:»Das ist ein isländischer Schäferhund. Er gehört zu einer aussterbenden Rasse, von der es nur noch zwei lebende Exemplare in Europa gibt.«

Georg Aldenhoff starb 1939 mit 68 Jahren an den Folgen einer Magenoperation. Am Tag vor seinem Tod besuchte ihn sein bester Freund. Das nahe Ende ahnend, übergab er ihm einen Geldbetrag aus dem geheimen Tantiemenfonds mit der Empfehlung, die Trauerfeier fröhlich und ohne Tränen zu begehen und sie damit zu bezahlen. Böse Zungen behaupteten, er habe, mögliche Magenoperationsrisiken unterschätzend, seinen Durst mittels einer Blumenvase gelöscht und sei daran gestorben. Trotz der vielen Geschichten, mit denen uns Opa zeitlebens beglückte, halten wir dies für ein Gerücht.

1930 ließ sich Großvater Georg Aldenhoff porträtieren. Diese Federzeichnung hängt als sein Denkmal in meinem Arbeitszimmer. Er blieb bis heute der eindrucksvollste Mann in meinem Leben.

Unsere Großmutter, Marie Aldenhoff, entstammte der Familie Käding mit Sitz auf dem Osterberg in GM-Hütte. Diese besaß unzählige Mitglieder. Omi war die Älteste von sieben Geschwistern, sechs Mädchen und einem Jungen. Darüber hinaus gab es viele Neffen, Nichten, Vettern und Cousinen. Meine Urgroßmutter, Ida Käding, bleibt mir dunkel als eine Art Matrone im Gedächnis, die in einem imposanten Ohrensessel sitzend Audienz hielt. Ihr Wort hatte Gewicht. Sie respektierte niemanden außer ihrem Schwiegersohn Georg Aldenhoff, den sie als den einzigen Mann in der Familie bezeichnete. Den Urgroßvater, Gottlieb Käding, habe ich nicht mehr gekannt. Er erlernte ein Handwerk und ging nach seiner Abschlußprüfung den damaligen Regeln folgend auf Wanderschaft. Nach dem Tod seiner Eltern hatte er eine kleine Erbschaft gemacht, die er in der Absicht, damit etwas Berufliches anzufangen, bei sich trug. Das war in der damaligen Zeit nicht ungewöhnlich. In einer Berliner Herberge wurde ihm sein Geld gestohlen. Verzweifelt bat er mit den letzten Groschen seine Freundin Ida telegraphisch um Hilfe, die ihn aus Berlin unverzüglich abholte, heiratete und fortan beherrschte.

Meine Großmutter Marie, Omi gerufen, war ein Original. Diese Eigenschaft verstärkte sich mit zunehmendem Alter und löste je nach Ausdrucksform Ärger oder Heiterkeit aus. Als ihre literarisch interessierte Tochter, meine Mutter, in jungen Jahren Goethes »Werther« aus der örtlichen Bibliothek entliehen hatte, empfahl sie ihr, diesen Mist nicht zu lesen. Sie begründete das mit den Worten: »Goethe, dieser Kerl, war auch so einer, der nichts als Weibergeschichten im Kopf gehabt hat.«
Sie war eine gute Hausfrau, konnte super kochen und einmachen. Der Geschmack ihrer Marmeladen liegt mir noch heute auf der Zunge. Aber ihr Organisationstalent war nur mäßig entwickelt. Sie pusselte sich umzu und wurde niemals rechtzeitig fertig, weil sie stets verschiedene Dinge gleichzeitig begann. Gott sei Dank war Opa Georg ein ordentlicher, praktischer Mann, der ein beginnendes Chaos schon im Ansatz verhindern konnte, was er auch tat. Omi begab sich morgens um 6 Uhr früh in den Garten, nachdem Großvater zum Werk enteilt war. Ihr Garten war ein Schmuckstück. Um 8 Uhr wurden wir Kinder geweckt, vor das Radio zitiert, um mit ihr zusammen nach drahtlosen Anweisungen Frühsport zu treiben.

Um 9 Uhr kam Opa zum Frühstück. Er machte die Betten und räumte auf, bevor er durch die geheime Pforte wieder ins Werk entschwand. Gegen 11 Uhr marschierten wir zum Badeteich, einem in Holzbauweise gebauten idyllischen Waldbad mit Kabinen, Duschen, Brücke, Sprungbrettern,

Schwimmbahnen, Kinderbecken und Flößen. Es besaß, eingerahmt von alten Bäumen, ein tolles Ambiente. Omi schwamm im selbstgestrickten Badeanzug, während wir planschten. Anschließend gab sie uns Schwimmunterricht, ohne zu merken, daß wir längst schwimmen konnten. Wir stellten uns aber dumm, um ihr den Spaß nicht zu verderben.

Im Sommer gingen wir »in die Bickbeeren«. Auch Kronsbeeren und Pilze wurden gesammelt.

Georgsmarienhütte wurde unsere zweite Heimat. Nur ungern fuhren wir nach Hause zurück und maulten: »Jetzt geht die Hungerei wieder los«, was natürlich übertrieben war. Aber bei Omi schmeckte es uns eben besser.

Die Großmutter profilierte sich bei jeder Gelegenheit als Antialkoholikerin und bezeichnete Hochprozentiges als Teufelswerk. Das war so lange glaubhaft, bis ich sie eines Tages bei einer heimlichen Handlung unabsichtlich in flagranti erwischte. Im Küchenschrank war das linke Fach stets abgeschlossen und der Schlüssel nicht vorhanden. So etwas weckt erfahrungsgemäß die kindliche Neugier. Als ich einmal unbemerkt die Küche betrat, schloß Omi gerade dieses Fach auf, entnahm ihm eine Flasche, schenkte sich ein großes Glas ein, trank es in einem Zuge aus und wischte sich, einen wohligen Laut ausstoßend, die Lippen. Als sie mich sah, rechtfertigte sie das mit der Bemerkung, es sei ein von ihrem Arzt verordneter Kräuterextrakt. Dies war angesichts des Etiketts wenig überzeugend. Darauf stand nämlich in großen Buchstaben »Doppelkorn«. Ich versprach ihr ehrenwörtlich Stillschweigen und habe mich daran gehalten. Als Schlitzohr konnte ich aber angesichts dieses Versprechens das eine oder andere besser als bisher erreichen. Mit ihrer Neinsagerei war es endlich vorbei.

Zusammen mit meinem Freund Martin kam mir der Gedanke, die im Mühlenbach zahlreich vorhandenen Forellen einer nützlichen Verwendung zuzuführen. Wir stauten das Flüßchen an und fingen die Fische nicht mit der Angel, sondern mittels eines Drahtkorbes. Als ich voller Stolz meiner Großmutter vier Exemplare nach Hause mitbrachte, wurde sie sehr böse, hielt mir einen Vortrag über das Sträfliche meines Tuns und sprach von Gefängnis. Dann siegte aber ihr praktischer Verstand, was sie zu der Bemerkung veranlaßte: »Forellen sind eine Delikatesse. Ich werde sie kochen.« Die Herkunft verriet sie Großvater nicht, als wir uns die Fische schmecken ließen.

Als ich fünf Jahre alt war, fuhren meine Großeltern mit mir in das Ostseebad Laboe an der Kieler Förde. Das war 1929. In dem Jahr wurde das 72 m hohe Marineehrenmal eingeweiht, welches auf mich einen bleibenden Eindruck machte. Den Fahrstuhl hatte man noch nicht eingebaut. Die über 400 Stufen bis zur Plattform waren für meine sportliche Großmutter und mich eine Herausforderung. Mühsam erklommen wir den Gipfel, während der Großvater in einer benachbarten Gastwirtschaft genußvoll einige Bierchen trank. Eine klare weite Sicht über die Ostsee entschädigte uns für die Mühe. Hinunter ging es trotz des ersten Muskelkaters meines bisherigen Lebens leichter.

Omi konnte sich gekonnt verstellen. Eines Tages saßen Opa Georg, meine Mutter und einige Besucher im Wohnzimmer. Sie ließen munter eine Flasche kreisen. Als Omi Marie das Zimmer betrat, versteckte Opa die Flasche in seiner weißen Hausjacke, was die Anwesenden erheiterte. Omi hatte das aber mitbekommen, setzte sich dazu und bemerkte, diese Runde sei doch ein Beweis dafür, daß man auch ohne Alkohol fröhlich sein könnte, was mit wieherndem Lachen quittiert wurde.

Wenn uns die Großeltern traditionsgemäß Weihnachten besuchten, strich Omi mit dem Finger über die Möbelkanten des Gästezimmers, um zu prüfen, ob Staub gewischt worden sei. Opa wurde dann grantig und sagte zu ihr: »Marie, laß das! Du bist hier nicht zu Hause, sondern Gast unserer Tochter. Du kannst ihr das Recht auf ihren eigenen Staub nicht absprechen.«

Meine Schwester lebte nach dem Kriege bei ihr und machte in Osnabrück das Abitur. Knapp bei Kasse, wurde sie nebenbeschäftigte Lokalreporterin in GM-Hütte für die heute nicht mehr existierende Osnabrücker Freie Presse und schrieb drollige Kurzgeschichten, die bei den Lesern gut ankamen. Mehrmals zog sie Omi durch den Kakao. Natürlich anonym. Die las diese geistigen Produkte ihrer Enkelin mit Vergnügen und ließ die Bemerkung fallen, was es doch für komische Leute gäbe. Die beschriebene Alte wäre ja zum Totlachen. Daß sie selbst gemeint war, kam ihr nicht in den Sinn.

Marie Aldenhoff starb 1951 – 76 Jahre alt – an einer Grippe. Sie hat auf eine besondere Weise unsere Kindheit mitgestaltet.

Nachdem unseren zahlreichen Ahnen auf den ersten Seiten dieser Memoiren die Ehre in Form von überlieferten ernsten und hoffentlich erheiternden Erinnerungen erwiesen wurde, beginne ich jetzt mit der Beschreibung meines Überlebenslaufes. Der sorgfältig gewählte Spezialbegriff beruht auf der Tatsache, daß ich in meinem Alter schon seit einigen Jahren statistisch tot bin und demzufolge nur noch die Gnade eines Urlaubs genieße. Diese Feststellung soll auch als Entschuldigung für den Fall gelten, daß es mir nicht gelingen sollte, diese Epistel vor meinem Ableben zu beenden.

Bevor mein für den Leser hoffentlich interessantes, teilweise auch abenteuerliches Leben unter die Lupe genommen wird, scheint es mir angesichts unserer hochtechnisierten Welt und den daraus folgenden Ansprüchen angebracht zu sein, einige vor ca. 80 Jahren herrschende Lebensumstände zu beschreiben, die sich eklatant von den heutigen Verhältnissen unterschieden.

Die Arbeitsbedingungen in den zwanziger Jahren waren mittelalterlich. Wer bei der großen Arbeitslosigkeit einen Job hatte, mußte sich mit einer 60-Stunden-Woche, Samstag eingeschlossen, abfinden. Es gab keine

Mitbestimmung, keine Betriebsräte, keine flächendeckenden Tarife, kein 13. Monatsgehalt, kein Urlaubs- oder Weihnachtsgeld, keinen Kündigungsschutz und keine Abfindungen. Der Weg zur Arbeit war selbst bei langen Strecken auch per Bahn kein Vergütungsanlaß. Wer krank wurde, riskierte die Entlassung. Arbeiter bekamen keinen, Angestellte max. zehn Tage Urlaub, den Samstag eingeschlossen. Sie gaben sich mit der Gehaltsfortzahlung während dieser Zeit zufrieden. Löhne und Gehälter wurden von den Betrieben festgesetzt. Lehrlinge erhielten nur ein Taschengeld. In Handwerksbetrieben mußten sie teilweise noch Lehrgeld bezahlen. Arbeitgeberanteile für die Sozialversicherungen wurden erst in den sechziger Jahren gesetzlich eingeführt.

Leitende Angestellte arbeiteten zwar zu besseren Bedingungen, mußten sich dafür aber zusätzlichen Anforderungen unterwerfen. So war es in vielen Großhandelsunternehmen üblich, am Sonntag morgen zur Besprechung mit den Chefs in der Firma zu erscheinen. Es folgte ein gemeinsamer Kirchgang mit anschließendem Frühschoppen. Erst am Mittag begann die Freizeit. Der Prinzipal herrschte autoritär und duldete keinen Widerspruch. Vorschläge waren oft unerwünscht und konnten Nachteile bringen, weil ein Mitarbeiter nicht schlauer als der Chef sein durfte.

Diese unerfreulichen Zustände wurden erst im Dritten Reich beseitigt, in der auch die Weichen für unsere heutige soziale Arbeitswelt gestellt worden sind. Den unstrittigen Fortschritt dieser Zeit zu erwähnen, gilt heute immer noch als politisch unerwünscht.

Eine Wohnqualität begann sich damals erst zu entwickeln. In vielen Häusern der Städte befanden sich die Toiletten nicht in der Wohnung, sondern auf der halben Treppe im Treppenhaus. Badezimmer waren Luxus. Man wusch sich in der Küche. Zum gehobenen Standard gehörte ein im Schlafzimmer befindlicher Waschtisch mit zwei großen Schüsseln und Wasserkannen. Die Kaltwasserquelle für mehrere Familien befand sich in Form eines Hahnes und gußeisernen Ausgusses auf der Wohnungsetage im Treppenhaus. Fließendes Warmwasser gab es nicht. Die Verlegung der Wasserleitung in die Küchen und Toiletten der Wohnungen galt als Fortschritt. Gekocht wurde mit Kohle, später mit Gas. Zentralheizungen befanden sich im Anfangsstadium. Man heizte die Wohnungen mit Öfen. Gekachelte Kamine waren Schmuckstücke. Das Heraufschleppen der Kohlen in Kohlenkästen war für die Frauen nicht einfach. Bis zur Einführung der Elektrizität wurden die Beleuchtungen mit Gas betrieben. Die Elt-Spannung betrug damals 110 Volt. In ländlichen Gegenden begann die Stromversorgung erst in den dreißiger Jahren.

Die Radiotechnik befand sich am Anfang. Es gab nur den Sender Langenberg, der sein Programm vom Berliner Funkturm ausstrahlte. Gesendet wurde auf Lang-, Mittel- und Kurzwelle, mit Störungen, in einer heute nicht mehr akzeptablen Qualität. Die Ultrakurzwelle setzte man erst in den fünfziger Jahren ein. Vor Erfindung des Lautsprechers benutzte man Kopfhörer.

Fernsehen gab es noch nicht. Damit begann man mit einem Sender erst nach dem Zweiten Weltkrieg.

Nach der Erfindung des Tonfilms entstanden in allen Stadtteilen große Kinos. Marktführer war die UFA. Mehrmalige wöchentliche Kinobesuche waren üblich. Die Vorführungen erfolgten in Schwarzweiß-Technik. Buntfilme gab es erst seit 1939. Vorstufen dieser Kinos waren in Hausdurchgängen eingerichtete Vorführungsräume mit etwa 20 Sitzplätzen, in denen Stummfilme gezeigt wurden. Ein Klavierspieler sorgte für die Geräusche. Für 20 Pfennige konnte man sich dort den ganzen Tag aufhalten, weil der jeweilige Film nach kurzer Pause von vorne begann. Dort wärmten sich im Winter die Obdachlosen. Eines dieser Kinos in unserer Nähe hieß Biotophon, das wir Kinder Pütchephon nannten.

Telefone gab es vorwiegend in Ämtern, Behörden, Firmen und Büros freier Berufe mit nur wenigen Nebenstellen. Oft stand dort nur ein gemeinsam genutzter Apparat. Privatanschlüsse gehörten nicht zum unentbehrlichen

Standard und waren auf betuchte Zeitgenossen beschränkt. Die anderen telefonierten aus Telefonzellen oder von der Post aus. Eine Direktwahl gab es nur innerhalb der Ortsnetze. Ferngespräche mußten beim Fernamt angemeldet werden, wo das Fräulein vom Amt die Verbindung mit der Hand stöpselte. Wartezeiten waren an der Tagesordnung.

Eilige Nachrichten wurden telegrafiert und sofort nach Eingang zugestellt.

Die Post wurde zweimal täglich, morgens und nachmittags, und am Sonntag morgen einmal ausgetragen. Auf diese Weise konnte ein vormittags eingeworfener Brief im Ort noch am gleichen Tage zugestellt werden. Die Briefkästen wurden täglich viermal geleert. Es gab auch Geldbriefträger.

Der Computer war noch nicht einmal angedacht. Seine Zeit begann erst ca. 50 Jahre später.

Autos konnten sich nur vermögende Leute leisten. Auch für Besserverdienende galt ein PKW als entbehrlich. Die Fahrzeugdichte war gemessen an den heutigen Zuständen paradiesisch. Wenn in einer 300 m langen Straße zwei Kfz standen, erregte das schon Aufsehen. Wer es sich leisten konnte, fuhr mit der Taxe. Das waren teilweise komische Vehikel, in denen die Fahrgäste durch Dach und Glasscheibe geschützt hinten, die Chauffeure vorne im Freien saßen.

Die Straßen, vor allem außerhalb der Städte, waren weitgehend kopfsteinpflastergeprägt. Autobahnen gab es noch nicht. Eine Reise von Hamburg nach München dauerte, nicht zuletzt wegen ständiger Pannen, fast drei Tage.

Das Fahrrad war Hauptnahverkehrsmittel. Radfahrwege kannte man nur in den Großstädten. Sie waren wegen des geringen Autoverkehrs nicht notwendig.

In allen Städten gab es Straßenbahnen, in Hannover 16 Linien mit Außenstrecken bis in die weitere Umgebung. Die Motorwagen fuhren mit zwei Anhängern und waren mit einem Fahrer und drei Schaffnern besetzt. Nach heutigen Vorstellungen ein überzogener Personalaufwand. Der Kindertarif in den Städten betrug zehn Pfennige. Die Straßenbahnen waren stets ausgelastet.

Omnibusse besaßen auffällig große Kühler und fuhren teilweise mit einem Anhänger.

In Hannover trieb eine aus drei Mann bestehende Taschendiebesbande in vollbesetzten Waggons ihr spezielles Unwesen. Zwei dieser Ganoven aßen Knoblauch und bliesen den Fahrgästen den unangenehmen Geruch in ihre Gesichter. Wenn die sich angeekelt abwandten, griff der Dritte in ihre Taschen. Epochemachend!

Das attraktivste Verkehrsmittel war die Eisenbahn. Es gab Personen-, Eil-, D- und Güterzüge. Die Höchstgeschwindigkeit der D-Züge betrug 110 km/h. Sie wurden von Dampflokomotiven verschiedener Größen gezogen und qualmten mächtig. Die großen Dampfrösser, schwarz mit roten Riesenrädern, übten auf uns Jungen eine große Anziehungskraft aus. Es gab damals noch vier Wagenklassen. Stundenlang trieben wir uns auf den Bahnhöfen herum. Die bestanden aus großen gewölbten verglasten Hallen, in denen sich der Dampf staute. Man konnte sie nur durch eine Sperre betreten, wo die Fahr- bzw. Bahnsteigkarten von einem Kontrolleur abgestempelt wurden.

Zeitungen und Zeitschriften besaßen ein hohes Niveau. Aber 1933 begann das Ende der Pressefreiheit. Die politische Berichterstattung wurde zentral von Berlin aus gesteuert, die Medien der Zensur unterworfen. Ausländische Zeitungen gab es so gut wie nicht. 1939 wurde das Abhören ausländischer Radiostationen verboten, ihre Frequenzen mit Störsendern belegt. Dadurch entfielen aktuelle Vergleichsmöglichkeiten mit der Folge von verhängnisvollen Meinungsmanipulationen bei gleichzeitiger Ausschaltung jeder Kritik.

Sogar der Vertrieb von Schallplatten,vorwiegend mit englischer oder amerikanischer Jazzmusik wurde zu unserem Ärger untersagt. Der Schwarzmarkt blühte.

Ich wuchs zusammen mit meiner 16 Monate jüngeren Schwester Ingeborg, genannt Inge, in Hannover auf. Obwohl gegensätzliche Naturen, kamen wir gut miteinander aus, was sich nicht zuletzt auf ein festes Bündnis gegen unsere Eltern gründete. Inge konnte im Schatten des großen Bruders ihre eigenwillige Form entwickeln und war manchmal ein echter Trotzkopf. Sie drückte das sehr deutlich aus, indem sie ihre linke Schulter nach vorne schob. Ich deckte ihre Eigenheiten ab und sorgte vor allem für Ordnung bei ihren Sachen, weil sie dafür in einer besonderen Spielart von Genialität wenig Sinn hatte. Soweit erinnerlich, gab es zwischen uns nur einen bösen Konflikt, als ich nach der Lektüre von Karl Mays »Winnetou« ihre Lieblingspuppe mit einem Küchenmesser skalpierte. Ansonsten haben wir uns bis ins gegenwärtige Greisenalter gut verstanden und ständige Verbindung gehalten.

Wir wohnten zunächst in der Sedan-, Ecke Rambergstraße. Während der Weimarer Republik mit über vier Millionen Arbeitslosen, für die heutige Generation unvorstellbarem sozialem Elend und ständigen Unruhen war dieser Standort ein neuralgischer, aber hochinteressanter Punkt. An zwei Ecken der Kreuzung gab es Gastwirtschaften, von mir sinnigerweise Biergeschäfte genannt, die als Parteilokale von der NSDAP bzw. KPD mißbraucht wurden, indem es dort ständig Krawalle gab. Unser Balkon im ersten Stock war ein erstklassiger Beobachtungsstand. Eines Tages marschierte eine SA-Formation in kackbraunen Uniformen mit Trommeln und Pfeifen durch unsere Straße. Von rechts kamen mit Schalmeigetöse etwa die gleiche Zahl graugrün gekleideter Kommunisten. Auf der Kreuzung entwickelte sich eine wüste Schlägerei, bei der Schaufensterscheiben zu Bruch gingen und Blut floß. Als geschossen wurde, ging ich auf Geheiß meiner Mutter in Deckung, konnte aber meine Neugier nicht zähmen und beobachtete das weitere Geschehen durch die Balkonkastenblumen. Sie tat das übrigens auch. Auf dem Höhepunkt fuhr mit Tatütata das Überfallkommando mit zwei Fahrzeugen dazwischen. Auf ihren offenen Plattformen standen Doppelbänke, auf denen jeweils fünf Polizisten mit dem Rücken gegeneinander saßen. Vorne neben dem Fahrer saß ein Polizeioffizier. Die Beamten trugen dunkelblaue Uniformen, Ledergamaschen, Tschakos, Gummiknüppel und Pistolen. Sie stürzten sich geschlossen und knüppelschwingend ins Getümmel, worauf die Kontrahenten unter Zurücklassung ihrer Verletzten flüchteten. Diese wurden mit Krankenwagen abtransportiert. Zum Schluß dieser eindrucksvollen Veranstaltung wurden die Festgenommenen beider Parteien in der Grünen Minna ins Untersuchunggefängnis gebracht.

Wir Jungen besaßen damals Roller, mit denen um das Viertel Rennen gefahren wurden. Nach der oben beschriebenen Schlacht schnitten wir aus alten Bettlaken dreieckige Wimpel aus, die wir ahnungslos mit Hakenkreuzen bemalten und mit Bindfaden an den Rollern befestigten. Auf der Treppe des Kommunistenlokals saßen drei Gestalten. Als ich an ihnen vorbeifuhr, schnappten sie mich. Der erste riß den Wimpel ab. Der zweite haute mir rechts und links hinter die Ohren. Der dritte bepinkelte meinen Roller. Ich begriff gar nichts, rannte heulend mit blauem Auge nach Hause und handelte mir die Bemerkung ein, wer sich in Gefahr begibt, kommt darin um. Als ich meinem Großvater von diesem Erlebnis berichtete, gab er mir den weisen Rat, einen großen Bogen um jede Art von Auseinandersetzungen zu machen. Daran habe ich mich gehalten. Allerdings galt auch hier die Ausnahmeregel. Als ich in den wilden 68ern, von einer Reise zurückkehrend, den Hauptbahnhof Hannover ahnungslos verließ, traf mich der Strahl eines Wasserwerfers und schleuderte mich quer durch die Halle, weil ich, in Gedanken versunken, eine Polizeiaktion gegen gewalttätige Demonstranten auf dem Bahnhofsvorplatz nicht mitbekommen hatte.

Aus der Sedanstraßenzeit ist mir die große Armut der arbeitslosen Menschen in Erinnerung geblieben. Zumeist ärmlich gekleidet, besaßen sie nur selten einen Mantel. Uhren oder Schmuck galten als unerschwinglicher Luxus. Die Männer standen in langen Schlangen vor dem Arbeitsamt, um ihre Stütze abzuholen, was in den Papieren vermerkt wurde. Man nannte das stempeln gehen. Aus Langeweile spielten sie in der Eilenriede stundenlang Karten. Die Frauen stritten sich um schlecht bezahlte Haushaltsjobs zum Waschen, Bügeln oder Nähen. Täglich klingelten bis zu zehn Bettler an unserer Tür. Sie baten um Essen oder etwas Geld. Wer dieses demütigende Verfahren nicht ertragen wollte, bot für ein Mittagessen oder einen geringen Betrag das Klopfen von Teppichen bzw. Aufräumen von Kellern und Dachböden an.

Ein mit heute vergleichbares soziales Netz gab es nicht. Begriffe wie Kindergeld, Erziehungsgeld, Wohnungsgeld, soziale Zuschüsse, Bafög und andere Subventionen waren unbekannt. Die aus der Not geborene Kriminalität war sehr hoch. Auf den Straßen herrschte Unsicherheit. Straßenraub war ein tägliches Risiko.

Eines Tages brachte unser Vater eine Schäferhündin mit, die er angeblich günstig gekauft hatte. Der ehemalige Besitzer hatte ihm aber verschwiegen, daß sie, von einem Dobermann gedeckt, tragend war. Das konnte man nicht sehen. Sie hieß Fanny, wurde als neues vierbeiniges Familienmitglied begeistert aufgenommen und bekam auf dem Flur eine Matte, das Futter in der Küche, deren Tür offen stand. Als von dort mitten in der Nacht merkwürdige Geräusche ertönten, entdeckten wir sechs Welpen, die mit noch halbgeschlossenen Augen jaulend umherkrochen. Fanny lag, der Situation offensichtlich nicht gewachsen, auf dem Küchentisch und entzog sich ihren mütterlichen Pflichten. Auf Zureden besann sie sich dann doch eines Besseren. Bis zum Absetzen blieben die sieben Hunde, zu unserer Freude, aber zum mütterlichen Mißvergnügen, in der Wohnung. Zum Glück gab es einen geschlossenen Hof, in dem sie tagsüber herumtollen konnten. Meinem Vater gelang das Kunststück, alle Welpen zu verschenken. Fanny lebte noch zehn Jahre. Als sie alt, krank und fast blind wurde, befahl mir mein Vater, sie zum Einschläfern in die Tierärztliche Hochschule zu bringen, was mir, obwohl vernünftig, sehr weh getan hat. Mein Vater hätte dies besser nicht an mich delegiert. Ich nahm ihm das sehr übel.

Einmal feierten die Eltern eine Party, bei der es so hoch herging, daß ich nicht schlafen konnte. Als sie endlich ihre Gäste nach unten zur Haustür brachten, schlich ich ins Wohnzimmer und entdeckte mehrere noch halbgefüllte Gläser sowie eine im Aschenbecher qualmende Zigarre. Ich trank einen Teil der Reste aus und nahm einen tiefen Zug aus der Zigarre, bis ein Hustenanfall diesem Treiben ein Ende setzte. In meinem Bett zurück, übermannte mich nach kurzer Zeit ein unangenehmes Rühren, woraufhin ich, eine unappetitliche Doppelspur hinterlassend, zum Klo eilte. Dieses Erlebnis war einer der Gründe für meine spätere Abneigung gegen Alkohol und zeitweise auch Nikotin.

Im Wohnzimmer stand ein Grammophon mit Kurbel und großem Trichter, auf dem ein Hund abgebildet war. Darunter stand: »Die Stimme seines Herrn«. Diese Platten wurden mit einem Tonabnehmer abgespielt, in den eine Nadel gesteckt wurde. Die Wiedergabe von Musik und Gesang war blechern, die Nadel entwickelte Knackgeräusche. Das war damals die modernste Technik. Die Plattensammlung enthielt alle heute längst vergessenen Hits wie »Oh, Donna Klara«, »Ich küsse Ihre Hand, Madame«, »Gold und Brillanten hat'se nich«, »Das Nachtgespenst« und andere. Mein Vater sang diese Melodien mit und änderte die Texte in frivoler Weise ab. Ich belauschte ihn dabei und merkte mir diese Zötchen, um sie bei passender Gelegenheit zum eigenen Nutzen einzusetzen.
Die Gelegenheit ergab sich schneller als erwartet. Weil ich angeblich schon als kleiner Junge ein cleveres Kerlchen gewesen war, schickte mich meine Mutter mit Zettel und Geld zum Einkaufen in die an der Ecke befindliche Filiale von Ahrbergs Fleischwaren. Nachdem ich Zettel und Geld abgeliefert hatte und die Ware eingepackt war, fiel mein begehrlicher Blick auf

eine Würstchensorte, die ich besonders gerne aß. Auf die Frage, ob ich eines davon als Zugabe bekommen könnte, antwortete die Verkäuferin:»Ja, aber die mußt du dir verdienen. Was kannst du denn?« Meine Antwort: »Ich kann singen.« Sie forderte mich dazu auf, worauf ich den von meinem Vater textlich veränderten Schlager»Oh, Donna Klara, ich hab noch nie gewußt, daß du 'nen Schlüpfer hast mit Reißverschluß« lauthals sang. Der Lohn für das darauf folgende Gelächter waren zwei Würstchen.

Eine Woche später ergab sich eine neue Gelegenheit. Beim Betreten des überfüllten Geschäftes rief mir die Verkäuferin zu:»Bübchen sing doch mal!« Ohne Zögern schmetterte ich den Hit»Gold und Brillianten hat'se nich, reiche Verwandten hat'se nich« und dann »Aber was hat'se denn eigentlich?« mit durchschlagendem Erfolg und einem Honorar von zwei Würstchen. Die Show wiederholte ich dann noch einmal einige Zeit später und wählte als neuen Schlager:»Ich küsse Ihren Hund, Madame, und denk', es sei Ihr Schlund.« Der klassische Text lautete natürlich »… Hand …« und »Mund«. Für einen damals Vierjährigen waren das offenbar eindrucksvolle Vorstellungen.

Einmal gaben uns die Eltern 50 Pfennige für einen Kinobesuch. Bescheiden und sparsam erzogen, baten wir drei Wochen später um die Erlaubnis, einen damals sehr beachteten Film ansehen zu dürfen. Mein Vater sagte daraufhin zu unserer Mutter:»Cläre, womit haben wir diese vergnügungssüchtigen Gören verdient?« Ich verzichtete und habe niemals wieder um Kinogeld gebeten.

Eines Mittags kam Vater höchst erregt nach Hause und berichtete meiner als eine Art Blitzableiter fungierenden Mutter, am Wochenende würde in unserer Nähe ein Billigwarengeschäft unter dem Firmennahmen »EPA« eröffnet. Heute nennt man das Discounter. Dort sollten alle Artikel mit Verkaufspreisen von fünf Pfennigen bis höchstens einer Mark angeboten werden. Als Geschäftsführer des Niedersächsischen Einzelhandelsverbandes bezeichnete er diese unerwünschte Konkurrenz als tödliche Bedrohung der Existenz seiner Mitglieder, was natürlich eine seiner bekannten Übertreibungen war. Den folgenden mit volkswirtschaftlichen Fachausdrücken gespickten Vortrag verstanden wir natürlich nicht. Uns interessierte allein dieser neue Laden, der unsere kindliche Neugier geweckt hatte. Den wollten wir sehen. Am Eröffnungstag nahm ich Schwester Inge an die Hand. Ausgestattet mit 25 Pfennigen in der Tasche, rückten wir heimlich, still und leise aus und marschierten Richtung EPA. Der Laden gefiel uns. Ich kaufte für fünf Pfennige eine Lakritzpfeife, Inge für 15 Pfennige einen Hut, den ich ihr großzügig bezahlte.

Als wir nach Befriedigung unserer Neugier den Ort unserer geheimen Aktion verließen, stand plötzlich unsere Mutter vor der Tür, die sich, zunächst eine Entführung vermutend, auf der Suche nach uns an den Vortrag ihres Gatterichs erinnerte und die richtige Spur aufnahm.

Am Abend gab es ein heftiges Donnerwetter. Unser Vater befürchtete, durch die Missetaten seiner Zöglinge und der Verschwendung von 20 Pfennigen in einem Billigladen seinen Job zu verlieren, und hielt uns einen Vortrag, von dem wir kein Wort verstanden. Ein verständnisvolles Lächeln unserer Mutter bemerkend, wurden wir ohne Abendbrot zu Bett geschickt. Für uns war das trotzdem ein Heidenspaß.

Auf der gleichen Etage wohnte die beste Freundin unserer Mutter, Tante Li. Wir mochten sie gern und ernannten sie zu unserer Lieblingstante. Zu ihrem großen Kummer hatte sie keine Kinder und nahm uns deshalb gerne auf, besonders wenn Mutter etwas vorhatte. Sie spielte mit uns, organisierte die Kindergeburtstage und fütterte uns mit ihrer speziellen Erfindung: Speckbrot mit Maggi. Sie war unglücklich mit einem Mann verheiratet, der nicht nur kokste, sondern auch als Mitinhaber eines bekannten Textilgeschäftes seine Direktrice in der Mittagspause auf dem Schreibtisch zu bumsen pflegte. Eines Tages nahm sie sich mit einer Überdosis Schlaftabletten das Leben. Wir haben Tante Li sehr beweint.

1930 kam ich im Alter von sechs Jahren in die Bürgerschule 26. Sie lag um die Ecke in der Friesenstraße. Dort regierte der Rohrstock. Die Lehrer erzwangen damit Ruhe, Ordnung, Disziplin und Fleiß. Sie setzten auch Backpfeifen ein. Im Klassenschrank befand sich eine ganze Kollektion dieser Prügelinstrumente. Die Strafen bestanden aus ein bis drei Schlägen auf den Po, die weh taten. Ich steckte immer ein Heft in den hinteren Teil meiner Hose. Das wurde zum ersten Schmerzmittel meines Lebens.

In der Schule gab es einige Rabauken, die besonders schwächere Klassenkameraden schikanierten. Einen dieser kräftigen Typen nannte man Schlägerkalle. Als mich mein zu Besuch weilender Großvater einmal von der Schule abholte, beobachtete er, wie sich Schlägerkalle einen kleineren Jungen vornahm. Er sagte zu mir: »Nimm dich vor dem in acht! Wenn er dich angreifen sollte, mußt du dir sofort Respekt verschaffen und dazu etwas Originelles einfallen lassen! Dann läßt er dich in Ruhe.« Kalle hatte man offensichtlich die Äußerung meines Opas gesteckt; denn am nächsten Tag rempelte er mich in der Pause an und versuchte, mich an mein Schienenbein zu treten, was ihm aber mißlang. Dem Rat meines Großvaters folgend, klappte ich mein mit Schmalz bestrichenes Pausenbrot auseinander und klebte ihm je eine Scheibe rechts und links an die Backe. Gleichzeitig stieß ich ihm das Knie in die empfindlichste männliche Stelle, woraufhin er sich schmerzverzerrt auf dem Boden wälzte. Seitdem wurde ich allseits respektiert und niemals mehr angegriffen.

Aus dieser Schulzeit erinnere ich mich an zwei Begebenheiten, die mir damals nur schwer verständlich waren. Neben mir auf der Schulbank saß Heiner, den ich gut leiden konnte. Mir fiel auf, daß er niemals ein Schulbrot dabeihatte. Auf meine Warumfrage antwortete er: »Mein Vater ist arbeitslos und trinkt. Wir haben zu Hause nicht genug zu essen.« Als ich das meiner Mutter erzählte, sagte sie: »Ab morgen bekommst du zwei Pausenbrote, von denen du ihm eins abgibst. Es geht nicht an, daß sein Herz blutet, wenn er dir hungrig beim Essen zuschaut.«

In der gleichen Straße wohnte Kurt-Lutz Sabel, der auch mein Klassenkamerad war. Wir waren seit mehreren Jahren befreundet und besuchten uns gegenseitig zum Spielen. Er besaß eine elektrische Eisenbahn, was damals etwas Besonderes war. 1935 kam er zu mir, um sich zu verabschieden. Auf meine erstaunte Frage, wohin sie umziehen würden, antwortete er, als unerwünschte Juden wollten sie Deutschland verlassen und nach England auswandern. Das konnte ich mit meinen elf Jahren nicht verstehen, weil seine Eltern kultivierte, gebildete und sehr nette Leute waren. Mein Vater, von mir darauf angesprochen und gefragt, warum einer meiner Freunde als Jude unerwünscht sei, vermied die Antwort mit der Bemerkung, daß ich davon noch nichts verstünde.

Ich war ein guter Schüler, brachte Zeugnisse mit nach Hause, über die sich die Eltern freuten, wurde immer versetzt und erreichte problemlos die höhere Schulreife.

Als die Zeit der Doktorspiele, ein untrügliches Zeichen für die Entdeckung des anderen Geschlechtes, begann, entstand auch für unsere Eltern das Problem der Unterbringung in getrennten Zimmern. Aber nicht nur aus diesem Grunde bezogen wir in der Richard-Wagner-Straße eine Sechseinhalbzimmerwohnung im zweiten Stock mit großem Flur, zwei Balkons, Küche und Badezimmer. Es war eine gute Wohngegend. In der Nähe befand sich die Eilenriede, ein bis zum Zentrum ausgedehnter großer Stadtwald, der nicht nur für die gute Luft Hannovers sorgte, sondern auch für viele andere Dinge äußerst nützlich war. In diesem mit wildem Wein bis zum Dach bewachsenen Haus wurde unser Leben noch interessanter. Wir wohnten dort mit unserer Hündin Fanny, die ihr Mattenlager in einer Ecke des Flurs hatte. Eines Tages lief sie weg und brachte eine kleine Katze in ihrer Schnauze mit nach Hause, die sofort als weiteres Familienmitglied aufgenommen wurde. Das sollte Fanny noch bitter bereuen. Als die Katze namens Peter erwachsen war, übernahm sie das Kommando und erreichte die Trennung in Einflußsphären. Der Flur war die Demarkationslinie. In den vorderen Zimmern herrschte Peter, in den hinteren Räumen Fanny. Wenn einer diese Grenzen verletzte, gab es Krieg. Einmal holte sich der Hund eine blutige Nase. Das andere Mal jagte er die Katze durch die Wohnung auf den Balkon, worauf sie mit einem Hechtsprung über die Brüstung aus der Höhe des zweiten Stockwerkes im Garten landete, ohne sich dabei mehr als eine schmutzige Nase zu holen. Peter besaß die Unart, seine Krallen an den nagelneuen Polstermöbeln meiner Mutter zu wetzen, deren modernes Design mit Papageifarben ich als übertrieben luxuriös bezeichnete, worauf es Ohrfeigen gab. Die Polster hingen nach kurzer Zeit in Fetzen herunter. Peter war eine klassische Naschkatze. Wenn der Kaffeetisch auf dem Balkon gedeckt war und niemand zusah, sprang sie auf den Tisch, steckte ihre Pfote in den Milchtopf, ohne ihn umzuwerfen, und leckte sie ab, bis der Topf leer war. Das uns täglich besuchende Eichhörnchen ging damit gröber um. Es warf den Topf einfach um und leckte die Milch vom Fußboden auf.

Einmal lief Fanny weg, was mein Vater mir als Verletzung der Aufsichtspflicht ankreidete. Sie kam aber bald zurück, brachte ein Huhn mit und legte es schweifwedelnd als Jagdgeschenk an der Wohnungstür ab. Vater befahl mir, das im Treppenhaus herumflatternde gackernde Tier einzufangen und dem uns gut bekannten Besitzer mit dem Ausdruck größten Bedauerns zurückzubringen. Solche Aufgaben wurden immer mir, dem Familientrottel, übertragen.

Als Peter, unsere Katze, meinen Vater in die Hand biß, woraus sich eine Sepsis entwickelte, wollte er sie zum Tode verurteilen. Dagegen erhoben wir Einspruch. Daraufhin wurde sie zum Mäusefangen im Kellerlager einer Lebensmittelgroßhandlung begnadigt. Und wieder mußte ich sie fortbringen. Mein Vater bemerkte zynisch: »Der Junge sucht sich immer die schwersten Aufgaben aus.«

Wenn es Winter wurde, montierten wir ein Vogelfutterhäuschen und Stangen vor ein Fenster, an denen wir Säckchen mit Erdnüssen befestigten. Die diese Gelegenheit nutzenden Vögel flogen pausenlos an. Anhand einer bunten Bildtafel habe ich alle heimischen Vogelrassen kennengelernt. An diesem Hobby habe ich noch heute meinen Spaß.

Wir besaßen einen Kleingarten nahe des Lister Bades in der Kolonie Mühlenwinkel neben der Lister Mühle. Dort wurde eine Laube gebaut, die nicht nur der Erholung, sondern auch anderen, nicht unangenehmen Zwecken diente. Mein Vater benutzte sie gelegentlich für spezielle Treffen. Bei Gefahr, das heißt, wenn Mutter anwesend war, hißte er an der 8 m hohen Fahnenstange die Kleingärtnerflagge, woraufhin die Dame abdrehte und mit dem Omnibus, allerdings unbefriedigt, wieder zurückfuhr.

Der Garten war als Sammelsurium von Obstbäumen, Gemüse und Blumen ein Prachtexemplar und diente auch unserer Versorgung. Trotzdem habe ich ihn gehaßt, weil ich ständig zum Unkrautjäten und Transport der reichlichen Ernten nach Hause eingesetzt wurde. Am Lenker meines Rades hingen zwei schwere Taschen, auf dem Rücken trug ich einen gefüllten Rucksack, auf dem Gepäckträger einen Korb. Derart übergewichtig legte ich geschickt balancierend die 5 km bis nach Hause zurück.

Am schlimmsten empfand ich das Vollpumpen des Brunnens mittels einer altertümlichen Schwengelpumpe. Das dauerte mehr als eine Stunde. Wenn das Wasser über den Rand lief, begann mein Vater so lange zu gießen, bis der Boden zu sehen war. Dann pflegte er mich zu fragen, wann ich endlich den Brunnen vollpumpen würde. Man wird sicher verstehen, daß ich dieser Art von Kleingärtnerei nichts abgewinnen konnte. Das hielt mich aber nicht davon ab, die Laube nach Rückkehr aus Krieg und Gefangenschaft in gleicher Weise wie mein Vater zu nutzen; allerdings ohne eine Flaggenparade zu veranstalten.

Unsere Gartennachbarn waren Onkel und Tante Böker, die wir gut leiden konnten. Tante Böker kam zweimal wöchentlich als Aufwartung zu uns. Einmal hörte ich folgenden Dialog zwischen meinem Vater und ihr: »Tag, Else, du dickes fettes Weib. Wie geht's?« Antwort: »Tag, Rudi. Mach dir mal nicht ins Hemd! Mit deinem Übergewicht und der Glatze bist auch du nicht gerade ein Musterbild an Schönheit. Halte lieber deine große Klappe, oder soll ich deiner Frau was erzählen?"

Sie erzählte natürlich nichts. Gemeint waren die Geschichten mit der Flagge.

Meine Mutter war aus meiner heutigen Sicht eine gute Erzieherin, obwohl mir ihre Methoden, vor allem, als ich älter wurde, auf den Keks gingen. Aber die vermittelten Grundwerte stimmten. Sie brachte mir Rücksichtnahme, Nächstenliebe, Höflichkeit, Pflichterfüllung, Bescheidenheit und Sparsamkeit bei. Sie wollte einen Gentleman aus mir machen, was ihr aber nur bedingt gelang, als sich die unvermeidlichen Flegeljahre ankündigten. Ich benahm mich außerhalb des Hauses stets gut, ohne jemals einen Rüffel einstecken zu müssen. Meine angeblich guten Tischmanieren mit perfekter Messer- und Gabelführung sowie Serviettengebrauch schon als Vierjähriger veranlaßten eine Freundin meiner Mutter zu der Bemerkung, sie hätte mich wie einen Affen dressiert. Leider gelang es Mutter aber nicht, mein Temperament zu zügeln und mir Gelassenheit zu vermitteln.

Meine angeborene Ordnungsliebe und meinen Tätigkeitsdrang nutzte sie in geradezu schamloser Weise aus. Zunächst erfolgte die Zuweisung kleiner Pflichten wie Brötchenholen, Einkaufen und Ausführen des Hundes. Mit jedem Jahr steigerte sie ihre Anforderungen. Ich mußte den Mülleimer leeren, Eingemachtes aus dem Keller nach oben bringen, abtrocknen, alle Schuhe putzen, Fanny bürsten, mein Zimmer sauber machen, das Bett beziehen, meine Strümpfe stopfen, die eigene Wäsche bügeln, Keller und Boden aufräumen sowie den Weihnachtsbaum schmücken. Hinzu kamen die mir vom Vater auferlegten Gartenpflichten. Damit erarbeitete ich mir ein fürstliches Taschengeld von 50 Pfennigen, später von einer Mark pro Woche.
Meine Schwester Inge verweigerte bockig derartige Arbeiten. Ich räumte sogar ihr Zimmer mit auf, wenn der Entzug von Abendbrot drohte.
Eines Tages platzte mir der Kragen. Ich protestierte in heftigster Form gegen diese Art von Sklavendasein, was mir ad hoc Respekt und eine vorsichtigere Behandlung sicherte. Mit pflegeleicht war es ein für allemal vorbei. Gleichzeitig startete ich meine tatenreichen, äußerst interessanten Flegeljahre.

Bei der Filialleiterin von Harry Habag hatte ich einen Stein im Brett. Wenn ich Brötchen holen mußte, bat ich um eine Rumkugel mit der Bitte, sie in der jeweils zum Wochenende zu bezahlenden Rechnung unterzubringen. Das tat sie ohne Bedenken. Nach einigen Wochen äußerte meine Mutter, ich solle mir nicht einbilden, sie hätte das nicht gemerkt. Aber jeden Tag eine Rumkugel zu konsumieren, könnte meiner Figur schaden. Im übrigen würden Fresser nicht geboren, sondern erzogen. Finito!

Ich hatte immer Hunger, obwohl es genug zu essen gab. Wegen des zu erziehenden Fressers rationierte Mutter das Abendessen auf drei Scheiben Brot. Darauf reagierte ich mit nächtlichen Plünderungen der Speisekammer (kalte Kartoffeln, Soße, Zucker, Marmelade und was sonst noch vorhanden war). Davon bekam ich starke Bauchschmerzen. Unser Hausarzt diagnostizierte Magenerweiterung. Als Therapie verschrieb er mir Mitilax, eine grießbreiartige, nach Marzipan schmeckende Substanz in einer 2-Kilo-Dose mit der Anweisung, davon morgens, mittags und abends einen Eßlöffel vor dem Essen einzunehmen. Die Dose reiche für etwa vier Wochen. Ferner einen Karton mit zwölf Flaschen eines speziellen Mineralwassers, wovon ich eine pro Tag trinken sollte. Das Mitilax aß ich in zwei Tagen löffelweise auf. Der Sprudel reichte nur für drei Tage. Als Mitglied einer »Säuferfamilie« war das logisch. Die elterlichen Fragen, ob ich die Medizin in den verordneten Dosen auch regelmäßig einnähme, beantwortete ich mit »selbstverständlich«, obwohl das unter meinem Bett eingerichtete Lager längst leergeräumt war. Mitilax schmeckte eben phantastisch!

Nachdem ich alle Beamten unseres zuständigen Polizeirevieres mit Namen anreden konnte und auch sie mich wegen der sich häufenden Verwarnungen gut kannten (aha,wieder einmal Rudolf der Vogel!), hielt mein Vater den Abschluß einer Haftpflichtversicherung für unentbehrlich. Am Tage, nachdem er seine unleserliche Doktor-Klaue auf dem Vertragsformular verewigt hatte, donnerte ich aus Versehen meinen Fußball in die Schaufensterscheibe des Tabakwarengeschäftes Wienhold, dessen Inhaber wir treffend, aber nicht sehr fein Buckel-Herr-Wienhold nannten. Die Scheibe war nur oben links gesplittert und wollte partout nicht fallen, woraus sich ein offener Vorgang mit täglichen unangenehmen Fragen ergab. Mein damals bester Freund, der Sohn unseres Hausmeisters, Hänschen Wirth, löste das Problem, indem er nächtlicherweise den Fußball noch einmal in die Scheibe schoß, woraufhin sie wie erwünscht zusammenfiel. Die Versicherung zahlte.

Freihändig mit dem Rad auf dem Bürgersteig fahrend, irritierte ich einen Autofahrer derart, daß er mit seinem Wagen gegen eine Laterne fuhr. Obwohl ich es nicht einsah, beschuldigte mich der herbeigerufene Polizist als Täter mit der Bemerkung: »Aha, schon wieder Rudolf Vogel!« Die Versicherung bezahlte erneut.

Das Haus, in dem wir wohnten, war hoch und hatte ein Spitzdach, aus dem die Schornsteine herausragten. Sie hatten ringsherum gesicherte Sprossen bis zur Öffnung. Einer dieser Schornsteine war das Ziel meiner Wünsche. Dazu mußte ich eine auf dem Trockenboden stehende Leiter unter die gläserne Dachluke stellen, die geöffnet wurde und mir den Zugang ermöglichte. Mit dem Familienfernglas ausgerüstet, erklomm ich den Schornstein und hatte eine herrliche Sicht auf die Stadt Hannover, wobei mich besonders der Flugplatz interessierte. Dort oben verbrachte ich so manchen Nachmittag, bis mein Vater diesem von ihm so bezeichneten Unfug ein unerwünschtes Ende bereitete. Nach Hause kommend, bemerkte er von der Straße her auf dem Dachfirst eine nicht zu identifizierende Gestalt und rief die Polizei. Als der mir gut bekannte Polizeibeamte seinen Kopf durch die Dachluke steckte und bemerkte: »Aha, schon wieder Rudolf der Vogel«, war das Spiel zu Ende. Mein Vater konnte sich nicht wieder einkriegen und bekam einer seiner üblichen Tobsuchtsanfälle.

In einer Wohnung unter uns in der ersten Etage wohnte eine adelige Dame, die mit dem Besenstiel unter die Decke klopfte, wenn es etwas laut wurde. Fast jede Woche beschwerte sie sich bei der Hausverwaltung über uns Lauser. Wir nannten sie wegen dieser Untergrundtätigkeit Frau von Wühlmauski, weil ihr richtiger Name mit -ki endete. Als mir das zu bunt wurde, bekam sie einen Denkzettel. Dazu muß man wissen, daß auf jeder Etage zwei Wohnungen gegenüberlagen, deren Türen nach innen geöffnet wurden. Mit einem Seil verbanden wir ihre Türklinke mit der gegenüberliegenden, wodurch sich die Türen nicht mehr öffnen ließen. Bis zur Ursachenfeststellung verging einige Zeit. Diesmal erwischte man uns nicht. Dennoch bemerkte der herbeigerufene Hausmeister, Vater meines Freundes, verständnisvoll grinsend: »Bengels stets verbrecherisch, finden manches lächerlich!«

An der Straßenecke befand sich eine zur Tarnung geeignete kleine Mauer, von der aus die Straße zu übersehen war. Wir benutzen sie für das uralte Portemonnaiespiel. Das Ding legten wir auf den Bürgersteig und befestigten daran einen Zwirnsfaden. Wenn sich ein Passant gierig danach bückte, zogen wir es weg. Die Reaktionen waren vielfältig und amüsierten uns immer wieder.

Zu Silvester durfte ich einige Knallkörper kaufen. Der Erwerb von Kanonenschlägen wurde mir verboten. Bekanntlich reizen aber Verbote zu Übertretungen. Ich besorgte davon drei Stück und kam auf den aus absoluter Unkenntnis über ihre Wirkung entstandenen Gedanken, sie zusammengebunden und angezündet in die an der nächsten Ecke befindliche Telefonzelle zu werfen. Die Wirkung war verheerend. Mit lautem Knall flog sie auseinander und schleuderte Glassplitter im Umkreis von 20 m auf den Asphalt. Der Telefonhörer hing samt Kabel in der Astgabel eines nahen Baumes. Glücklicherweise war ich in Deckung gegangen. Sonst hätte es ein böses Ende gegeben. Ich wurde nicht erwischt. Einige Wochen später bemerkte einer unserer Polizeibeamten zu mir: »Das kannst doch nur du gewesen sein; denn es gibt hier keinen zweiten so Verrückten wie dich!« Ich verbat mir dies, ungeachtet der Tatsache, daß er damit goldrichtig lag.

Straßenbahnen waren für uns Jungs interessante Vehikel. Wir stellten uns hinter den Fahrer, sahen ihm genau zu und hatten nach kurzer Zeit die Bedienung im Kopf. Links befand sich die horizontal drehbare Fahrstromkurbel, rechts die Bremskurbel, dazwischen der Richtungsanzeiger, auf dem Boden ein breiter Klingelknopf und ein Eisenhebel zum Lösen der Bremse mit dem Fuß. Die Weichen stellte der Fahrer, indem er je nach Richtung mit oder ohne Strom über einen in der Oberleitung befindlichen Kontakt fuhr. Dann sprang die Weiche um. Das war alles. Im Vergleich zu heute eine primitive Technik.

Als mein Freund und ich eines Abends mit dem Rad am Buchholzer Straßenbahndepot vorbeifuhren, standen dort mehrere Züge mit eingeschalteten Lichtern nebeneinander in der Halle, wo niemand zu sehen war. Die Fahrer und Schaffner machten Pause. Wir versteckten unsere Fahrräder und enterten unbemerkt einen Motorwagen der Linie 7. Ich löste die Bremse und drehte die Stromkurbel langsam nach rechts, woraufhin der Wagen sanft anfuhr. Die Weiche wurde stromfrei nach rechts Richtung Fasanenkrug gestellt. Ich erhöhte die Geschwindigkeit. Wir fühlten uns wie Profis. Trotz dieses Gefühls kamen uns aber nach ca. 1000 m neben der Bothfelder Kirche doch Bedenken. Ich hielt an und betätigte die Bremse. Wir ließen die Bahn stehen, hauten ab und hielten uns wegen dieser Heldentat für die Größten.

Am nächsten Tag stand in der Zeitung: »Eine Straßenbahn der Linie 7 verließ unkontrolliert das Buchholzer Depot und wurde leer an der Bothfelder Kirche aufgefunden. Dafür gibt es bisher keine Erklärung.«
Wir erzählten diesen Streich klugerweise niemanden, weil wir befürchten mußten, geschnappt zu werden.

Als Zehnjähriger kam ich auf die Leibnizschule, eine Oberschule für Jungen (Gymnasium und Realgymnasium). Sie lag in der Celler Straße, sinnigerweise neben dem Gefängnis. In der Nebenstraße befand sich ein Gebäude mit zwei Turnhallen in übereinander liegenden Etagen. Im dritten Stock gab es drei Räume für die unteren Klassen. In eine davon wurde ich eingewiesen. Die Schule besaß ein Landheim auf dem Gerdener Berg, 15 km von Hannover entfernt, wo jeweils zwei Klassen der Unter- und Oberstufe eine Woche pro Jahr verbrachten. Es war ein großes Fachwerksgebäude neben einem hohen Bergfries, der aber wegen Baufälligkeit nicht bestiegen werden durfte. Im Tal unterhalb eines steilen Weges gab es einen Sportplatz. Auf dem Gerdener Berg befand sich in der Frühzeit eine germanische Fluchtburg. Jede Klasse machte dort Ausgrabungen, in deren Verlauf vieles gefunden und, in einer Vitrine aufbewahrt, gezeigt wurde.

Auf diese Weise gewannen wir erste archäologische Einblicke. Die Grabungen wurden aber weniger geschätzt.

Sport spielte damals mit fünf Wochenstunden eine große Rolle. Es mußte Schulgeld bezahlt und die Schulbücher privat gekauft werden. Begabte Jungen aus einfachen Verhältnissen erhielten ein Stipendium.

Jungen- und Mädchenschulen waren getrennt. Eine Koedukation gab es damals noch nicht. Wahrscheinlich wegen der Moral, die jeder bekanntlich unterschiedlich definiert. Meistens ist sie ein Appell an die anderen.

Mit dem Wechsel auf diese Schule, der unter einer unglückseligen Konstellation stand, nahm mein Elend seinen viel zu langen Lauf. Nach den guten Leistungen in der Volksschule war es mir unbegreiflich, daß ich dort von Anfang an mit den Lehrern nicht klar kam. Das waren zum Teil merkwürdige Pädagogen, von denen einige diese Berufsbezeichnung in der Rückschau nicht verdienen. Zum Lehrkörper, ein lächerliches Wort, gehörten wegen ihrer politischen Vergangenheit abgesägte Schulleiter im Range von Oberstudiendirektoren, die als Studienräte Dienst tun mußten. Diese teilweise sehr fähigen Lehrer, oft mit Doktortitel, ließen ihrer Verbitterung freien Lauf und fanden unter ihren Schülern Opfer, unter anderem mich, was zu einem zweifelhaften Vergnügen wurde. Zu ihnen gehörte

Professor Dr. Sch., ein brillanter Kopf und Pädagoge. Er sah wie Friedrich der Große aus und bewegte sich auch so, wie wir das im Film »Fridericus rex« gesehen hatten. Er redete alle Schüler in der dritten Person an. Das klang so: »Quatsche er keinen Blödsinn, wisch er sofort die Tafel ab!" Prof. Sch. unterrichtete Latein und Geschichte. Er behandelte den trockenen Lehrstoff, indem er ihn mit Geschichten aus dem Altertum anreicherte, die uns den Eindruck kämpfender römischer Legionen vermittelten. Wir freuten uns auf seinen Unterricht. Der Leistungsdurchschnitt in den von ihm betreuten Klassen war hoch. Ich verdanke ihm die frühe Erkenntnis der Bedeutung des Lateins für die Wissenschaft und damit auch für meinen späteren Beruf. Dank seiner unserer damaligen Mentalität angepaßten Unterrichtsmethode entwickelte sich Geschichte zu meinem Hobby. Ich habe Prof. Sch. bis heute in guter Erinnerung behalten und konnte nicht verstehen, daß er aus politischen Gründen, er war Freimaurer, ungeachtet seiner Qualifikation degradiert worden war.

Eingangs benutzte ich den Begriff »Lehrkörper«, der aufgrund meiner schulischen Erlebnisse mit Arschpauker übersetzt werden sollte. Ich werde das anhand der Beschreibung einiger dieser Figuren unter Beweis stellen. Studienrat Dr. St. kam des öfteren alkoholisiert in den Unterricht, begrüßte lallend die Klasse und gab den Schülern Arbeiten auf. Er holte den Völkischen Beoachter, eine damals vielgelesene politische Zeitung, aus der Aktentasche und bohrte mit den Fingern ein Loch hinein, um uns zu beobachten. Dann schlief er unter der Zeitung ein, die seinen kahlen Kopf bedeckte. Eines frühen Morgens fand ihn unser Pedell, so nannte man damals den Hausmeister, total blau in der Gosse liegend. Mantel und Hut lagen neben einer in der Nähe stehenden Laterne. Als Frühpensionär starb er an Delirium tremens.

Studienrat H. war ein Zweizentnermann, der bei jeder unpassenden Gelegenheit die ordinärsten Ausdrücke verwendete, womit er unseren Wortschatz zum Ärger der Mütter bereicherte, wenn wir sie zu Hause zum Besten gaben. Er unterrichte Sport und Latein. Seine Spezialität war die Riesenwelle am Reck im Anzug mit Krawatte. Die Reckstangen in beiden Turnhallen hatten sich unter seinem Schwergewicht irreparabel verbogen.

Als sich eine Mutter beim Direktor unserer Schule über seinen ordinären Ton beschwerte, wurde er abgemahnt. Unmittelbar nach diesem Rüffel betrat er mit hochrotem Kopf die Klasse und bemerkte: »Der Direx hat mir einen Anschiß verpaßt, den ich der Mutter dieses Heinis dort hinten verdanke. Richte ihr aus, sie solle sich ein Stück Seife in ihren Allerwertesten stecken!« Dieser bemerkenswerte Auftritt blieb nicht ohne Folgen.

Der nächste Typ war der Musiklehrer Bubi N., ein unangenehmer Pedant. Er hatte die Angewohnheit, zum Unterrichtsbeginn die Vollzähligkeit der Unterrichtsutensilien (Liederbuch, Notenheft und Bleistift) peinlich genau zu prüfen. Zur Kontrolle führte er ein Oktavheft mit einem Namensverzeichnis. Hinter dem Namen des ertappten Sünders machte er einen Strich. Wenn drei Striche erreicht waren, verpaßte er dem Betreffenden zwei Ohrfeigen. Als er sich das auch bis zu unserem 14. Jahr nicht abgewöhnen wollte, beschlossen wir, ein Exempel zu statuieren. Die Gelegenheit bot sich, als er sich einen größeren Schüler in gewohnter Weise vornahm und ihn ohrfeigte. Der schlug zurück. Bubi N. flog mit dem Kopf gegen das Klassenpult. Mit drei Mann griffen wir uns den Pauker und setzten ihn mit der Bemerkung vor die Tür, er möge den Vorfall dem Direktor melden. Das wagte er nicht. Er hat niemals wieder zugehauen. Drei Wochen später wurde die Prügelstrafe in allen Schulen verboten. N. trug abnehmbare Papierkragen, die er in der Pause mit einem Radiergummi auf der Fensterbank zu reinigen pflegte.

Mein erster Klassenlehrer, der Oberschullehrer W., schockte mich nach vier Wochen vor der Klasse mit den Worten: »Rudolf, du bist ein netter, gut erzogener Junge, aber leider dumm. Damit mußt du leben! Finde dich am besten schon heute damit ab!" Diese unverantwortliche Bemerkung zu einem zehnjährigen Jungen hat mich sehr getroffen, zumal es, ausgenommen Mathematik, keine Lernprobleme gab. Schließlich wurde ich mehrmals versetzt, bis einer weiteren Spitzenkraft dieses Kollegiums mein Abschuß gelang. Das war der Studienrat Dr. W., Mathe-Lehrer und Herrscher über die sehr gut ausgestatteten Biologie-, Physik- und Chemiesäle. Der Mann war ein Playboy, hatte eine reiche Frau geheiratet und protzte mit ihrem Vermögen. Gutaussehend und wie aus einem Modejournal entstiegen, fuhr er als einziger Lehrer unserer Schule ein Auto der Marke Wanderer, das er provokativ neben dem Eingang parkte. Er machte jedes Jahr eine Kreuzfahrtseereise und drehte darüber Filme, die wir uns nach dem Unterricht ansehen mußten.

Er unterrichtete in der ersten Gymnasialklasse, damals Sexta genannt, Mathematik, bevorzugte die mehr intellektuell ausgerichteten Schüler und dachte nicht daran, den visuell veranlagten Jungen seine Aufmerksamkeit zu schenken. Meine Lernbefähigung setzte voraus, daß man mir das Warum erklärte. Weil er das nicht tat, war mein Versagen vorprogrammiert. Meine Wortmeldungen wurden ignoriert. Ich wurde aber aufgerufen, wenn er spürte, daß ich die Antwort nicht wußte, um mich vor der Klasse lächerlich machen zu können. Er konnte mich nicht leiden, was auf Gegenseitigkeit beruhte. Einmal sagte er in der Pause zu mir, es sei gut, daß ich noch nicht den Entwicklungspunkt erreicht habe, an dem die Menschen sich zu verstellen beginnen. Erkennbar wäre ich schon heute als ein klassischer Dummkopf, womit er eine ähnliche Bemerkung meines Klassenlehrers wiederholte. Dennoch begriff ich die für mich schwer verständliche Mathematik. Aber leider immer zu spät, weil dann die Pleite bereits eingetreten war. Er gab mir im Versetzungszeugnis die erste Fünf meiner bisherigen Schulzeit.

Als wir, fröhlich aus den Osterferien zurückgekehrt, den Unterricht in der Quinta begannen, war dieser Typ wieder unser Mathelehrer. Vor Beginn der Stunde befahl er mir, mich während seines Unterrichtes in die letzte Bank zu setzen. Ich sei ein hoffnungsloser Fall und sollte mir schon heute die Fünf in meinen zukünftigen Zeugnissen vormerken. Dasselbe passierte nach meiner Versetzung in die Quarta. In der Untertertia begann der Physikunterricht. Zu Beginn der ersten Stunde sagte der Typ: »Wer bei mir in Mathe mangelhaft ist, bekommt automatisch auch eine

Fünf in Physik; denn beide Fächer hängen eng zusammen.« Mit einem blauen Auge schaffte ich wegen guter Leistungen in anderen Fächern die Versetzung und hoffte inständig, in der Obertertia den Typ endlich loszuwerden. Diese Hoffnung erfüllte sich nicht. Im Gegenteil, er übernahm zusätzlich zu Mathe und Physik den Chemieunterricht mit der gleichen Konseqenz wie in den Vorklassen und mit dem Ergebnis, daß ich mit drei Fünfen hängenblieb. Dieser Spitzenpädagoge hat mir so zugesetzt, daß ich aufgrund seiner Drohungen die Mitarbeit in seinen Fächern verweigerte, was in der Kopfnote des Zeugnisses vermerkt wurde. Es war ein Fehler, meinen Vater über diese Ereignisse nicht unterrichtet zu haben, weil zu befürchten war, daß er es mir nicht glauben würde. Es kostete mich unnötigerweise ein ganzes Jahr. Erst als mein alter Herr wegen der Kopfnote »Verweigerung« wie ein Berserker auf mich einschlug, schleuderte ich ihm meinen jahrelang aufgestauten Frust ins Gesicht, worauf er einhielt und zu handeln begann, als ich auf seine Frage, ob ich das beweisen könne, drei Mitschüler benannte, die das Theater zwischen Dr. W. und mir miterlebt hatten. Alle drei sagten mir ihre Hilfe zu. Er wandte sich an die Schulbehörde und trug dem Hannoverschen Schulrat, den er persönlich kannte, den Fall vor. Der sagte eine Untersuchung zu, verlangte dafür aber Zeugen, die mein Vater ihm aufgrund meiner Aussage zusicherte. Aber leider hatte ich die Rechnung ohne die Wirte gemacht. Die Klassenkameraden wurden von ihren Eltern zurück gepfiffen, weil sie auf dieser Penne, nicht ganz grundlos, Nachteile für ihre Sprößlinge befürchteten. Damit fiel das Ermittlungsverfahren ins Wasser, und ich drehte eine Ehrenrunde mit dem Handikap, daß meine erste Fremdsprache Französisch in dem mir nachfolgenden Jahrgang durch Englisch ersetzt worden war. Das Ergebnis dieser Schulreform: Fünf Jahre Französisch in den Papierkorb! Fünf Jahre Englisch im Sonderkurs nachlernen. Die Ehrenrunde endete mit meiner Versetzung. Als in der Untersekunda Dr. W. wieder auftauchte, noch dazu als Klassenlehrer, und mich hämisch begrüßte, wechselte ich im Einvernehmen mit meinem Vater die Schule. Der in unserer Nähe wohnende Oberstudiendirektor und Leiter der Lutherschule gehörte zum Bekanntenkreis meiner Eltern. Als ehemaliges Mitglied des Leibnizschulkollegiums waren ihm die dortigen Verhältnisse aus eigener Anschauung vertraut. Er brachte uns gegenüber sein Unverständnis darüber zum Ausdruck, daß wir uns nicht schon früher an ihn gewandt hätten. Ich absolvierte die Lutherschule bis zu meiner Einberufung als Soldat mit passablen Noten. Aber die Fünf in Mathematik blieb mir auch dort erhalten, weil es dank des Dr. W. nicht zu schließende Wissenslücken gab.

Die sich für die deutsche Sprache verantwortlich haltenden Kulturpolitiker aller Couleur haben sich nicht nur in den neunziger Jahren eine Rechtschreibreform geleistet, die, weil absolut unnütz, niemand wollte, sondern auch in der Vergangenheit wiederholt ihren Reformeifer in typisch deutscher Untugend losgelassen und dabei die daraus entstehenden Folgen nicht oder nur unzureichend bedacht. Im vorigen Absatz berichtete ich über die Änderung der ersten Fremdsprache mit ihren nachteiligen Konsequenzen. 1935 gab es eine weitere Reform, in deren Verlauf die alte deutsche Schreibschrift, die in der Sütterlinschrift aufging, durch die lateinische Schrift ersetzt wurde. Sie ist zwar für die meisten europäischen Sprachen erforderlich. Aber die Aufgabe unseres sprachlichen Kulturgutes war nicht notwendig. Schließlich haben Rußland, Griechenland und andere osteuropäische Länder ihre kyrillische Schrift nicht aufgegeben, obwohl sie für Fremdsprachen auch die Lateinschrift erlernen mußten.

Mit der Abschaffung der deutschen Schrift ergaben sich zwei Probleme. Meine Generation, die diese Schriftzeichen gelernt und in ihren Gehirnen programmiert hatte, mußte umschalten, woraus sich immer wieder Rückfälle ergaben, die zu einem Mischmasch führten. Das passiert mir heute noch, wenn ich nicht aufpasse. Gravierender sind aber die Folgen für das deutsche Schriftgut unserer Vergangenheit. Nachdem die nach uns geborenen Generationen diese Schrift nicht mehr kennen, können sie Urkunden, Schriftstücke, Archivunterlagen, Bücher, Bildunterschriften, ja selbst ihre Familienstammbücher nicht mehr lesen und benötigen dazu einen Übersetzer. So etwas passiert, wenn man profilierungssüchtige Kulturpolitiker gewähren läßt.

Nach dieser Abschweifung wäre der Bericht über meine Schulzeit unvollständig, ohne von den Streichen zu erzählen, die traditionell zum Alltag auch in unserer Schule gehörten. Schüler ohne Streichideen sind phantasielose Langweiler, bemerkte ein beliebter Lehrer in seiner Ansprache anläßlich unserer Verabschiedung.

In der Eingangshalle der Leibnizschule standen neben der breiten Treppe zum ersten Geschoß zwei überlebensgroße Statuen von Julius Caesar und dem Kaiser Augustus. Caesar hob die Hand, als wenn er sich bei den Gladiatoren für den Gruß »morituri te salutant« bedanken wollte. Die rechte Hand von Augustus zeigte in Richtung des Einganges. Beide boten sich für allerlei Blödsinn an. Eines Tages kamen wir sehr früh in die Schule, als der Hausmeister noch frühstückte, und klauten seine Leiter in der Absicht, beide Figuren in besonderer Weise zu dekorieren. Beim Anstellen und Beklettern der Leiter konnte ich in letzter Sekunde das Umfallen von Caesar verhindern. Ihm setzten wir einen Schlapphut auf, schlangen einen Schal um seinen Hals und steckten eine Zigarre in die ausgestreckte Hand. Augustus dekorierten wir mit einer Baskenmütze, legten einen Strick um seinen Hals, hängten an den Zeigefinger der ausgestreckten Hand einen Büstenhalter, an die rechte Hand einen Hüftgürtel mit Strapsen, beides hatte mein Klassenkumpan seiner Mutter geklaut, verzogen uns mit Unschuldsmienen hinter eine Säule und harrten der Dinge, die da kommen würden. Der Erfolg war überwältigend. Nicht nur die Schüler, sondern auch das Lehrerkollegium kamen in die Halle und lachten sich schimmelig. Unser Lateinlehrer Prof. Sch. zitierte grinsend aus dem Vergil: »pueri pueri sunt et puerilis tractant.« (Knaben sind Knaben und begehen knabenhaftes – frei übersetzt: nichts als Blödsinn.) Der Direx war von dieser Vorstellung sehr beindruckt, verzichtete auf eine hochnotpeinliche Untersuchung und beschränkte sich auf die Anweisung an den Hausmeister, den ursprünglichen Zustand nach Schulschluss wiederherzustellen.

Der Strick um den Hals des Augustus führte zu einer Diskussion in der Klasse, weil man sich den Grund nicht erklären konnte. Unsere Begründung war verblüffend. Im Religionsunterricht hatte man uns über die Kreuzigung Jesu durch die Römer erzählt, was unsere kindlichen Gemüter als Riesensauerei empfanden, für die, wie man heute sagen würde, der politisch Verantwortliche bestraft werden müsse. Natürlich nachträglich und nur symbolisch, was den Strick erklärte. Leider hatten wir aber den Falschen erwischt, denn Augustus war damals schon tot. Im Verlaufe des späteren Geschichtsunterrichtes identifizierten wir seinen Nachfolger, den Kaiser Tiberius, als den wahren Übeltäter, von dem es aber in der Penne leider keine Statue für unsere Späße gab.

Ein Referendar, der Geografie unterrichtete, langweilte uns mit uralten Witzen aus der Bartwickelmaschine. Er verfügte über ein Repertoire, das er auch in anderen Klassen vortrug. (Herr Ober, bitte zwei Gabeln zum Kitzeln, damit ich lachen kann!) Er sah aus wie der Glöckner von Notre-Dame. Sein linkes Auge sah geradeaus, das andere nach rechts. Wir brauchten einige Zeit, um uns daran zu gewöhnen. Wenn er einen Schüler ansprach, fühlte sich der Danebensitzende aufgrund der rechten Augenstellung angesprochen und antwortete. Darauf bekam er zu hören, er hätte ihn nicht gefragt, worauf ein dritter bemerkte, er habe doch gar nichts gesagt. Grausam, wie Jungens nun einmal sind, dachten wir uns etwas Boshaftes aus und verwendeten dafür den Kartenständer. Der kann verlängert werden und besitzt zur Arretierung der schweren Landkarte einen Eisenstiel mit Klöppel. Auf den Klassenschrank stellten wir eine kleine mit aus dem Chemiesaal abgezweigter Buttersäure gefüllte Flasche. Daneben den hochgestellten Ständer mit dem Klöppel darüber. An den Stift zum Herausziehen wurde ein langer Bindfaden befestigt. Außerdem war die Klinke der Eingangstür von unten mit schwarzer Schuhcreme präpariert. Als der Lehrer die Klasse betrat und irritiert seine schwarze Hand betrachtete, waren wir mucksmäuschenstill und starrten alle auf seine Krawatte, was ihn nervös machte. Dann fingen wir an zu summen und steigerten die Lautstärke bis zu dem Augenblick, wo der Stift herausgezogen wurde und der Klöppel die Flasche mit lautem Knall zertrümmerte. Der infernalische Gestank vertrieb uns aus der Klasse. Der Direx eilte herbei und fragte: »Wer war das?« Wir hoben alle die Hand. Strafe: vier Stunden Nachsitzen.

Ein Mitschüler, Sohn eines Bauern aus Buchholz, brachte in einer Zigarrenkiste beim Dreschen gefangene Feldmäuse mit, die er während des Unterrichts laufen ließ. Unsere Konzentration war damit vorbei. Wir versuchten, die Tierchen wieder einzufangen, was aber nicht gelang. In der Schule gab es fortan Mäuse.

Im Frühling Maikäfer im Klassenzimmer fliegen zu lassen, war eine nicht besonders zu erwähnende Pflichtübung.

Während eines Aufenthaltes im Landheim Gerden war für einen Mitschüler, der bei den Lehrern das Radfahren betrieb (oben buckeln, unten treten), der Heilige Geist fällig. Der konnte in zwei Formen verabreicht werden. Entweder salbten wir den Po mit Schuhcreme ein und setzten mit Zahnpaste ein Auge auf jede Backe, oder wir zogen dem Delinquenten einen Sack über den Kopf und verpaßten ihm eine Spezialbehandlung. Wir entschieden uns für die zweite Version, lauerten ihm auf dem steilen Weg zum Sportplatz in der Dunkelheit auf und zogen ihm den Sack über den Kopf. Als ein lauter Hilfeschrei ertönte, stellten wir entsetzt fest, den Falschen in Gestalt des Studienrates Dr. N. erwischt zu haben. Alle hauten ab. Ich ging nach kurzer Zeit zurück, befreite ihn von dem Sack und fragte scheinheilig, ob er überfallen worden wäre. Völlig geschockt bestätigte er das und bat mich, ihn zur Polizei zu begleiten, was ich unter der Zusicherung meiner Hilfsbereitschaft auch tat. Das Verfahren wurde mangels Beweisen eingestellt.

Die in architektonischer Backsteingotik erbaute Leibnizschule und die spätgotische Lutherschule wurden 1943 und 1944 durch britische und amerikanische Bombenangriffe auf Hannover bis auf die Grundmauern zerstört. Kein Stein blieb auf dem anderen. Dieses unersetzliche Kulturgut wurde sinnlos vernichtet.

Jugend

1935, elf Jahre alt, sprach mich der zwei Jahre ältere, gegenüber wohnende Didi Eichwede an und sagte, er habe mich schon längere Zeit beobachtet und sei der Meinung, daß ich meine Straßenaktivitäten woanders besser einbringen könne. Als Jungzugführer im Deutschen Jungvolk, einer der vier nationalsozialistischen Jugendorganisationen, wolle er mir den Betrieb gerne zeigen. Wenn er mir gefalle, könne ich dem Jungvolk beitreten. (Eine allgemeine Jugenddienstpflicht wurde erst 1937 gesetzlich eingeführt.) Gesagt, getan, ich war begeistert und erklärte mit Zustimmung der Eltern meinen Beitritt. Ich trat in das Fähnlein 11 mit dem Antrittsort De-Haen-Platz ein. Mein Fähnleinführer war Wolfgang Gebhard, Spitzname Apo, eine Abkürzung für Arschpoet. Den Grund dieser Namensgebung kann man sich wohl denken. Mein Jungzugführer wurde Richard Braumann, genannt Mulle. Spitznamen waren damals große Mode, von denen ich hier einige zum Besten gebe. Da war Polle, Paul Becker, in Anlehnung an das Berliner Lied »Polle reiste jüngst zu Pfingsten«, Kabo, Abkürzung für Kaffer Bode, Buwa, Hubert Braumann, unser Jungstammführer, Boxer, Jürgen Schellack, weil er immer gleich zuschlug, Bratzer, weil der sich im Dienst einmal in die Hose gemacht hatte, Minus, der jüngere Bruder von Apo, Männi, Hermann Wagner, Otsch, Otto Stukenbrock, Ossi, Oswald Krummbiegel, und Otzmann, Franz Becker, der Bruder von Polle, den Engländer nach Heimkehr aus dem Krieg in der »Podbi« erschossen, weil er die Sperrstunde um wenige Minuten überzogen hatte.

Mit dem Eintritt in das Jungvolk begannen die schönsten Jahre meiner Jugend, die meine Entwicklung wesentlich geprägt haben. Über die Elternhauserziehung hinaus geschah das durch Vermittlung von Grundwerten wie Vaterlandsliebe, Kameradschaft, Einsatzfreudigkeit, Tapferkeit, Opferbereitschaft und Idealismus. Aufgrund meiner Enttäuschungen in Elternhaus und Schule wurde mir das Jungvolk zur zweiten Familie, für das ich mich mit Elan einsetzte. Etwas weniger wäre besser gewesen, weil dabei eine Reihe von wichtigen Dingen für meine Zukunft zu kurz gekommen ist. Das stellte sich aber erst viel später heraus.

Bei meinem Eintritt war ich, abgesehen von meiner kessen Schnauze, im Vergleich zu den neuen Freunden noch sehr klein und schmächtig, was mir den Spitznamen »Pieps« einbrachte, der sich nicht allein auf meinen Namen »Vogel« bezog. Es fiel mir am Anfang schwer, mit den älteren, größeren und stärkeren Kameraden mitzuhalten. Ich machte oft schlapp, bekam Atembeschwerden und mußte mir die spöttische Frage: »Pieps, kriegst du noch Luft?« gefallen lassen. Das stachelte meinen Ehrgeiz an. Nach einem Jahr war ich derart fit, daß diese Frage nicht mehr gestellt wurde. Der Name Pieps blieb mir aber bis heute erhalten. Die Langzeitwirkung dieser Zeit läßt sich daran messen, daß die wenigen Überlebenden des Zweiten Weltkrieges und der folgenden Jahre noch heute, nach 68 Jahren, an jedem ersten Freitag im November zusammenkommen, wobei wir uns treffend mit leichtem Spott darauf hinweisen, doch schon etwas alt auszusehen. Darunter befinden sich außer mir noch einige Urgroßväter, die sich in der damaligen Zeit diesen Dienstgrad überhaupt nicht vorstellen konnten.

Aber zurück zu unseren Wurzeln. Wir waren uniformiert, trugen im Sommer ein Braunhemd mit schwarzem Dreieckstuch (im Notfall auch als Badehose verwendbar) und Lederknoten, dazu eine sehr kurze Hose (Cahlenberger Halblang war verpönt), Socken und genagelte Halbschuhe oder Stiefel. Im Winter über dem Hemd eine dunkelblaue Jacke, Überfallhose und Skimütze. Dazu ein Koppel, dessen Schloß mit einer Rune, dem Markenzeichen des Jungvolks, verziert war. Ein breites feststehendes Fahrtenmesser in einer Lederscheide an der Seite war unsere stolze Bewaffnung. Auf der Klinge stand:»Blut und Ehre«, was uns aber nicht hinderte, damit im Lager oder auf Fahrt unsere Käsebrote zu streichen. Am linken Arm trugen wir ebenfalls diese Rune und ein Dreieck, woraus unsere Herkunft Nord-Niedersachsen erkennbar war. Unsere Gliederung beruhte auf militärischen Vorlagen. Die bedeutendste Einheit, einer Kompanie vergleichbar, war das Fähnlein. Es bestand aus drei Jungzügen mit drei Jungenschaften. Es rekrutierte sich aus dem jeweilig festgelegten Stadtgebiet. Der übergeordnete Jungstamm bestand aus drei bis vier Fähnlein. Die höchste Kommandozentrale war der von einem hauptamtlichen Führer dirigierte Jungbann, zu dem alle Jungstämme Hannovers gehörten. Die Rangabzeichen der Führer befanden sich auf dem rechten Arm, ab Jungzugführer auf den Schulterklappen. Die Dienststellung wurde durch Schnüre von einem Knopf auf der linken Schulter zur linken Tasche gekennzeichnet. Sie hatten von der unteren Stellung an beginnend die Farben rot-weiß, grün, grün-schwarz, grün-weiß, weiß und rot.

Im meinem Beitrittsjahr entstammten unsere drei bis vier Jahre älteren Führer der Bündischen Jugend. Sie nannten sich Pfadfinder und gehörten zu den christlichen oder sozialen Jugendvereinigungen, die nach 1933 aufgelöst in den Jugendorganisationen der NSDAP aufgingen. Unsere Führer Karli von Merck, Polle Becker, Buwa Braumann, Apo Gebhard und Ossi Krummbiegel waren bewunderte Vorbilder, die uns alles vermittelten, was der Mentalität von uns Jungen entsprach und Spaß machte. Wir hatten mittwoch- und sonnabendnachmittags je vier Stunden, nach Fortfall der Schule am Sonnabend den ganzen Tag Dienst. Wir trieben Sport, vor allem Schwimmen, Leichtathletik und Ballspiele, exerzierten und machten abenteuerliche Geländespiele. Das Motto unserer Erziehung lautete: »Flink wie Windhunde, zäh wie Leder, hart wie Kruppstahl. Gelobt sei, was hart macht.«

Fast jeder Jungzug besaß in irgendeinem Gebäude oder Keller ein sogenanntes Heim, das wir mit Tisch und Bänken ausstatteten und, so gut es ging, ausschmückten. Dort wurden in Heimabenden Vorlesungen mit oft heldenhaften und abenteuerlichen Themen gehalten.

Gesang war besonders beliebt und wurde gepflegt. Wir lernten und kannten über 50 alte und moderne Lieder, die wir mit Gitarrenbegleitung sangen. Das Gitarrespielen lernten wir schnell. Das Instrument wurde Klampfe genannt.

In den Ferien gingen wir in kleinen Gruppen von ca. 20 Jungen zu Fuß oder mit dem Rad auf Fahrt. Wir radelten an die Nordsee bis Wilhelmshaven, fuhren mit dem Schiff nach Wangerooge, wanderten nach Anreisen mit der Bahn durch Ostpreußen, Pommern, den Harz, das Weserbergland, das Rheinland, Bayern und die Alpen. Wir zelteten im Nürburgring und sahen uns 1938 das Formel-1-Rennen mit den damaligen Sportgrößen Carraciola, Nouvolari, v. Brauchitsch, Bernd Rosemeyer und Hermann Lang an. Nouvolaris Renner drehte sich direkt vor uns und fuhr in den Graben. Das haben wir fotografiert. Eintritt haben wir natürlich nicht bezahlt, sondern schlichen uns nächtlicherweise heimlich in den Ring.

Unsere tägliche Marschleistung betrug ca. 25 km, die wir mit dem Rucksack auf dem Rücken, Affe genannt, zurücklegten. Jeder besaß eine Zeltbahn und Decke. Zur Ausrüstung gehörten Zeltstäbe und Heringe. Außerdem schleppten wir einen großen Kochtopf, der auf den Affen des Kochs geschnallt wurde, und die Klampfe mit. Auf den verrußten Topfboden ritzten wir das damalige polizeiliche Kennzeichen von Hannover. »1 S«, ein. Abends schlugen wir unser aus Zeltbahnen zusammengeknüpftes Zelt auf, worin wir auf dem Grasboden herrlich schliefen. Besonders romantisch war das abendliche Lagerfeuer, um das wir auf unseren Affen sitzend im Kreis herumsaßen und unter Klampfenbegleitung sangen. Der Kochtopf hing auf drei Hölzern über dem Feuer. Es gab meistens Spaghetti mit Tomatensoße, am nächsten Tag Tomatensoße mit Spaghetti. Wir kauften Brot, Margarine, Honig, Käse, etwas Wurst und frühstückten mit unseren Fahrtenmessern über den Daumen. Natürlich wurden im Sommer auch Äpfel geklaut.

In besonders schönen Nächten wurde »gehannomagst«. Das war Schlafen unter freiem Himmel mit Blick zu den Sternen, was wir besonders gern mochten.

Die Bahnfahrten und ein kleiner Zuschuß wurden vom Jungbann bezahlt. Den Rest für unsere bescheidenen Ansprüche übernahmen wir. Unser Taschengeld warfen wir zusammen. Niemand besaß auch nur einen einzigen Pfennig. Alle Zahlungen erfolgten ausschließlich aus der Fahrtenkasse. Das wurde als normal ohne Murren akzeptiert. Kameradschaft wurde ganz groß geschrieben.

In den Oster- bzw. Herbstferien gingen wir in große Zeltlager des Jungbannes nahe Hannover. Diese Veranstaltungen waren aber wegen der militärischen Ausrichtung und der weltanschaulichen Schulungen nicht sonderlich beliebt. Die Bezeichnung Weltanschauung weist schon auf die Erklärung einer zielgerichteten Politik hin. Als Jungen waren wir diesen Strömungen ausgeliefert, ohne uns angesichts einer gelenkten Nachrichtenpolitik und mangels Vergleichen mit dem Ausland ein Bild von den realen Verhältnissen machen zu können. Wir hielten so ziemlich alles, was vermittelt wurde, für richtig. Es gab nur eine Meinung, die zu unserer Weltanschauung wurde und in voller Überzeugung mit allen Mitteln verteidigt werden mußte. Das war eine perfekte Gehirnwäsche, die man aus heutiger Sicht nur schwer nachvollziehen kann.

Zentrale Themen dieses Unterrichtes waren die jüngere deutsche Geschichte, der militärisch nicht verlorene Erste Weltkrieg, das Versailler Diktat, der Verlust von fast 25 % des deutschen Staatsgebietes an Polen, Litauen, Dänemark, Frankreich und Belgien sowie der deutschen Kolonien. Ferner die unsere Lebensgrundlagen zerstörenden Reparationen, die Machtübernahme mit ihren politischen, sozialen, wirtschaftlichen und militärischen Anfangserfolgen.

Das stärkte unser Selbstbewustsein und baute einen Idealismus auf, der in den Kriegsjahren rücksichtlos ausgenutzt wurde und Millionen das Leben kostete.

Auch das Judentum war ein Thema. Man stellte uns die Juden als Spekulanten dar, die sich an den Schaltstellen des Kapitalismus zu Lasten der Völker bereicherten und im Hintergrund die Politik lenkten. Sie seien die Drahtzieher des Ersten Weltkrieges gewesen. Der in den USA ansässige Weltjudenverband hätte Deutschland 1933 formell den Krieg erklärt, obwohl Frieden herrschte. Man wollte die Juden zur Auswanderung bewegen, möglichst nach Palästina. Die Absicht ihrer physischen Vernichtung wurde nicht angedeutet. Das mußten wir Jungen uns zwangsweise anhören, obwohl es sich um eine nicht akzeptable Pauschalisierung einer Gruppe von Menschen deutscher Staatsangehörigkeit handelte, deren Familien seit langer Zeit in Deutschland ansässig waren.

Den Aushang eines antijüdischen Hetzblattes des Titels »Der Stürmer« mit widerlichen Karikaturen nahm ich zum Anlaß, mit meinem Vater das Thema Antisemitismus zu diskutieren, weil mir diese Beurteilungen der Juden nicht in den Kopf wollten. Abgesehen von meinem emigrierten Freund Kurt-Lutz Sabel wohnte in unserem Haus die Familie Hahn. Sie waren kultivierte, nette Leute. Herr Hahn, Inhaber einer Druckerei, war im Ersten Weltkrieg ein mit dem EK I ausgezeichneter dreimal verwundeter Offizier gewesen. Seine Diskriminierung paßte überhaupt nicht in unser Bild, demzufolge Kriegsteilnehmer Helden waren.
Mein Vater wich mir mit der Bemerkung aus, davon verstünde ich noch nichts. Wahrscheinlich scheute er aber nur das Risiko, dieses heikle Problem mit seinem Sohn zu erörtern, der Mitglied einer Jugendorganisation war.

Die Kristallnacht im November 1938, in der die Schaufenster aller jüdischen Geschäfte zertrümmert wurden und noch mehr geschah, empfanden wir als widerwärtigen Vandalismus. Als ich am nächsten Morgen mit meinem Vater durch die Stadt ging, waren wir peinlich berührt. An die Mauern hatte man geschmiert: »Wer beim Juden kauft, ist ein Volksverräter!« Wieso das? Mein Vater sagte, diese Nacht würde das deutsche Ansehen in der Welt schädigen und uns eines Tages heimgezahlt werden, womit er recht hatte. Er war sehr betroffen, weil die meisten Inhaber dieser Geschäfte Mitgliedschaften des Einzelhandelsverbandes besaßen, deren Geschäftsführer er war. Er empfahl mir, darüber nicht weiter zu sprechen, weil es unter dem gegenwärtigen Regime leider nicht zu ändern wäre. Im übrigen sei der Antisemitismus keine Erfindung unserer Zeit. Heute weiß man, daß diese Aktion der politischen Führung aus der Hand geglitten war, was zu inneren Auseinandersetzungen führte.

Wir bevorzugten Wochenendfahrten mit dem Rad in die Umgebung. Ein beliebtes Ziel war die Eichenkreuzburg in Krähenwinkel bei Bissendorf. In Nachtmärschen lehrten wir ängstliche Naturen jüngeren Alters das Fürchten. Wir erkletterten am Weg einen Baum, hüllten uns in weiße Tücher ein und spielten mit durchschlagendem Erfolg Geister, woraufhin alle entsetzt davonliefen. Diese Nummer zogen wir in jedem Jahr wieder ab.

An die Eichenkreuzburg erinnert mich ein unschönes Erlebnis. Einer meiner älteren und stärkeren Kameraden, der mich nicht leiden konnte, forderte mich zum Boxen auf und zog sich dazu nur Skihandschuhe an. Ehe ich darauf reagieren konnte, schlug er mir meinen mittleren Vorderzahn aus, womit der Kampf beendet war, bevor er begonnen hatte. Das war ein ganz linkes Ding. Als Vergeltung schnitt ich ihm die Reifen seines Rades bis auf die Felgen durch und warf die Ventile weg. Fortan mußte ich bis heute mit einem Stiftzahn leben, über dessen Finanzierung mein Vater mangels Krankenkassenmitgliedschaft nicht sehr erfreut war, zumal ich ihm den Täter nicht verriet und einen anderen Grund erfand. Verrat wäre ein Verstoß gegen unsere Spielregeln gewesen. Dieses Erlebnis hat meine lebenslange Abneigung gegen Boxsport und Zahnärzte bewirkt.

Unser größtes Erlebnis war ein Geländespiel im Deister, an dem der ganze Jungbann mit etwa 1500 Jungen beteiligt war. Das dauerte drei Tage. Aufgeteilt in eine blaue und eine rote Partei, waren wir in den Scheunen der umliegenden Dörfer einquartiert. Essen gab es aus Feldküchen. Jeder trug am linken Arm ein Gummiband als Lebensfaden. Wer ihn im Kampf verlor, galt als tot und mußte ausscheiden. Die rote Partei baute am Bielstein, dem höchsten Punkt des Deisters, eine Burg aus Baumstämmen, Zweigen und anderem Gehölz. Sie wurde sorgfältig getarnt. Mit drei Mann bekam ich den Befehl, als Spähtrupp den unbekannten Standort dieser Burg zu erkunden. Getarnt schlichen wir durch den Wald, fanden ihn nach zwei Stunden und traten den Rückzug an. Dabei wurden wir entdeckt und angegriffen. Alle drei Mann verloren ihren Lebensfaden und gerieten in Gefangenschaft. Nur ich entkam und meldete die Entdeckung des Feindes. Wir Blauen brachen sofort auf und griffen die Burg an. 1500 Jungen kämpften mit mehr oder weniger fairen Methoden gegeneinander und brüllten dabei wie die alten Germanen in der Schlacht im Teutoburger Wald. Ich verlor »mein Leben« und mußte ausscheiden. Dieses Geländespiel war trotzdem ein unvergeßliches Erlebnis.

Nach dreijähriger Mitgliedschaft wuchsen wir in die Führungsrollen hinein und lösten unsere inzwischen studierenden Vorbilder ab. Ich kletterte auf der Stufenleiter bis zum Jungstammführer und führte den aus ca. 500 Pimpfen bestehenden Jungstamm 5, genannt Wikinger, dessen Gebiet vom Lister Platz bis nach Buchholz reichte. Unsere Fahne war schwarz und trug ein rotes Wikingerschiff-Emblem.

Erwähnenswert sind die großen Aufmärsche der Hitlerjugendorganisationen, bei denen wir als Jungvolk immer am besten abschnitten und dafür auch ausgezeichnet wurden. Vorne marschierte der aus 60 Mann bestehende Fanfarenzug mit 25 Landsknechtstrommeln und 35 Fanfaren. Der Fanfarenzugführer dirigierte die Musik anstelle eines Taktstockes mit einer Fanfare. Der Zug schwenkte mit einem eindrucksvollen Manöver ein, und wir marschierten unter dem Beifall der Zuschauer in Zehnerreihen vorbei. Der Fanfarenzug des Hannoverschen Jungvolks gewann alle Wettkämpfe im damaligen Deutschen Reich. Spötter sprachen: »Da kommen die Neger.« (Wegen der Trommeln.)

Sehr großer Wert wurde auf die sportliche Ausbildung gelegt. Wir mußten uns jedes Jahr den Prüfungen der Reichsjugendsportspiele stellen. Der Erwerb des Jugendsportschützen- und -scharfschützenabzeichens waren für einen Jungvolkführer Pflichtübungen. Es gab auch ein Führersportabzeichen, welches man aber erst ab 18 Jahren erwerben konnte.

Wir lernten Skilaufen und verbrachten winterliche Wochenenden in der tiefverschneiten Skihütte des Skiklubs Hannover in Altenau am Fuße des Harzes.

Nach Kriegsbeginn mußten wir uns ab 15 Jahren einer vormilitärischen Ausbildung in der Kaserne des Infanterieregimentes 73 in Bothfeld unterziehen. Man brachte uns das Schießen mit dem Karabiner 98 K, der Pistole 08 und dem MG 36 sowie den Gebrauch von Handgranaten bei. Wir absolvierten diese Pflichtveranstaltung in absoluter Ahnungslosigkeit darüber, was uns noch bevorstehen sollte.

Durch die konzertierte Sportausbildung zwischen Schule und Jungvolk mit ca. zwölf Wochenstunden hatten wir, einige Flaschen ausgenommen, eine mit heutigen Verhältnissen verglichene unwahrscheinlich gute Konstitution. Als uns nach Einberufung zum Wehrdienst die Unteroffiziere zu schleifen versuchten, lachten wir sie aus. Das waren für uns nur leichte Übungen.

Als Ergebnis unserer erlebnisreichen Jungvolkzeit ist festzuhalten, daß sie von fast allen Jungen mit Begeisterung akzeptiert wurde. Es gab nur wenige Außenseiter. Wir kannten weder Alkohol- noch Rauschgiftprobleme. Jugendkriminalität gab es so gut wie gar nicht. Wir waren beschäftigt und besaßen im Jungvolk unseren jugendlichen Mittelpunkt. Dort konnten wir auch unsere überschüssigen Kräfte sinnvoll einsetzen. Discos waren unbekannt. Mit Mädchen hatten wir nur wenig im Sinn. Wir behandelten sie ritterlich und höflich. Die Sexualität spielte keine besondere Rolle, obwohl sie als die große Unbekannte manchmal Thema Nummer eins war. Ich besaß immer noch meine Unschuld.

Diese erlebnisreiche Zeit endete für mich im Alter von 17 Jahren. Mein Nachfolger als Führer des Jungstammes 5 »Wikinger« wurde mein bester zwei Jahre jüngerer Freund Hans-Gerd Peters. Ich wurde Soldat.

Zweiter Weltkrieg

Erinnerungen und Betrachtungen

Als noch nicht mündiger Staatsbürger, aber trotzdem zum Heldentod befähigt, benötigte ich für meine selbstverständlich freiwillige Meldung zum Wehrdienst das Einverständnis meines Vaters. Er verweigerte mir die Luftwaffe oder Panzertruppe mit dem Hinweis, bei der Artillerie sei man sicherer. Das war wieder eine seiner Fehleinschätzungen; denn es hatte ihn im Ersten Weltkrieg als Artillerieoffizier mehrmals schwer erwischt. Aber auch im Zweiten Weltkrieg gab es infolge moderner strategischer und taktischer Kampfführungen keine Gefährdungen erster oder zweiter Klasse, was wir bald zu spüren bekamen.

1941 meldete ich mich zur Waffen-SS und wurde nach bestandener Aufnahmeprüfung 1942 zum SS-Artillerie-Ausbildungs- und -Ersatzregiment nach München einberufen. Aufgrund der schweren Verluste im Rußlandfeldzug, die schnellstens ersetzt werden mußten, blieb meinem Jahrgang die übliche halbjährige Arbeitsdienstpflicht erspart.

Bevor ich mit meinen Erlebnisschilderungen beginne, halte ich es für angebracht, das von den Siegermächten konstruierte pauschale Bild der Waffen-SS als verbrecherischer Organisation, das, der gängigen political correctness folgend, immer noch nachgezeichnet wird, als Zeitzeuge zu korrigieren. Die deutsche Bundesregierung hat das Nürnberger Urteil über die Waffen-SS nicht anerkannt. Der Bundeskanzler Konrad Adenauer gab eine Ehrenerklärung für alle gefallenen und überlebenden Soldaten dieser Truppe ab, die in Erfüllung ihrer damaligen Pflicht ehrenvoll gekämpft hatten. Das haben aber bestimmte Kreise bis heute nicht zur Kenntnis nehmen wollen, weil es nicht in ihr festgefügtes Weltbild paßt.

Die Mentalität unserer in den zwanziger Jahren geborenen Generation war eine andere als heute. Beeinflußt von unseren Vätern und Lehrern, die das Trauma des ohne militärische Niederlage verlorenen Ersten Weltkrieges und die Schmach des Versailler Diktates nicht verkraftet hatten, sowie unter dem Einfluss einer geschickten Propaganda in den Jugendorganisationen dachten und handelten wir nach unseren Grundwerten, wozu auch die bedingungslose Akzeptanz des Wehrdienstes gehörte. Wehrdienstverweigerung war ein unbekannter Begriff. Nicht wehrdienstfähig zu sein, wurde als Schmach empfunden und war häufig Grund von Selbstmorden. Als der Krieg 1939 begann, ich war damals 15 Jahre alt, bedauerten wir, noch nicht dabeisein zu können, was man heute aufgrund unserer Erlebnisse nur noch schwer verstehen kann.

Der Waffen-SS anzugehören, galt als erstrebenswerte Auszeichnung. Diese Truppe besaß eine besondere Qualität in bezug auf die personelle Auswahl, ihre Ausbildung, Ausrüstung, Bewaffnung und nicht zuletzt durch ihren Kampfgeist. Bis 1944 bestand sie ausschließlich aus Freiwilligen (auch aus anderen Ländern Europas), an die besonders hohe körperliche und geistige Ansprüche gestellt wurden. Bei den Aufnahmetests fiel ein Drittel der Bewerber durch. Offizier konnte jeder werden, der Führungsqualitäten besaß, Fronterfahrung hatte und bereit war, eine harte Kriegsschule zu absolvieren. Wer als Junker (Fähnrich) bei den Prüfungen durchfiel, wurde zum Oberscharführer (Feldwebel) befördert und zur Truppe zurückversetzt. Herrenallüren und soziale Abstufungen gab es nicht, ebenfalls keine Sonderrechte gegenüber den Soldaten. Vorgesetzte wurden mit ihrem Dienstgrad ohne Herr wie in Frankreich, England und den USA angeredet. Die Waffen-SS war die erste multinationale Truppe der Welt. Ihr Kampfwert wurde von allen Gegnern gefürchtet. Sie war ein verschworener Haufen im positiven Sinne, ihr Einsatz verlustreich. An den Schwerpunkten aller Fronten eingesetzt, sind von über 900.000 Mann ca. 320.000 gefallen. Die Angehörigen dieser Truppe pauschal als Verbrecher zu bezeichnen, ist eine nicht zu übertreffende Ehrabschneidung.

Die Waffen-SS-Verluste wurden nur noch von der U-Boot-Waffe übertroffen, die von 33.000 Besatzungsmitgliedern 28.000 verlor. Das alles kann man heute nur als absoluten Wahnsinn bezeichnen.

Die Vorwürfe von Kriegsverbrechen sind Einzelfälle, die von Soldaten aller kriegführenden Länder in der juristischen Grauzone von Kampfhandlungen immer wieder begangen wurden. Die der Waffen-SS angelasteten Fälle betreffen vorwiegend die Partisanenkämpfe, eine besonders hinterhältige Kriegführung, die in der bis zum Kriegsende geltenden internationalen Haager Landkriegsordnung von 1907 als Verbrechen eingestuft und mit Geiselerschießungen im Verhältnis 1:10 geahndet werden konnte. Diese unmenschliche Strafbestimmung wurde erst im Zusammenhang mit Gründung der UNO 1945 außer Kraft gesetzt.

Von Vergasungen und Vernichtungsaktionen besaßen wir keinerlei Kenntnisse, weil laut Führerbefehl absolute Geheimhaltung nach dem Motto praktiziert wurde, daß niemand mehr Informationen erhalten durfte, als für die Erledigung seines Auftrages notwendig war. Die Einheiten, in denen ich meinen Dienst tat, sind niemals in die Nähe derartiger Einsätze gekommen. Wir können deshalb für diese Untaten nicht verantwortlich gemacht werden. Trotzdem läßt man die unberechtigten pauschalen Vorwürfe nicht fallen.

Für Vernichtungsaktionen waren Sondereinheiten zuständig, die leider die gleiche Uniform wie wir trugen. Daraus resultierte wahrscheinlich unsere generelle Verurteilung. Die Einsätze dieser Gruppen leitete der Reichsführer SS.

Die Waffen-SS war als kämpfende Truppe von Kriegsbeginn an dem Oberkommando der Wehrmacht unterstellt und erhielt nur von dort ihre Befehle.

Der Reichsführer SS, Heinrich Himmler, war nur politischer Führer ohne Kommandofunktion. Er galt als nicht ernstzunehmender Weltanschauungsapostel und wurde als »Reichsheini« tituliert. Er war für die Einsatzgruppen, den SD, die Gestapo, die Polizei und die KZ verantwortlich. Wir mochten ihn nicht. Sein Einsatz als Oberbefehlshaber der Heeresgruppe Weichsel im letzten Kriegsmonat endete nach wenigen Tagen mangels militärischer Kenntnisse als Fiasko. Nach der Kapitulation fand er mittels einer Zyankaliampulle ein unrühmliches Ende.

Nach einer zehnstündigen Bahnfahrt von Hannover nach München meldeten wir uns, eine Gruppe von ca. 50 Mann, in der Hand den üblichen Pappkarton zur Rücksendung unserer Zivilklamotten, am Tor der Kaserne im Vorort Freimann, die für die kommenden drei Monate unsere mehr oder weniger angenehme Heimat werden sollte. Das vierstöckige gut ausgestattete moderne Gebäude war als Karree um einen weitläufigen Exerzierplatz gebaut, in dessen Mitte eine große Vielzweckhalle stand.

Der Spieß der Stabsbatterie, ein Hauptscharführer (Hauptfeldwebel) mit einem Notizbuch in der Knopfleiste seiner Jacke, befahl uns, der Größe nach in einer Reihe nebeneinander Aufstellung zu nehmen. Antreten nannte man das. Er las die Namen vor und teilte uns der für unsere Ausbildung zuständigen Batterie zu. Dann erschien der Offizier vom Dienst, ein Untersturmführer (Leutnant) mit Stahlhelm und umgeschnallter Pistole, dem der Spieß Meldung machte. Er begrüßte uns mit den Worten: »Heil Schutzstaffel!« Laute Antwort im Chor: »Heil Untersturmführer!« Das waren die offiziellen Begrüßungsworte der Waffen-SS. Man antwortete dem die Einheit begrüßenden Vorgesetzten mit seinem Dienstgrad ohne Herr. Der O.v.D. hielt eine kurze Rede folgenden Inhalts: »Ich begrüße euch neue freiwillige Kameraden und hoffe, daß ihr niemals bereuen werdet, was ihr in eurem jugendlichen Leichtsinn unterschrieben habt. Wir werden aus euch Soldaten zu machen versuchen, die ihre Pflicht tun, gehorchen und, wenn es sich gar nicht vermeiden läßt, ihre zerbrechlichen Knochen für Führer, Volk und Vaterland einsetzen. Ab heute gehört ihr zu einer der besten Truppen, die diese traurige Welt zu bieten hat. Ich heiße euch in unserem Regiment herzlich willkommen. Wegtreten!«

Als wir den uns zugewiesenen Eingang betraten, standen im Parterre, wo die Genesungsbatterie untergebracht war, zwei mit EK II und Verwundetenabzeichen dekorierte, aber nur wenige Jahre ältere Rottenführer (Obergefreite), Reichskriegsrottenmeister, das Rückgrat der Armee genannt, wovon der eine zum anderen sagte: »Herr, vergib diesen Säuglingen, denn sie wissen leider noch nicht, was sie tun.« Diese Ouvertüre schmeckte uns nicht. Aber wir waren nicht zimperlich.

Im Stockwerk unserer 5. Batterie empfing uns der zuständige Spieß. Ein Spieß besaß in allen Einheiten den ranghöchsten Unteroffiziersdienstgrad, war rechte Hand des Batteriechefs und wurde Mutter der Batterie genannt. Er war für den inneren Dienstablauf, die Verwaltung sowie die Logistik verantwortlich und hatte sich um alles zu kümmern. An beiden Unterärmeln trug er zwei silberne Ringe. Seine Fähigkeiten waren besonders bei den Feldeinheiten für die Qualität der Truppe von Bedeutung. Gute Spieße genossen hohes Ansehen.

Unser Spieß teilte jeweils sechs Rekruten eine Stube zu und bestimmte einen Stubenältesten. Die Betten mit Matratzen und blauen karierten Bezügen standen übereinander. Jeder bekam einen eigenen Spind, der nicht abgeschlossen werden durfte, weil Kameradendiebstahl in der Truppe als ehrenrührig galt und nicht vorkam. Bettenbauen und Spindeinräumen waren Ordnungsübungen. Wer unangenehm auffiel, hatte den Spind auf den Hof zu schleppen und dort einzuräumen. Auch der sogenante Maskenball war ein Disziplinierungsverfahren ganz übler Art. Im Abstand von jeweils zehn Minuten mußten die Klamotten gewechselt und auf dem Hof angetreten werden. Dabei galt eine unbestimmte Reihenfolge, etwa so: Mobanzug, Turnhose, Drillichanzug, volle Kampfmontur einschließlich Waffe, Badehose, und das alles im fröhlichen Wechsel, bis uns das Wasser im A... kochte.

Die Soldaten entstammten keiner bestimmten Heimatregion, sondern kamen aus allen Gebieten Deutschlands. Ihre verschiedenen Ausbildungen, Berufe und Dialekte waren eine bunte Mischung, die für alle sehr interessant war und eine durch nichts zu erschütternde Kameradschaft bewirkte. Das Verhältnis unserer Offiziere und Unteroffiziere zu uns war im Dienst hart, in der Freizeit das Gegenteil. Im Umgangston gab es nur das gegenseitige Sie. Als Ausdruck besonderer Wertschätzung galt, wenn der Vorgesetzte einen Untergebenen duzte. In den Fronteinheiten war das Duzen auch zwischen Mannschaften und Unteroffizieren üblich. Wir wurden morgens um 6 Uhr geweckt. Zapfenstreich war um 22 Uhr. Die Dienstzeiten richteten sich nach den jeweiligen Übungen. Freizeit war knapp. Die ersten acht Wochen durften wir die Kaserne nicht verlassen. Zunächst gab es nur Ausgang in Gruppen von fünf Mann unter Führung eines Unteroffiziers. Erst eine Woche danach wurden wir auf München losgelassen. Vor dem Verlassen der Kaserne wurden Uniform, Haarschnitt, Kamm, Fingernägel, Sauberkeit, Taschentuch und Kondom kontrolliert.
Das ständige gegenseitige Grüßen mit der rechten Hand war äußerst lästig, besonders wenn sich ein Mädchen eingehakt hatte.

Die Verpflegung war gut, aber für uns noch nicht ausgewachsene Spunde so knapp, daß wir niemals satt wurden. Deshalb steuerten wir bei unseren Ausgängen immer zuerst das 6 km entfernte Lokal Großer Wirt an der Danziger Freiheit an, wo es markenfreie Stammgerichte gab, von denen wir uns mehrere zu Gemüte führten. Während des Krieges waren die meisten Lebensmittel rationiert und nur gegen zugeteilte Marken erhältlich.
Unter den schlachterprobten Soldaten gab es einige, die eine Vorliebe für Hochprozentiges besaßen. Ihre schwankende Haltung glichen sie auf dem Heimweg dadurch aus, daß der rechte Fuß in der Gosse, der linke auf dem Gehsteig marschierte. Ein Portepeeunteroffizier setzte seinen Degen in

eine Straßenbahnschiene, um die Richtung zu halten. Er merkte nicht, daß eine Weiche nach rechts gestellt war, und landete vor der benachbarten Flakkaserne.

Die Amputierten der Genesendenbatterie brachen erst eine Viertelstunde nach uns auf, weil sie uns, mit ihren Gehhilfen, Krücken genannt, ein höheres Tempo vorlegend, noch vor der Kaserne überholen konnten.

Der Empfang von Kleidung, Ausrüstung und Waffen geriet zum Erlebnis besonderer Art. Für die Uniformierung und Bekleidung war der Kammerbulle zuständig. Man mußte aufpassen, daß man die richtige Größe erwischte. Er gab mir einen viel zu großen Stahlhelm und bemerkte, er passe, aber mein Kopf sei zu klein, woraufhin er ihn grinsend umtauschte. Wir empfingen eine feldgraue Uniform, einen Mantel, ein Käppi, Hemden, scheußliche lange Unterhosen, Unterhemden, Socken, ein Paar Knobelbecher (Schaftstiefel), ein Paar Schnürschuhe, zwei Decken, eine Zeltbahn und einen Tornister. Dazu einen Gürtel und Koppelschloß mit der Aufschrift »Meine Ehre heißt Treue«, Patronentaschen, Feldspaten, Gasmaske, Kochgeschirr, Brotbeutel, Tarnjacke und einen Drillichanzug fürs Grobe. In der Rekrutenzeit beschränkte sich unsere Bewaffnung auf einen Karabiner 98 K und ein 35 cm langes Seitengewehr (Bajonett) zum Aufsetzen. Der Kuckuck (stilisierter Adler) wurde am linken Oberarm getragen, darunter die Mannschaftsdienstgradabzeichen. Auf dem rechten Kragenspiegel befanden sich auf schwarzem Untergrund die SS-Runen, auf dem linken die Rangabzeichen in Form von Sternen, Balken oder Eichenblättern. Die Schulterstücke entsprachen denen der Wehrmacht mit Paspelierungen in der jeweiligen Waffenfarbe (Artillerie rot, Infanterie weiß, Panzer rosa usw.). Der Divisionsname befand sich eingestickt auf einem um den linken Unterärmel getragenen, silber eingefaßten schwarzen Streifen.

So ausgerüstet, sahen wir endlich wie richtige Soldaten aus, hatten aber erst noch Gehen, Grüßen, aufrechte Haltung und Benehmen zu lernen, bevor man uns, als vollwertige Mitglieder der Truppe anerkannt, auf die Menschheit losließ. Das nannte man Formalausbildung.

Wenn etwas nicht klappte, erfolgte der Befehl:«Gewehr in Vorhalte! Knie beugen!« Dazu war der Spruch aufzusagen: »Ich bin Soldat, ich bin es gerne, ich bin selbst schuld daran. Es fördert den Haarwuchs, stärkt die Muskeln und gibt dem Arsch eine gesunde Gesichtsfarbe.«

In den ersten Tagen unseres Dienstes empfingen wir in täglichem Abstand Impfungen gegen alle denkbaren Krankheiten, was teilweise schlauchte. Am dritten Tag unseres Soldatendaseins ertönte, während wir schliefen, spät in der Nacht ein Pfiff und der Befehl: »Aufstehen zur Schwanzparade!« Als das Licht eingeschaltet wurde, standen in der Stube ein Arzt und zwei Sanis. Es folgte die Anweisung: »Hemd hoch! Vorhaut, soweit vorhanden, zurück!« Der Grund dieser verblüffenden Veranstaltung war eine Kontrolle von Sauberkeit, eventuellen Geschlechtskrankheiten und Parasiten. Es erfolgten eingehende Belehrungen, daß Geschlechtsverkehr nicht ohne Kondom, genannt Pariser, erfolgen dürfe, und die Infektion mit einer Geschlechtskrankheit als Selbstverstümmelung bestraft würde. Der Pariser gehöre zur ständigen Ausrüstung, sei stets mitzuführen und beim Ausgang am Tor vorzuzeigen. Wer sich trotzdem infiziert haben sollte, mußte sich nach Rückkehr beim Sanitäter vom Dienst sanieren lassen, was eine unangenehme Prozedur gewesen sein soll. Im Anschluß an diesen hochinteressanten Vortrag suchte einer der beiden Sanis mit Lupe und Taschenlampe nach Filzläusen, Schambergantilopen, bei der Marine Matrosen am Mast genannt. Der andere führte für den Fall der Fälle eine dicke lange Puderspritze mit sich, die aber nicht eingesetzt werden mußte. Auf unserer Stube fiel niemand unangenehm auf.

Am nächsten Tag ertönte das Kommando: »Raustreten zum Tätowieren!« Was? Der Abteilungsarzt ritzte mit einer Art Skalpell unsere festgestellte Blutgruppe in die Oberseite des linken Armes und färbte sie blau ein. Das war für den Fall von Bluttransfusionen bei schweren Verwundungen sehr sinnvoll. Daran konnte man aber die Angehörigen der Waffen-SS identifizieren, weil es derartige Kennzeichen bei anderen Truppenteilen nicht gab. Das war bei einer Gefangennahme gefährlich, weil die Russen SS-Angehörige in der Regel sofort erschossen. Nach der Kapitulation ermittelten die Alliierten anhand dieser Tätowierungen Soldaten der Waffen-SS, die sich der Gefangenschaft entzogen oder als Zivilisten getarnt hatten. Uns war es bis zum Kriegsende nicht bekannt, daß nur wir dieses Kainsmal trugen.

Das Soldbuch war der Ausweis des Soldaten, in das alle persönlichen Daten eingetragen wurden. Es mußte in der linken Brusttasche getragen werden. Jeder erhielt eine unveränderbare Personalnummer, die ihn stets begleitete.

Die Erkennungsmarke, bestehend aus einem in der Mitte perforiertem ovalen Blech, wurde an einer Schnur um den Hals getragen und durfte niemals abgelegt werden. Im oberen und unteren Teil waren die Personalnummer sowie Name und Vorname eingraviert. Wenn ein Soldat gefallen war, wurde der untere Teil abgebrochen und registriert. Der obere Teil verblieb an seiner Leiche und ermöglichte die Identifizierung bei späteren Umbettungen

Bevor uns die Kanonen gezeigt wurden, versuchte man, unsere ohnehin gute körperliche Kondition durch Sport, insbesondere mit Kurz- und Langstreckenläufen sowie nächtlichen Gewaltmärschen bis zu 45 km mit voller Ausrüstung zu verbessern. Das waren für uns aber nur leichte Übungen.

Dann folgte die in jeder Waffengattung obligatorische infanteristische Grundausbildung mit Gewehr, Maschinengewehr (MG), Pistole, Maschinenpistole (MPI), Panzerfaust und Handgranate, Angriff über mittlere und nahe Entfernung, Einbrechen in die feindliche Stellung, Nahkampf und Verteidigung. Rückzug wurde nicht geübt, weil der nicht vorkommen durfte, was sich aber bald als Trugschluß erwies.

Dreimal pro Woche übten wir den Waffengebrauch auf dem Schießstand oder im Gelände, wo auf Pappkameraden geschossen wurde, die nach einem Treffer umfielen. Am Ende der Infanterieausbildung fand eine Besichtigung durch den Regimentskommandeur statt, bei der ein Gefecht mit Platzpatronen im Gelände simuliert wurde. Wir erhielten ein Sonderlob und einen freien Samstag.

Wenn ich mir diese Übungen heute nach 60 Jahren ins Gedächnis zurückrufe, ergibt sich die Schlußfolgerung, daß man in allen historisch dokumentierten Kriegen Soldaten aller Armeen der Welt zum Töten, zu Körperverletzungen, Brandstiftungen und Sachbeschädigungen regelrecht abgerichtet hat, obwohl diese Handlungen rechtsstaatlich mit schweren Strafen belegte Kapitaldelikte sind. In einem Krieg erfahren diese Verbrechen, als solche muß man sie realistischerweise bezeichnen, eine entgegengesetzte Bewertung und werden befohlen. Wer sich auflehnt, wird wegen Befehlsverweigerung und Feigheit vor dem Feind verurteilt oder sogar mit dem Tode bestraft. Zu diesen Überlegungen gehört auch das Risiko der eigenen Soldaten, getötet oder zum Krüppel geschossen zu werden, und nicht zuletzt die Opfer der wehrlosen Zivilbevölkerung beider Seiten.

Die Tatsache, daß sich Politiker dieser Absurditäten und der Folgen für die Betroffenen oft nicht bewußt sind und auch die Medien dieses Thema wie die Pest meiden, ist ein Beweis dafür, auf welchen Abwegen sich die Politik und ihre Handlanger befinden. Ein humanistisch ausgerichteter Mensch kann sich damit nicht abfinden. Ich kenne ehemals engagierte Frontsoldaten, die aufgrund ihrer oft grauenhaften Kriegserlebnisse zu Pazifisten geworden sind. Auch ich gehöre zu ihnen, schränke aber ein, daß es im Falle eines Angriffes auf das eigene Land keine Alternative zur militärischen Abwehr gibt.

Nach vier Wochen begann unsere Artillerieausbildung. Die Geschütz- und Fahrzeughallen wurden endlich geöffnet, und da standen sie: sechs leichte Feldhaubitzen LFH 18, Kaliber 10,5 cm, Reichweite 10.500 m, vier schwere Feldhaubitzen SFH, Kaliber 15 cm, Reichweite 16.000 m, geputzt und mattglänzend, in der Fahrzeughalle daneben fünf schwere Zugmaschinen, hinten Ketten, vorne Räder. Es gab auch Pferde, die zu Ausbildungszwecken für die SS-Kavalleriedivision und einige bespannte Einheiten eingesetzt wurden. Unserer Batterie wurden vier LFH 18 zugeteilt. Wir waren scharf darauf, mit den Zugmaschinen und angehängten Geschützen durchs Gelände zu fahren. Diese Erwartung erwies sich als verfrüht. Die Fahrzeuge blieben stehen. Wir mußten die Geschütze mit jeweils acht Mann etwa 1000 m quer durch unwegsames Gelände bis zum Exerzierplatz ziehen. Am übelsten waren die vier Kanoniere dran, die, jeweils zwei auf jeder Seite, die Lafette auf der Schulter tragen mußten, was ca. 50 kg für jeden bedeutete. Und das jeden Vormittag. Eine Geschützbedienung bestand aus dem Geschützführer, einem Unterscharführer (Unteroffizier) sowie den Richt-, Lade- und Munitionskanonieren = fünf Mann.

Unser Ausbilder und Geschützführer war Max Winter, mit 22 Jahren im Vergleich zu uns uralt (EK II, Sturmabzeichen, »Gefrierfleischorden«). Das war ein toller Mann und beliebter Vorgesetzter. Wir kamen zusammen zur Feldeinheit. 1943 ist er gefallen.

Ich will hier jetzt keine Beschreibung der Ausbildung geben, sondern die lustigen Dinge erzählen, die sich so nebenbei ereigneten. Die Beschreibung des Geschützes nach der HDV (Heeresdienstvorschrift) mußten wir auswendig herbeten. Das klang so: »Die LFH 18 hat eine Schwingschenkelschleppachse mit Innenbackenbremse ...«

»Vogel, wiederholen Sie!« Mich ritt der Teufel, und ich wiederholte statt des Wortes Innenbackenfahrbremse »Arschbackenbremse«. Darauf brüllte Max Winter: »Sie Produkt einer Tanzstundenpause! An den Horizont, Marsch, Marsch, hinlegen, auf«, usw. Wer der Ansicht sein sollte, daß wir derartige Sprüche als Beleidigung auffassen würden, irrt. Diese Bemerkungen dienten der Bereicherung unseres Wortschatzes, wurden notiert und prämiert. Dem Ausbilder, der einen besonders originellen Spruch draufhatte, spendierten wir abends ein Bier.

Beschreibung, Bedienung und Einsatzmöglichkeiten des Geschützes, allerdings noch ohne Munition, kapierten wir schnell. Auf dem Truppenübungsplatz Münsingen fand unser erstes Schießen mit Granaten statt. Dorthin fuhren wir endlich mit den Zugmaschinen. Zunächst wurde indirektes Schießen aus verdeckter Feuerstellung geübt, dann direktes Feuern auf 200 m entfernte Panzerattrappen, die mit einem Seil bewegt wurden. Ich war als Richtkanonier des zweiten Geschützes eingeteilt worden. Jede LFH bekam drei Schuß zugeteilt. Die Nebengeschütze erzielten nur Fahrkarten. Den ersten Schuß setzte ich in den Sand, der zweite saß im Ziel, mit dem Dritten flog die zweite Attrappe in die Luft. Der Batterieoffizier bemerkte: »Vogel, Sie sind der beschissenste Gewehrschütze aller Zeiten, aber mit der Kanone – alle Achtung!« Sprach's und beantragte beim Chef zwei Tage Sonderurlaub als Belohnung. Zu den Fahrkartenschützen sagte er: »Das war maßlos traurig, Soldaten!«

Nach München zurückgekehrt, wurde ich zum Rapport bestellt. Mein Zugführer, Untersturmführer (Leutnant) Krombholz, schon 32 Jahre alt, Reserveoffizier, im Zivilberuf Maschinenbau-Ing., hatte mich für die gehobenen Weihen der Artillerie vorgesehen. Ich sollte einen AVT-Lehrgang unter seiner Führung besuchen. Die Abkürzung stand für den Begriff Artillerie-Vermessungstrupp. Die Instrumente waren Richtkreis, Karten, Koordinaten, Logarithmen und Wettermeldungen. Die Aufgaben bestanden in Navigation, Erkundung und Vermessung von Feuer- und Beobachtungsstellungen, Ausrichten der Geschütze, Einmessung von Zielen und ballistischen Berechnungen für das Schießen auf verdeckte Ziele. Den Lehrgang bestanden wir mit fünf Kameraden. Einer plumpste durch. Krombholz hatte auch interessante Sprüche drauf. Als ich irgendetwas mehr oder weniger Schlaues über den Richtkreis von mir gab, sagte er:»Vogel, Sie reden Blödsinn! Sie sollten bedenken, daß wir schon mit diesen Instrumenten gearbeitet haben, als Sie noch im Sacke Ihres Herrn Vaters über dem Lokus baumelten.« Bemerkenswert und Spruch des Tages. Er hatte es mit der halbvornehmen Sprache. Zu einem anderen Lehrgangsteilnehmer, der einen Fehler gemacht hatte, bemerkte er: »Ihr Herr Vater hätte vor 17 Jahren besser ausgedehnt spazierengehen sollen.« Krombholz wurde mit uns zusammen zur Feldeinheit versetzt. Er ist 1945 gefallen.

Der Spieß hatte uns AVT-Leute auf dem Magen. Eines Morgens beorderte er mich auf die Schreibstube und befahl mir, 1 kg Koordinaten vom Waffenmeister zu holen. Koordinaten sind bekanntlich lageangebende Zahlen auf einer Karte. Ich ging in den Pferdestall, wickelte ca. 1 kg Pferdeäpfel in Packpapier, verschnürte das Paket sorgfältig und brachte es dem Spieß, der nicht ahnte, was darin verborgen war. Als er es neugierig öffnete, ergossen sich die Pferdeäpfel über seinen Schreibtisch. Er brüllte: »Total verrückt geworden, was?« und rief unter wieherndem Lachen: »Raus!« Er hat mich nie wieder verscheißert. In der Kaserne war es das Tagesgespräch.

Max Winter befahl einem Rekruten: »Gehen Sie in den vierten Stock und holen Sie vom Kammerbullen die Seelenachse!« Das ist eine gedachte Linie durch die Mitte eines Laufes und hat ballistische Bedeutung. Dem armen Kerl wurde ein 3 m langer Balken aufgeladen, den er mühsam durchs Treppenhaus nach unten schleppte.

Unsere Vereidigung fand auf dem Gedenkplatz des 9. Novembers 1923 in München um Mitternacht unter Fackelschein statt. In den Ecken wurde jeweils eine LFH 18 in Stellung gebracht und mit einem Manöverkartuschenvorrat versehen. Diese Dinger knallten nur.

Nach Musik und feierlichen Ansprachen sprachen vier Soldaten, mit der rechten Hand die Fahne berührend, den Eid: »Wir geloben dir, Adolf Hitler, Treue und Tapferkeit und den von dir eingesetzten Führern Gehorsam bis in den Tod.« Wir sprachen den Eid nach. Nach jedem Satz knallten die Haubitzen, was in den Straßenschluchten unheimlich laut klang. Einige Ziegel fielen von den Dächern. Das alles war so stimmungsvoll, daß wir eine Gänsehaut bekamen.

Nach Beendigung unserer Ausbildung und der Vereidigung erwarteten wir die Versetzung zu einer Feldeinheit. Aber es gab etwas Überraschendes, was uns zunächst gar nicht gefiel. Wir, sechs Offiziere, 18 Unteroffiziere 26 Mannschaftsdienstgrade, insgesamt 50 Mann, wurden zur Nebeltruppenschule des Heeres nach Celle zu einem Umschulungslehrgang auf eine neue Waffe, die Raketenartillerie, versetzt. Geplant war eine erste Werferabteilung der Waffen-SS, die dem in der Aufstellung befindlichen SS-Panzerkorps unter Führung des SS-Obergruppenführers und Generals der Waffen-SS Paul Hausser, dem dienstältesten Offizier der deutschen Wehrmacht, als Korpseinheit eingegliedert werden sollte. Wir waren als Kader (Kern) dieser neu aufzustellenden Einheit vorgesehen. Unsere Instrukteure waren Werferoffiziere des Heeres, das schon über einige Abteilungen dieser Waffengattung verfügte. Der Umgangston war locker. Überflüssiges militärisches Brimborium blieb uns erspart. Wir konzentrierten uns auf die neue Waffe und beherrschten sie bereits nach einer Woche, weil ihre artilleristischen Grundlagen mit unseren Kenntnissen übereinstimmten. Wir mußten allerdings in einigen Punkten umdenken. Statt vier einrohrigen Geschützen, Kaliber 10,5 in einer Batterie mit Verschlüssen, Granaten, Treffergenauigkeit und relativ großen Reichweiten bekamen wir es nun mit sechs sechsrohrigen Werfern pro Batterie = 36 Rohren, Kaliber 15 cm, Raketen, Streuungen und kurzen Schußentfernungen zu tun. Die Bezeichnung Nebeltruppe oder Nebelwerfer hatte nichts mit Nebel zu tun, obwohl wir den damit auch verschießen konnten. Diese Raketenwaffe war in Peenemünde, wo auch die V 1 und V 2 entstand, von den Hauptleuten Nebel und Dornberger, technischen Offizieren, entwickelt worden. Die Bezeichnung lautete nach deren Namen Nebeltruppe und Do-Werfer.

Als man uns zum erstenmal die auf eine zweirädrige Spreizlafette aufgesetzten sechs nach beiden Seiten offenen, ca. 1,50 m langen gebündelten Ofenrohre aus Stahlblech vorführte, die mittels einer Pionierzündmaschine aus einer Entfernung von 20 m abgefeuert werden mußten, haben wir in unserem artilleristischen Übermut hinter der vorgehaltenen Hand unsere Häupter geschüttelt. Das hätten wir besser gelassen. Beim ersten Scharfschießen auf dem Truppenübungsplatz Bergen-Belsen waren wir baff. Aus den Raketen trat beim Abschuß ein 5 m langer und 80 cm breiter Feuerstrahl aus, der die Geschosse mit einer V0 (Anfangsgeschwindigkeit) von 8 m/Sek. mit heulenden Geräuschen aus den Rohren jagte, die in einer maximalen Entfernung von 6800 m mit einer Endgeschwindigkeit von 330 m/Sek. auf einer Fläche von 100 mal 200 m einschlugen. Die im Vergleich zur Artillerie langsamen Geschosse sahen in der Luft wie fliegende Zigarren aus. Vorne befand sich die Rakete, in ihrem hinteren Teil 24 schräggestellte Düsen für den Drall und darauf gesetzt die Granate mit einem Bodenzünder. Die Detonation mit Splitter- und Luftdruckwirkung erfolgte über dem Boden. Es war eine furchtbare schwere Waffe. Sie war auch für die Kanoniere, die Geschützführer und den Batterieoffizier wegen Rohrkrepierern, Ausbrennern und häufig auftretenden Triebwerkproblemen sowie von durch den Feuerstrahl verursachten Bodenbränden gefährlich. Abschüsse erfolgten deshalb nur aus obligatorischen Deckungslöchern. Die Batteriestellungen waren durch Feuerschein und Pulverdampf sofort erkennbar. Dem gegnerischen Gegenschlag wurde durch ständiges Wechseln der Stellungen begegnet. Ein besonderes Problem war der Munitionsnachschub. Während die Artillerie für eine Salve vier Granaten von 10,5 cm benötigte, waren für die Werfer 36 Raketen von 15 cm erforderlich.

Nach Beendigung des Lehrganges begann die Aufstellungsphase batterieweise in den Orten Wienhausen, Groß- und Klein-Eicklingen sowie Wathlingen im Kreis Celle. Dort wurden wir in Privatquartieren untergebracht, was unserem Freiheitsdrang und ständigen Hunger dank der Gastfreundschaft unserer bäuerlichen Quartierwirtinnen entgegenkam. Ich wurde der 2. Batterie unter der Führung von Hauptsturmführer (Hauptmann) Nickmann, einem sudetendeutschen ehemaligen Offizier des tschechoslowakischen Heeres, der mit seinem Dienstgrad übernommen worden war, zugewiesen.

Nach dem Anschluß Österreichs und der Gründung des Protektorates Böhmen und Mähren wurden auf Antrag alle Soldaten dieser Staaten mit ihrem Dienstgrad in die Wehrmacht oder Waffen-SS übernommen und voll akzeptiert. Sie mußten einen vierwöchentlichen Anpassungslehrgang absolvieren.

Während des aus Offizieren, Unteroffizieren und Mannschaften bestehenden Celler Lehrganges ergaben sich persönliche Verbindungen, die für mich später von besonderer Bedeutung blieben. Der damalige Obersturmführer (Oberleutnant) der Reserve Dr. Peter des Coudres führte die 1. Batterie und wurde 1944 mein Kommandeur, der mich, nachdem Untersturmführer Krombholz (siehe München!) gefallen war, als Adjutant anforderte.

Mein Vorbild, Unterscharführer (Unteroffizier) Max Winter, war ein fronterfahrener, fähiger, kluger, kameradschaftlicher und sehr beliebter Mann. Er stammte aus dem Bergischen Land. Mein Freund Karlie Kalb aus Kassel, den ich schon aus München kannte, wurde einer der Kradmelder unserer Batterie. Er fiel bei einem unserer ersten Einsätze.

Die Aufstellungsphase unserer SS-Werfer-Abteilung mit der Nr. 502 unter dem Kommando eines vom Heer übernommenen Werferoffiziers im Range eines Sturmbannführers (Major), war ein Erlebnis besonderer Art. Uns wurden Mannschaften aus allen Gegenden Deutschlands und auch aus Europa zugewiesen. Darunter waren Nachkommen der Banater Schwaben aus Siebenbürgen und der ungarischen Batschka. Das waren kräftige, untersetzte Bauernsöhne mit einer harten deutschen Aussprache, die uns zunächst wenig soldatisch vorkamen und die Spitznamen »Batschkanesen« oder»Schrumpfgermanen« erhielten. Wir täuschten uns. Das waren ganz tolle Kerle und Kameraden. Sie erhielten von zu Hause Freßpakete mit Schinken und rötlichem Paprikaspeck, an deren Verzehr sie uns großzügig beteiligten.

Dann rollten die Fahrzeuge mit der Bahn an. Wenn ich mich recht erinnere, wurden jeder der drei Batterien sechs Kübelwagen (offene PKW mit herunterklappbaren Verdecken und Windschutzscheiben), eine Zugmaschine für die 5-cm-Pak, sechs LKW – vorne Räder, hinten Ketten – als Werferzugfahrzeuge, sieben hochrädrige LKW, zwei Motorräder und eine Feldküche, zusammen 23 Fahrzeuge, zugewiesen. Sollstärke 80 Mann.

Die Stabsbatterie erhielt neun PKW für Kommandeur, Adjutant, Ordonnanzoffizier, Spieß und Nachrichtenzug, drei Motorräder, fünf hochrädrige LKW, einen Tankwagen, eine Feldküche und zehn Munitionsfahrzeuge mit Ketten für die »Leichte Kolonne«; zusammen 29 Fahrzeuge. Sollstärke 65 Mann.

Max Winter erhielt vom Kommandeur den Befehl, mit drei Mann 20 Werfer und drei Panzerabwehrkanonen beim Rüstungsbetrieb Hannomag in Hannover abzuholen, auf die Bahn zu verladen und nach Wienhausen zu begleiten. Natürlich nahm mich Max Winter als ortskundigen Hannoveraner mit. Auch Karlie Kalb war dabei. Die Abholung verzögerte sich um zwei Tage, was wir zum Besuch meiner Eltern ausnutzten, die uns großzügig aufnahmen und, so gut es damals ging, bewirteten. Karlie verknallte sich prompt in meine Schwester, was ich ihm gönnte. Aber daraus wurde nichts. Wir empfingen die Waffen, verluden sie auf drei flache Güterwagen, wurden an einen Zug gehängt und fuhren in der Nacht los. Max Winter und zwei Mann bewachten den Transport von den Bremserhäuschen aus. Ich fuhr auf der Lokomotive mit.

Nach unserer Ankunft war die Abteilung vollständig: 18 Werfer und zwei in Reserve, drei Pakgeschütze, 118 Fahrzeuge und 305 Mann. Hinzu kamen die im einzelnen nicht aufzuführenden Ausrüstungsgegenstände.

Die Ausbildung wurde mit Hochdruck betrieben. Mot-Märsche wurden im vorgeschriebenen Zuckeltempo von 25 km/h auch nachts durchgeführt. Wenn sich die Abstände vergrößerten, fuhren die letzten Fahrzeuge komischerweise 80 km/h.

Ich wurde zum Sturmmann (Gefreiten) befördert und erhielt aufgrund meiner AVT-Ausbildung die Planstelle des Richtkreisunteroffiziers II. Auf dem Marsch war mein Platz links hinten im PKW des Batteriechefs. Meine Aufgaben bestanden in Planung und Kontrolle der Wegführung beim Marsch, Rückzug und in Kampfeinsätzen mittels Kartenmaterial, heute nennt man das Navigator, Kennzeichnung von Feuerstellungen durch Ausflockung mit Stäben, ihrer Vermessung, paralleler Einrichtung der Werfer auf die Grundrichtung, auf der Beobachtungsstelle Einmessung von Zielen und Registrierung ihrer Koordinaten, bei gegebener Lage auch im Einsatz zur Aufklärung im Feindgebiet oder als VB (vorgeschobener Beobachter), dem Himmelfahrtskommando der Artillerie. Meine Bewaffnung bestand aus einer Pistole 38 und einem Karabiner 98 K. Dazu kam das Richtkreisgerät mit Stativ. Den Karabiner ersetzte ich bei erster passender Gelegenheit durch eine MPI 38.

Am 30. Dezember 1942 war die Abteilung einsatzbereit. Am 2. Januar 1943 wurden wir per Bahn mit drei Zügen Richtung Rußland verladen. Hinter die Lokomotive wurden zwei Personenzug-, zwei geschlossene Güterwagen und 30 offene Wagen mit den festgezurrten Fahrzeugen und Werfern gehängt. Der Zug wurde auf dem ersten und letzten Plattformwagen mit zwei MG 42 auf Stativen gesichert. Das war eine arschkalte Angelegenheit. Nach Passieren der deutschen Grenze wurde vor die Lokomotive ein mit Holzbalken beladener Plattformwagen zum Schutz gegen Minen gekoppelt.

Wir schliefen in den Gepäcknetzen, auf den Holzbänken und auf dem Fußboden. Die Fahrt dauerte mit langen Unterbrechungen auf verschiedenen Güterbahnhöfen 13 Tage. Sie führte von Celle über Berlin, Stettin, Königsberg, Kowno, Wilna, Minsk, Gomel, Kiew bis Poltawa, wo wir am 18. Januar ankamen. Die ekelhaften hygienischen Zustände auf Gleisen und Bahndämmen nach dem Halt eines Zuges waren ein Erlebnis besonderer Art. Warmes Wasser zum notdürftigen Waschen und Rasieren holten wir uns im Kochgeschirr von der Lokomotive.

Das russische Schienennetz wurde von Pionieren auf die europäische Normalspur umgenagelt, um die Waggons der Reichsbahn dort einsetzen zu können. Das war mangels Justierungsmöglichkeit eine wackelige Angelegenheit mit der Folge einer Maximalgeschwindigkeit von nur ca. 40 km/h. Die Strecke führte durch ausgedehnte von Partisanen besetzte Wälder, welche die Gleise durch Sprengungen ständig unterbrachen und die Züge aus dem Hinterhalt beschossen. Die Stationen waren befestigt und mit jeweils einer Sicherungsgruppe besetzt, die zwischen den Stationen Streife lief. Die Zahl der umgestürzten Lokomotiven, Waggons und des Materials neben den Schienen war enorm. Wir dachten: »Gute Nacht, Marie, das kann ja heiter werden«, und so kam es auch. Kaum hatten wir um 2 Uhr nachts die ersten 50 km in Weißrußland durchfahren, traf die Mitte unseres Zuges eine Sprengung, woraufhin 16 Waggons entgleisten, aber nicht umstürzten. Gleichzeitig setzte MG-Feuer ein, das aber nur in den Waggondächern geringe Schäden verursachte. Wir konnten infolge von Schneefall den Gegner nicht identifizieren. Es war saukalt. Nach zwei Tagen standen die Waggons mit Hilfe eines Kranwagens wieder auf den Schienen.

Am 18. Januar erreichten wir Poltawa und gerieten nach dem Halt des Zuges in einen russischen Schlachtfliegerangriff. Die Lokomotive wurde durch Beschuß mit Bordkanonen durchlöchert. Der Dampf schoß heraus und nahm uns die Sicht. Lokomotivführer und Heizer wurden getötet. Wir warfen uns zwischen den Gleisen unter den Waggons in Deckung und hatten keine Verluste. Den Spuk beendeten drei deutsche Jäger, die zwei russische Flugzeuge abschossen, wovon eins ca. 50 m vor uns explodierte und unsere Trommelfelle belastete. Das war, gelinde gesagt, der Auftakt für die uns noch bevorstehenden Erlebnisse.
In bedrückter Stimmung entluden wir die Waggons und bezogen in Erwartung des Einsatzbefehles eine Ausgangsstellung am Stadtrand von Poltawa.

Die militärische Lage stellte sich wie folgt dar: Ende November 1942 begann im großen Don-Bogen der sowjetische Großangriff mit der Einkesselung und Vernichtung der 6. Armee in Stalingrad, dem Wendepunkt im Rußlandfeldzug. Die Russen stießen nach Westen vor und erreichten Mitte Januar die Flüsse Donez und Orkol. Es bestand die Gefahr, daß die Kaukasusarmee abgeschnitten wurde. Sie zog sich unter schweren Kämpfen zurück. Bei Woronech wurden zwei deutsche Korps eingeschlossen. Sie schlugen sich durch. Die Russen griffen Orel an. Zwischen Slawianz und Kursk entstand eine Frontlücke von ca. 40 km. In diesen Schlamassel, es war unser erster Fronteinsatz, wurden wir hineingeworfen.

Das SS-Panzerkorps, bestehend aus den SS-Panzerdivisionen »Leibstandarte«, »Das Reich« und »Totenkopf«, der SS-Panzerabteilung 501 (Tiger), der SS-Kanonenabteilung 500 und unserer SS-Werferabteilung 502, war erst teilweise mit der Bahn eingetroffen. Größere Einheiten wie die Pz.-Div. »Totenkopf« und andere Verbände waren noch nicht vor Ort. Daraus ergab sich eine komplizierte Lage, die unseren Kommandierenden General, SS-Obergruppenführer Paul Hausser, zu ständigen Umgruppierungen veranlaßte, um als eine Art Feuerwehr den Angriffen der Sowjets an allen Schwerpunkten begegnen zu können. Das ging »von Zick nach Zack«, bis wir nicht mehr wußten, wo vorn und hinten war. Eine geschlossene Front gab es nicht. Es kam vor, daß wir im russischen Hinterland herumkurvten, ohne einen Gegner zu sehen. Am nächsten Tag hatten wir ihn im Rücken. Das empfanden wir als äußerst beschissen.

Wir fuhren durch partisanenverseuchtes Gebiet Richtung Karlowka. Der Batterieführer der Dritten wurde in seinem PKW aus einem Hinterhalt erschossen, sein Fahrer schwer verwundet. Das Haus wurde unter Feuer genommen. Die sich darin heftig wehrenden Partisanen überlebten nicht.

Wir passierten einen Truppenverbandsplatz, aus dem Schreie von Verwundeten ertönten. Davor stand ein Arzt oder Sani mit blutverschmiertem Kittel, der sich eine Zigarette ansteckte. Im Schnee lagen mehrere mit Zeltbahnen zugedeckte Tote.
Wir hörten den sich nähernden Schlachtenlärm. Uns ging »der Arsch 1:100.000«. Mit diesen Eindrücken wurde uns die Realität des Krieges brutal vorgeführt. Wir begannen, Illusionen und Idealismus zu verlieren, die man uns in der Jugend eingetrichtert hatte.

Wir fuhren weiter und beobachteten in 1500 m Entfernung eine angreifende russische Einheit in Regimentsstärke, die ein Bataillon des SS-Pz.Gren.Rgt. Deutschland hart bedrängte. Wir gingen in Stellung und schossen sie zusammen. Das war unsere Feuertaufe und zugleich für Freund und Feind das Signal über eine an diesem Frontabschnitt erstmalig eingesetzte neue Waffe. Wir hatten keine Verluste, vermißten aber unseren Kradmelder Karlie Kalb. Unser Batterieoffizier, Untersturmführer Labude, machte sich mit Max Winter und mir als Navigator in einem KFZ 15 auf nächtliche Suche. Wir fanden Karlie 10 km rückwärts mitten im Partisanengebiet. Er hatte eine Panne. Wir luden ihn und das Krad ein und erreichten ziemlich unbequem unsere im Aufbruch befindliche Batterie.

Am übernächsten Tag Feuerstellung bei Krassnograd. Nach Einrichten der Werfer sagte der der Chef zu mir, ich solle mich ausruhen, er brauche mich heute nicht mehr, und fuhr mit dem Scherenfernrohrunteroffizier, der in seinem Wagen meinen Platz eingenommen hatte, nach 200 m auf eine Mine. Der Chef flog aus dem Wagen und hatte außer Prellungen keine Verletzungen. Die beiden anderen Kameraden überlebten nicht. Es waren unsere ersten Gefallenen. Wir begruben sie am Rande der Rollbahn in Zeltbahnen und markierten das Grab mit einer Sterberune aus Birkenholz, auf die ihre Stahlhelme gesetzt wurden. Der untere Teil der Erkennungsmarke wurde mitgenommen, der obere Teil verblieb im Grab, dessen Position wir registrierten. Das wiederholte sich während unseres Einsatzes immer wieder. Ich werde es nicht mehr erwähnen.

Am Nachmittag begannen wir mit dem Einschießen auf gegnerische Ziele. Das geschah mit dem Grundwerfer, dem dritten Geschütz von links mit jeweils drei Raketen. Die Feuerkommandos kamen von der B-Stelle per Telefon. Die übrigen Geschütze wurden gleich ausgerichtet, aber nicht geladen. Wenn die drei Raketen ins Ziel trafen, erfolgte der Befehl: »Sprenggranaten ganze Batterie – Feuer!« Dann ging die Welt unter.

Die Russen hatten uns entdeckt und schossen mit ihrer Artillerie zurück, während wir den Stellungswechsel vorbereiteten. Der Führer des zweiten Werferzuges erhielt einen Volltreffer. Von ihm blieb nur die linke Hand mit seinem Verlobungsring übrig.

Wir wechselten unter Beschuß, aber ohne weitere Verluste die Stellung. Einige Fahrzeuge bekamen Splitter ab. Daran gewöhnten wir uns. Nach mehrwöchigen Einsätzen waren sie durchlöchert wie ein Sieb, sofern sie nicht vorher zerschossen worden waren.

Die äußeren Umstände während des Wintereinsatzes waren alles andere als angenehm. Bei Temperaturen bis -35° entwickelten sich an unseren Kopfschützern durch den Atem zentimeterlange Eisrüssel. Wir froren besonders bei Fahrten mit den Autos. Es gab Erfrierungen in drei Graden. Der dritte Grad bedeutete Amputation. Unter dem ersten Grad litten wir alle. Die Schmerzen begannen, sobald man sich aufwärmen konnte. Waschen war lebensgefährlich und wochenlang nicht möglich, Pinkeln nur in Deckung und mit dem Wind. Wäschewechsel war Luxus. Die Kälte tötete jeden Geruch. Die knappe Kaltverpflegung war hart gefroren. Das Brot schlugen wir mit harten Gegenständen in Stücke und lutschten es wie Eis. Wenn wir kein unzerstörtes Haus zum Schlafen fanden, gruben wir im Schnee eine Wanne, fuhren ein Fahrzeug darüber, deckten die Seiten mit Schnee wie einen Iglu ab und pennten auf Zeltbahnen, uns gegenseitig wärmend, mit zwei Decken gar nicht so schlecht, weil wir durch fast ununterbrochene Einsätze und zusätzliches Wacheschieben ständig übermüdet waren und jede Gelegenheit zum Schlafen nutzten. In den russischen Katen fingen wir uns Läuse ein, die sich überall festsetzten. Sie waren Krankheitsüberträger.

In der Kälte hatten Dieselfahrzeuge Startprobleme. Die Fahrer entfachten unter dem Motorblock ein offenes Feuer zum Auftauen des Dieselöls. Das funktionierte ohne Schäden. Straßen gab es fast nur in den Städten, außerhalb waren sie die Ausnahme. Wenn eine Panzerdivision quer durch die Steppe in Richtung auf ein Ziel gefahren war, entstand die sogenannte Rollbahn. Im Winter entwickelte sich durch den Bodenfrost eine Art Straße, im Sommer bei Trockenheit das gleiche unter starker Staubentwicklung. Sobald es taute oder herbstlicher Regen einsetzte, war diese Herrlichkeit vorbei. Dann regierte General Schlamm, der jeden Verkehr, Kettenfahrzeuge und Panzer ausgenommen, lahmlegte.

Bevor wir weiter vorstießen, war unser Kommandeur über die ungeklärte Feindlage beunruhigt. Er erteilte dem B-Offizier unserer Batterie den Auftrag, das Gelände vor uns zu erkunden. Die Navigation sollte ich übernehmen. Wir fuhren mit der Zugmaschine, unserer Pak, MG 42 aufgesetzt, einem Kübelwagen und einem Krad mit sieben Mann etwa 8 km in das gegnerische Hinterland, ohne russischen Kräften zu begegnen. Als wir einen Hügel überquerten, lag 1000 m vor uns ein Dorf, vor dem drei russische T-34-Panzer standen und sofort zu feuern begannen. Rückwärtsgang rein und in Deckung gehen, war die sofortige Reaktion. Die Iwans schossen schlecht. Trotzdem traf ein Granatssplitter die Benzinpumpe der Zugmaschine, die daraufhin ihren Geist aufgab. Der Fahrer, ein cleveres Schlitzohr, öffnete die rechte Motorhaube, entfernte die Vergaserklappe, drückte mir eine leere Wodkaflasche in die Hand, die ich mit Benzin aus dem Reservekanister füllen sollte. Als ich ihn verblüfft ansah, brüllte er: »Setz dich auf den Kotflügel und schütte das Benzin langsam in den Vergaser!« Das tat ich. Der Motor startete, und wir fuhren in einem Affentempo zurück. Ich konnte mich bei der Ruckelei im Gelände nur mühsam festhalten. Die T 34 fuhren auf den von uns geräumten Hügel und feuerten hinterher, ohne zu treffen. Wir hatten unseren Auftrag erfüllt und erreichten die Abteilung ohne Verluste.

Zu dieser Zeit waren wir in schwere Kämpfe verwickelt und wechselten jeden Tag mehrmals die Feuerstellungen. Der Batterieoffizier, Untersturmführer Labude, war sehr schneidig und gab eine Stellung erst nach Abschuß der letzten Rakete auf. Ich war vorsichtiger strukturiert und murmelte hörbar: »Oh weia, wenn das man nicht in die Hose geht.« Aber meistens ging es gut ab. Obwohl wir uns mochten, warf mir dann Labude stets spöttische Blicke zu. Unsere Batterie hatte die geringsten Verluste. Aber uns war jeder Ausfall einer zuviel.

Mitte Februar bezogen wir eine Feuerstellung bei Merefa südlich von Charkow. An diesem Morgen war es ruhig. Nach Einrichten und Vermessen der Batterie baute ich ca. 100 m entfernt an einem Graben den Kartentisch auf und begann mit meinen Einzeichnungen und Berechnungen.

Max Winter, der als VB (vorgeschobener Beobachter) eingesetzt werden sollte, stand neben mir und studierte die Karte. Karlie Kalb hantierte an seinem Krad. Da kam unser Spieß mit Feldküche und Vorratswagen angefahren, stellte die Fahrzeuge 200 m hinter der Batterie in Deckung ab und rief: »Verpflegungs- und Postempfang!« Karlie sah, daß ich beschäftigt war, und sagte: »Gib mir dein Kochgeschirr, ich bringe dir das Essen mit!« Das waren seine letzten Worte. Als er ca. 50 m gegangen war, setzte ein Feuerüberfall der Russen ein. Max Winter schien das geahnt zu haben. Er schrie: »Deckung!« und riß mich mit in den Graben. Das war meine Rettung. Der Kartentisch wurde zerfetzt. Karlie Kalb bekam einen Granatsplitter in die Halsschlagader und verblutete. Ich habe einen Weinkrampf bekommen und hätte mich am liebsten umgebracht. Ich kam nicht darüber hinweg, obwohl ich das zweite und dritte Mal einen Schutzengel hatte.

Der Gegner griff am 8. Februar mit überlegenen Kräften an und drückte uns zurück. Drei Tage später setzte er starke Panzerverbände ein. In Gegenangriffen hatten beide Seiten große Verluste. Die Russen brachen im Norden und Süden von Charkow durch und versuchten, die Stadt einzuschließen. Adolf Hitler, Oberbefehlshaber der Wehrmacht, befahl, sie zu halten. Das hätte den Verlust von Teilen des SS-Pz.Korps bedeutet. Hausser befolgte diesen Befehl nicht und ordnete den Rückzug auf eine kürzere Verteidigungslinie westlich von Charkow an. Wir wurden der SS-Pz.-Div. »Das Reich« unterstellt und kämpften uns durch die Stadt zurück. Damit begann eine Tragödie. Es war unmöglich, die im Lazarett der Stadt liegenden, nicht transportfähigen Schwerverwundeten mitzunehmen. Sie blieben, von zwei Sanitätern betreut, im Vertrauen auf die Fairneß des Gegners zurück. Nach der Wiedereinnahme von Charkow fanden wir sie erschossen in ihren Betten. Die Sanis lagen tot daneben auf dem Boden.

In der Auffangstellung gruben wir uns ein und warteten auf das Eintreffen der per Bahn verladenen restlichen Verbände, insbesondere die

Division »Totenkopf« und die neuen Panzer des Typs Panther, die endlich die Unterlegenheit gegenüber dem T 34 beseitigen sollten. Ende Februar waren wir vollzählig.

Mit einem Feuerschlag unserer Werfer und Artillerie eröffnete das SS-Pz.Korps den Angriff, nahm die Russen in die Zange und setzte zu deren Einkreisung an. Dabei wurden wir durch Sturzkampfflieger unterstützt, die uns mit ihren JU 87 den Weg frei bombten. Das war beim Vormarsch nicht ungefährlich. Das Spitzenfahrzeug trug deshalb auf dem Kühler eine Hakenkreuzfahne. Wenn die Flieger falsch ansetzten, schossen wir ihnen rote Leuchtkugeln vor die Kanzeln. Eine dieser Maschinen mit der Nummer 34 zog nicht wieder hoch und stürzte senkrecht in einem Feuerball ab. Ich wußte, daß mein Jungvolkfreund Friedel Ridder diesem Geschwader als Flugzeugführer angehörte. Bei einem späteren Urlaub besuchte ich seine Mutter und fand meine Befürchtung bestätigt. Er hatte die Nr. 34 gesteuert.

Die Totenkopfdivision verlor ihren Kommandeur, den Obergruppenführer (General der Waffen-SS) Theodor Eicke, bei einem Erkundungsflug mit einem Aufklärungsflugzeug vom Typ Fieseler Storch, einer langsamen Maschine, die auf Kurzstrecken starten und landen konnte. Das Flugzeug wurde hinter der russischen Linie abgeschossen. Ohne Befehle abzuwarten, stießen zehn Panzer des SS-Pz.Rgt. 3 in die Stellung des Gegners vor und holten ihren toten Chef und seinen Piloten heraus. Dabei erhielten zwei Panzer Treffer. Der erste explodierte. Sein Kommandant flog wie eine brennende Fackel aus dem Turmluk. Niemand überlebte. Der zweite Panzer verlor die rechte Kette. Die Besatzung konnte aussteigen und wurde von den anderen mitgenommen. Ich habe das von unserer B-Stelle aus beobachtet. Theodor Eicke war ein sehr beliebter Kommandeur und trug den Ehrennamen »Papa Eicke«. 1941 hatte er im Kessel von Demjansk sein rechtes Bein verloren, das er mit militärischen Ehren begraben ließ, eine originelle, wenn auch makabre Geschichte.

Während dieser Einsätze gelang es uns, die Masse des eingeschlossenen Gegners und sein Gerät zu vernichten oder zu erbeuten. Der Kommandierende General des XV. russischen Gardepanzerkorps wurde tot aufgefunden.

Am 10. März fuhren wir in die Bereitstellungen zur Rückeroberung von Charkow. Die drei Batterien unserer Abteilung bezogen Feuerstellungen nebeneinander am Rande des Flugplatzes Ljubotin. Grundrichtung war das Hochhaus auf dem roten Platz. Unsere B-Stelle befand sich 500 m hinter der HKL (Hauptkampflinie). Mit unseren Nachrichtenverbindungen gab es Schwierigkeiten. Die Mittelwellenfunkgeräte waren störanfällig und in Häuserkämpfen wegen der toten Winkel wenig brauchbar. Die Telefonleitungen wurden oft zerschossen und mußten geflickt werden. Der Abt.-Nachrichtenzug mit sechs Kübelwagen und 22 Mann wurde vermißt. Die Nachrichtenausstattung, Funkgeräte, Fernsprecher, Leitungskabel, war nicht greifbar. Der Abt.Kdr. befahl dem Ordonnanzoffizier und einem Kradmelder die Suche. In der Morgendämmerung entdeckten sie alle 22 Mann erschossen in einer Kuhle. Ihre Fahrzeuge, Geräte und Waffen waren verschwunden. Der Zugführer hatte sich offensichtlich in Richtung auf die russischen Stellungen verfahren. Solche Situationen waren bei ungeklärter Feindlage in einem Bewegungskrieg ohne feste Fronten nicht ungewöhnlich.
Nach der Einnahme von Charkow haben wir die Kameraden, mit denen wir seit München und Celle zusammengewesen waren, mit militärischen Ehren begraben. Wir gerieten in eine Art Weltuntergangsstimmung und wollten das Unabänderliche nicht wahrhaben.

Während unserer Ausbildung in München waren wir darüber belehrt worden, wie wir uns im Falle unserer Gefangenschaft, gegenüber gefangenen Gegnern und der Zivilbevölkerung zu verhalten hätten. Unter Hinweis auf die Haager Konvention galt der Grundsatz, keinen Gegner, der sich ergeben und die Waffe niedergelegt hatte, zu töten oder zu verwunden. Gefangene waren, soweit möglich, zu verpflegen, Verwundete ärztlich zu versorgen. Gegenüber der Zivilbevölkerung wurde korrektes Verhalten vorgegeben, Plünderungen, Requirierungen ohne Gegenleistung verboten, Fraternisierung erlaubt, Vergewaltigungen von Frauen als schwere Verbrechen undenkbar. Offiziere, die »Halsschmerzen« (Ritterkreuzambitionen) hatten und leichtfertige Einsätze mit Verlusten befahlen, wurden zur Rechenschaft gezogen. Übergriffe gegen Vorgesetzte galten als schwere Disziplinarvergehen.

Wer gegen diesen Ehrenkodex verstieß, hatte nach einem Tatbericht des zuständigen Vorgesetzten ein Kriegsgerichtsverfahren zu erwarten. Der Verurteilte wurde degradiert, mußte seine Auszeichnungen ablegen und kam zu einer Bewährungseinheit, genannt Knochensturm. Diese Soldaten, als B-Schützen bezeichnet, wurden zum Minenräumen, zur Entschärfung von Blindgängern, bei Sprengungen und anderen gefährlichen Aufgaben eingesetzt. Ihre Überlebenschance lag bei ca. 20 %. Wenn sie das Strafmaß überlebten, wurden sie mit ihrem alten Dienstgrad zu einer anderen Einheit versetzt und erhielten auch ihre Auszeichnungen zurück.

Der für diesen Teil unserer Ausbildung eingesetzte Offizier beendete seine Ausführungen mit dem Satz: »Es gibt keine Feinde, sondern nur Gegner, was ein Unterschied ist. Gegner sind Soldaten wie wir, nur auf der anderen Seite. Im übertragenen Sinne könnte man sie auch als Kollegen bezeichnen. Bedenkt immer, wie ihr im Falle eurer Gefangennahme behandelt werden wollt.«

Mit dem Widerspruch zwischen dieser soldatischen Auffassung und der Praxis unserer Gegner kamen wir nicht zurecht.

Der Angriff auf Charkow begann am 11. März um 5 Uhr mit einem dreifachen Feuerschlag aus 18 Werfern mit 108 15-cm-Raketen pro Salve auf die russischen Stellungen. Auch die Artillerie schoß aus allen Rohren. Die Pz.-Grenadierregimenter der 1. SS-Pz.Div. »Leibstandarte« griffen von Süden, die 2. SS-Pz.Div. »Das Reich« von Westen an. Sie wurden in schwere Straßenkämpfe verwickelt. Die 3. SS-Pz.Div. »Totenkopf« schirmte nach

Norden ab. Max Winter leitete als VB das Feuern unserer Werferabteilung und verlängerte die Schußentfernung entsprechend dem fortschreitenden Angriff. Die Russen zogen sich kämpfend zurück. Am Nachmittag erfolgte ein Stellungswechsel an den Stadtrand, um das hart verteidigte Traktorenwerk beschießen zu können, welches erst am Tage nach Eroberung der Stadt eingenommen werden sollte. Die Kämpfe dauerten fünf Tage bis zum 15. März abends. Die Erstürmung des Traktorenwerkes meldete uns Max Winter vom Dach des Hochhauses am Roten Platz, wo er endlich eine störungsfreie Sprechfunkverbindung herstellen konnte.

Straßenkämpfe waren eine sehr unangenehme Gefechtsart. Unzureichende Deckungen, einstürzende Mauern, Verschüttungen, Hinterhalte, Beschuß von oben und unten, Unübersichtlichkeit, Geschosse als Querschläger und Steinsplitter sind nur eine unzureichende Beschreibung dieser Einsätze. Hierbei gab es immer schwere Verluste.

Ohne Pause stießen wir im Verband der 2. SS-Pz.Div. «Das Reich» zur Verfolgung des geschlagenen Gegners in Richtung auf Bjelgorod vor. Die 3. SS-Pz.Div.«Totenkopf» setzte an unserer rechten Flanke zu einer Zangenbewegung an, die sein Entkommen verhinderte.

Bei Dergatschi gab es vor der dortigen Brücke einen Stau. Auf der Rollbahn standen rechts die erste Abteilung des SS-Pz.Rgt. 2, in der mittleren Reihe wir und links neben uns das 1. Bataillon des SS-Pz.-Gren. Rgt.»Deutschland« mit SPW (Schützenpanzerwagen). Völlig übermüdet waren fast alle eingeschlafen. Es herrschte absolute Ruhe.

Überraschend wurden wir aus einem etwa 500 m entfernten Wald von einer aus ca. 300 Pferden bestehenden sowjetischen Kavallerieeinheit an unserer linken Flanke angegriffen. Erst durch das Urräh-Geschrei und Pferdegetrappel wachten wir auf. Der Kommandeur dieser Einheit muß nicht bei Trost oder besoffen gewesen sein, als er seinen Männern den Kavallerieangriff auf eine Panzerdivision befahl. Sie wurden zusammengeschossen. Zwei Drittel fielen. Über 150 Pferde waren tot oder verendeten vor uns. Einige liefen ohne Reiter in Panik zwischen unseren Fahrzeugen herum. Soweit sie eingefangen werden konnten, wurde ihnen Zaumzeug und Sattel abgenommen, bevor man sie wieder laufen ließ. Der Rest der russischen Einheit galoppierte fluchtartig in den Wald zurück. Angesichts dieses Elends von Menschen und Tieren begannen wir einmal mehr, diesen verdammten Scheißkrieg zu hassen.

Noch längere Zeit danach bekamen wir Pferdefleisch zu essen, das sich in der Kälte frisch hielt. Nichts schien ohne Nutzen zu sein.

Am 18. März griffen wir nach einem Feuerschlag unserer Werfer Bjelgorod an und nahmen es bis zum Abend ein. Die Russen hatten alle Zufahrtswege einschließlich der Seitenstreifen vermint. Pioniere und B-Schützen räumten unter Verlusten Gassen frei und markierten sie mit Bändern. Auf einem Gleis am Ortsausgang standen zwei russische Eisenbahnwaggons mit Munition und ein Tankwagen voll Benzin.

Damit waren die Kämpfe beendet, der größte Teil des Gegners vernichtet. Diese Schlacht war unser letzter Sieg im Osten. Das SS-Panzerkorps verlor 365 Offiziere, 11.154 Unteroffiziere und Männer.
Mein Vater schrieb mir auf einer Postkarte »Bravo, SSPanzerkorps!«, worüber ich mich überhaupt nicht freuen konnte.

Nach drei Monaten wurden wir endlich abgelöst und bezogen in der nur wenig zerstörten Stadt eine Ruhestellung. Wir waren abgerissen, dreckig, verlaust und erschöpft.

Am nächsten Tag stieg das Thermometer von -10° auf +12°. Schneeschmelze und Tauwetter verwandelten das Gelände in eine Schlammwüste, die jede Bewegung erstickte. Selbst Fußmärsche von Haus zu Haus waren nur über Knüppel oder Bretter möglich. Mit unseren Knobelbechern blieben wir im Dreck stecken.

Eine unserer unbeliebtesten Pflichten war das Wacheschieben, weil es uns um unseren dringend benötigten Schlaf brachte. Für jeweils 24 Stunden wurden drei Doppelposten eingeteilt, die zwei Stunden Wachdienst und danach vier Stunden Ruhe hatten. Die Häufigkeit der Wachdienstkommandierungen erhöhte sich im Verhältnis zu den Ausfällen. Der Wachdienst war für unsere Sicherheit unverzichtbar. Wachvergehen, auch durch Einschlafen aus Übermüdung, wurden bestraft. Man muß dabei in Betracht ziehen, daß es im Krieg keine normale Zeiteinteilung, keine Sonntagsruhe und keinen Feierabend gab. Wir waren ständig im Einsatz und immer müde. Unter dem fehlenden Schlaf habe ich sehr gelitten, obwohl meine körperliche Kondition sonst in Ordnung war. Ich konnte überall, selbst im Stehen, schlafen.

Der russische Gegner setzte zu nächtlichen Störungen ein langsames Flugzeug mit einem scheppernden Motor ein. Das war ein lahmer Doppeldecker, den wir fliegende Nähmaschine nannten. Er war oben offen. Seine Besatzung bestand aus Pilot und Bombenwerfer. An Bord befanden sich zehn kleine Bomben von 35 cm Länge und 8 cm Durchmesser. Die Maschine kreiste in ca. 1000 m Höhe über dem Ziel. Der Schütze warf in unregelmäßigen Abständen jeweils eine Bombe mit der Hand über Bord. Wenn sein Munitionbestand zu Ende war, kam die nächste Nähmaschine und setzte das Theater fort. So ging das pausenlos bis zum Morgen. Die mehr psychologische Wirkung war verheerend. Das Abschießen funktionierte nicht, weil der schwarze Vogel in der Dunkelheit unsichtbar war und es Nachtjäger in unserem Frontabschnitt nicht gab.

Am Tag unserer Ablösung beehrte uns eine dieser lahmen Krähen gegen 22 Uhr zum erstenmal. Ich stand mit einem Kameraden auf Wache. Die erste Bombe schlug neben den eingangs beschriebenen drei Güterwaggons ein. Zehn Minuten später wurde der Tankwagen getroffen. Die Explosion des Benzins erleuchtete das Umfeld taghell und setzte die beiden angekoppelten Munitionswagen in Brand. Das Feuerwerk der detonierenden Artilleriegeschosse dauerte fast zwei Stunden, was wir in einem Deckungsgraben überstanden. Unseren Trommelfellen tat das gar nicht gut. Dann erschien der nächste Vogel. Die erste Bombe schlug in eine unserer Unterkünfte ein und verwundete unseren PAK-Geschützführer Peter schwer. Tumult und Rufe nach dem Sani (Sanitäter) waren der Auslöser eines Kurzstreckenlaufes zum Verbandsplatz, wo ich eine Trage schnappte und in das Haus zurücklief. Nach seiner Erstversorgung trugen wir die Trage Richtung Verbandsplatz. Kurz davor gab es ein Pfloppgeräusch. 5 m vor meinen Füßen fiel eine dieser Scheißbomben auf den Boden, blieb stecken und detonierte nicht. Zum drittenmal hatte ich mehr Schwein als Verstand, weil mir mein Schutzengel einen Blindgänger schickte. Dem armen Peter mußte der rechte Unterschenkel amputiert werden. Für ihn war der Krieg zu Ende.

Als sich die Wetterlage normalisiert hatte, verlegten wir in Richtung Kursk und zogen in einem Dorf südlich von Prohorovka unter. In unserem Kampfgebiet gab es lange Straßendörfer. Blockhäuser aus Holz oder Lehm mit Strohdächern standen zu beiden Seiten eines breiten ungepflasterten Weges. Das Schwarzerdegebiet war zu Zarenzeiten die Kornkammer Europas gewesen. Bauern gab es nicht mehr. Das Land wurde mit Kolchosen bewirtschaftet. Die enteigneten Bauern behielten ihr Haus und bis zu 4000 qm Land. Sie durften eine Kuh, manchmal auch ein Panjepferd, einige Schweine sowie Geflügel halten und auch selber vermarkten. In einer Ecke des Hauses befand sich ein ca. 2 qm großer, oben flacher Ofen, auf dem die ganze Familie in den Wintermonaten schlief. Wenn es möglich war, quartierten wir uns dort ein, schliefen aber auf dem Lehmfußboden. Die Läuse gab es umsonst dazu. Mit der russischen Bevölkerung kamen wir gut zurecht. Viele von ihnen konnten etwas Deutsch, weil unsere Sprache in deren Schulen gelehrt wurde. Wir machten mit ihnen Tauschgeschäfte. Für Salz, Feuersteine und kleine Benzinmengen erhielten wir Hühner und Eier, um unsere karge Verpflegung aufzubessern. In ihren Gärten befanden sich Vorratsschuppen, in denen Gurken, Tomaten, Melonen und Früchte aufbewahrt wurden. Ihre Speisen wurden mit Kräutern gewürzt. Aufgrund des Salzmangels schmeckten sie wie eingeschlafene Füße.

Wenn wir eine Ruhestellung bezogen, waren Körperpflege, Wäschewechsel, Säuberung von Waffen und Ausrüstung unsere Hauptbeschäftigung. Sehr wichtig waren die stets sofort errichteten Donnerbalken, wo wir uns etwas unbequem erleichterten und einfachen hygienischen Anforderungen mittels Spaten und Sand entsprachen.

In diesem Dorf bewegte sich ein bildschönes russisches Mädchen, hinter dem alle her waren. Sie nannte sich Lydia. Ein Unterscharführer des neu aufgestellten Nachrichtenzuges, der nach der Charkow-Katastrophe zu uns versetzt worden war, erlag ihren Verführungskünsten, woraus er auch kein Geheimnis machte. Sie behauptete, von ihm vergewaltigt worden zu sein, was wir nicht glaubten, weil das nicht zu seiner Persönlichkeit paßte und Vergewaltigungen bei uns absolut tabu waren. Trotzdem wurde er seines Dienstes enthoben und eine Untersuchung eingeleitet.

Unser auf einem Donnerbalken sitzender Spieß beobachtete, daß die bewußte Lydia in einen Schweinestall ging, wo sie nichts zu suchen hatte. Mißtrauisch sah er sich den Stall an und fand dort ein mit Stroh bedecktes betriebsbereites russisches Funkgerät sowie eine geladene Pistole. Sie war eine Spionin, die sich an den Nachrichtenmann in der Absicht herangemacht hatte, Informationen zu erhalten. Als das nicht funktionierte, versuchte sie, mit der Vergewaltigungsanzeige unsere personelle Besetzung zu schwächen. Die Frau wurde festgenommen und von der Feldgendamerie abgeholt.

Unser Spieß war ein Schlitzohr und tat für uns, was er konnte. Verlustmeldungen über Personal, Fahrzeuge und Waffen gab er grundsätzlich vier Tage zu spät ab. In der Zwischenzeit empfingen wir die vollen Verpflegungs-, Treibstoff- und Munitionszuteilungen, mit denen Reserven geschaffen wurden. Diese Schwarzbestände retteten uns und die Fahrzeuge, wenn bei den Rückzügen der Nachschub ausblieb.

Das einzige, was immer in ausreichenden Mengen zugeteilt wurde, war Alkohol in hochprozentiger Form. Die Absicht dieser Maßnahme bestand darin, bei Kämpfen die Hemmschwelle zu senken, gleichzeitig aber die Risikobereitschaft zu erhöhen. Wer diesen Bericht gelesen hat, wird mir sicher zustimmen, daß manche Ereignisse nur unter Alkohol erträglich waren. Daß dies im Hinblick auf Suchtgefahren zu disziplinären und gesundheitlichen Problemen führen konnte, bedarf keines Kommentars. In den Halterungen mancher Fahrzeuge befanden sich drei Kanister Treibstoff und ein Kanister Schnaps.

Aufgrund meiner Kindheitserlebnisse im Elternhaus war ich Alkoholabstinenzler und trank nur widerwillig Kleinstmengen, wenn es sich nicht vermeiden ließ. Das provozierte eines Tages drei altgediente Reichskriegsrottenmeister, dem jungen Spund beizubringen, was ein Soldat zu tun habe. Außenseiter wurden nicht toleriert. Es gab eine Sonderzuteilung von holländischem Genever. Sie trichterten mir dieses Zeug ein, bis ich an zu kotzen fing. Erst nach zwei Tagen war diese Tortur überwunden. Ich kann auf Alkohol total verzichten. Beim Anblick einer Geneverflasche wird mir noch heute übel.

In der flachen russischen Landschaft gab es geographische Eigentümlichkeiten, die Balkas genannt wurden. Das waren mehr oder weniger lange, etwa 20 bis 30 m tiefe, 50 bis 100 m breite Schluchten, die einerseits Hindernisse waren, andererseits aber gute Deckungs- und Unterkunftsmöglichkeiten boten. Sie spielten eine wichtige Rolle.

Nach Abschluß der Kämpfe im Donezbogen war unser nächstes Ziel die Beseitigung des weit nach Westen vorspringenden sowjetischen Bogens um Kursk. Der geplante Angriff ist unter dem Codewort »Zitadelle« in die Militärgeschichte eingegangen. Er begann am 5. Juli 1943 und entwickelte sich zur größten Panzerschlacht des Krieges, die ohne Sieger und Besiegte nach schweren Verlusten auf beiden Seiten abgebrochen wurde.

Zur Vorbereitung erfolgte die Verlegung unserer Werferabteilung in den Raum um Pristen. Dort gingen wir in Stellung und gruben uns ein. Die

Frontlinie dieses Bogens war aufgrund der schweren noch nicht ersetzten Verluste nur dünn mit aus ca. sechs Mann bestehenden Feldwachen besetzt. Die Entfernungen zwischen diesen Gruppen betrugen 100 bis 300 m. Kampfhandlungen kleinerer Art fanden nur sporadisch in Form von Stoß- und Spähtruppeinsätzen sowie Artilleriebeschuß statt. Der Gegner hatte eine besondere Aufmarschtechnik entwickelt, die wir Einsickern nannten. Sie war erfolgreich. Über einen Zeitraum von mehreren Tagen bewegten sich in unregelmäßigen Abständen einzelne russische Soldaten in einen Frontabschnitt, wo sie sich tarnten. Das fiel kaum auf, weil sich auf beiden Seiten ständig Soldaten im Gelände befanden. Auf diese Weise entstand eine schlagkräftige Einheit, die überraschend zuschlagen konnte. Ich erwähne dies und auch die Beschreibung der Balkas, weil beides für unsere nächste Aktion bedeutsam war.

Zur Vorbereitung der Offensive erwies sich die Erkundung von Feuer- und Beobachtungsstellen an der rechten Flanke des Gegners in dem nur unzureichend gesicherten eigenen Abschnitt als notwendig. Der Abt.Kdr. beauftragte nach Absprache mit unserem Batteriechef Max Winter mit dieser Aufgabe, den ich begleiten und die erkundeten Positionen aufzeichnen sollte. Dazu mußten wir eine Plan entwickeln. Wir begaben uns in die HKL und beobachteten mit unseren Ferngläsern mehrere Stunden lang die russischen Stellungen und das für die Erkundung vorgesehene Niemandsland. Dabei stellten wir fest, daß ein ca. 300 m breiter Zugang vom Gegner eingesehen werden konnte. Da mußten wir durch, was aber nur in der Dunkelheit möglich war. Wir wollten deshalb um 2 Uhr nachts aufbrechen, uns tagsüber mit den Erkundungen beschäftigen und abends nach Eintreten der Dunkelheit zurückkommen. Nach Besprechung mit unserem Batteriechef gingen wir mit ihm zusammen zum Abt.Kdr., um seine Genehmigung für den Plan einzuholen, die uns ohne Änderung erteilt wurde, und meldeten uns ab.

Max nahm seine MPI, ich mein Gewehr, wir beide nahmen unsere Pistolen, Ferngläser, Kompaß, Kartentasche, Spaten und Verpflegung mit. Die

Gasmasken blieben liegen, weil sie klapperten. Die Nacht war stockdunkel. Um 2 Uhr passierten wir die kritische Stelle. Plötzlich umzingelten uns etwa zehn wahrscheinlich unbemerkt eingesickerte Russen. Einer schrie uns an:»Ruki werch!«(Hände hoch!)

Ohne einen Schuß abgeben zu können, waren wir unsere Waffen los und dachten: ›Gute Nacht, Marie, das war es denn wohl.‹ Und wieder half mir mein Schutzengel. Als die Iwans nach meinem Fernglas und der Kartentasche griffen, schlugen mehrere Granaten in der Nähe ein, worauf unsere Kollegen von der anderen Seite in Deckung gingen. Max schrie:»Weg hier!« Wir entkamen ohne Schrammen in eine unbekannte Richtung, stürzten vom Rand eines Balkas einen bewachsenen Hang hinunter und landeten vor einem zerfallenen Schuppen, in dem wir uns versteckten. Wir hatten keine Ahnung, wo wir waren. Aus verschiedenen Richtungen hörten wir uns vertraute Panzerketten- und –motorgeräusche, ohne erkennen zu können, ob es die eigenen oder russische waren. Gegen 5 Uhr schoß Artillerie über uns hinweg. Wir wußten immer noch nicht, wo die Geschosse herkamen. Dann hörten wir anrollende Panzer, beobachteten vom Rande des Balkas, daß es deutsche Panzer IV waren, winkten und wurden prompt mit MGs beschossen. Die Geschosse zwitscherten mit den bekannten Sandfontänchen neben uns in die Böschung. Schließlich erkannte man uns. Wir liefen auf einen der Panzer zu. Der Kommandant öffnete das Turmluk und fragte, was wir hier verdammt noch mal verloren hätten.Er wies in Richtung auf einen in ca. 1500 m entfernten Regimentsgefechtsstand, wo wir uns melden sollten. Dort nahm sich der Adjutant unserer an und schaffte es nach einer halben Stunde, über das Korps eine Verbindung zu unserer Abteilung herzustellen. Die befand sich nur 2 km von uns entfernt an dem Standort, wo wir sie verlassen hatten. Man holte uns mit einem Beiwagenkrad ab.

Nach unserer Meldung hielt uns der Kdr. folgende Standpauke:»Winter, das war ja wohl nichts. Ohne Waffen und ohne Erkundungsergebnis hier zu erscheinen, ist ein Stück aus dem Tollhaus. Und Vogel, wo waren Ihre berühmten Kartenkunststücke (wörtlich), mit denen es nicht weit her zu sein scheint? Es hätte gerade noch gefehlt, daß den Iwans Ihre Karte mit unseren eingezeichneten Stellungen in die Hände gefallen wäre.« Bei unserer Ausbildung war uns eingebläut worden, daß ein Soldat in jeder Situation zu gehorchen, nicht zu widersprechen habe und selbst ein Unrecht hinnehmen müsse. Mir platzte der Kragen, und ich erwiderte: »Sturmbannführer, wenn Sie mich für so dämlich halten, daß ich auf einen Spähtrupp eine mit unseren Stellungen eingezeichnete Karte mitnehmen würde, hätten Sie mir den Befehl nicht erteilen dürfen.« Er war wegen dieser Antwort sprachlos. Ich war so in Fahrt, daß ich ihm die Frage stellte, seit wann eingesickerte Russen in unseren noch nicht benutzten Karten eingezeichnet sein konnten. Hauptsache sei doch wohl, daß wir mit unserer Rückkehr nicht die Zahl unserer Verluste noch erhöht hätten. Als er ans Telefon gerufen wurde, zischte mir Max zu: »Halt doch die Schnauze, du redest dich um Kopf und Kragen!« Kopf und Kragen blieben oben. Der Kommandeur beendete die unerfreuliche Auseinandersetzung mit der Bemerkung, daß wir versagt hätten und zukünftig fähigere Leute eingesetzt würden. Mit dem Befehl, zu unserer Batterie zurückzugehen, wurden wir entlassen. Max sagte auf dem Weg zur Batterie: »Mensch, bist du vom wilden Affen gebissen, dem Kdr. mit deinem nackten Arsch ins Gesicht zu springen? Das kann ein Nachspiel haben. Auch ich bin stinksauer und könnte diesem Geländekomiker eine verpassen.« Ich sagte: »Überlaß das besser den Iwans!« Den Gefallen taten sie ihm aber nicht. Ich begegnete diesem Mann 1944 in einer anderen Position erneut und rasselte wieder mit ihm zusammen.

Unser Batteriechef empfing uns mit den Worten: »Schön, daß ihr mit heilen Knochen zurück seid. Darauf wollen wir einen nehmen«, holte eine Wodkaflasche heraus, ließ sie kreisen und sagte: »Nun erzählt mal!« Dann entließ er uns mit den Worten: »Eßt euch erst einmal beim Küchenbullen satt, und schlaft dann gründlich aus. Mit dem Kommandeur werde ich noch reden.«

In der Nacht bekam ich unerträgliche Kopfschmerzen und Fieber. Als es hell wurde, bemerkte ich auf meinem Körper rote Flecken. Ich meldete mich beim Batteriechef. Der sah mich an und bemerkte: »Du siehst aus wie das Leiden Christi zu Pferde. Ich werde dich sofort zum Verbandsplatz fahren. Pack deine Klamotten ein!« Das wenige paßte in einen Wäschebeutel. Mehr besaßen wir nicht.

Max Winter kam an den Wagen, gab mir die Hand und sagte: »Kleiner, komm bald zurück! Ich werde dich vermissen.« Kleiner? Wahrscheinlich, weil ich erst 18, er aber schon 23 Jahre alt war. Ich sah ihn nicht wieder. Er verbrannte bei der Kursk-Offensive nach einem Volltreffer in seinem Wagen bis zur Unkenntlichkeit. Leider erwischte es immer die Besten. Völlig sinnlos!

Unser Abteilungsarzt, Dr. Egon Scalka aus Klagenfurt, war ein toller Kerl mit einem phänomenalen Personengedächnis. Er kannte jeden Angehörigen unserer Abteilung mit Namen, hatte jede Menge Sprüche und Witze, vor allem zweideutige, auf Lager. Als die Affäre mit der Lydia ruchbar wurde, bemerkte er: »Alle Achtung, der Mann ist offenbar scharf wie ein Karpaten-Uhu.« Er versorgte Verwundete unter Beschuß auf dem Gefechtsfeld und blieb von Einschlägen unbeeindruckt. Seine Ärztetasche war durch Granatsplitter beschädigt, seine Mütze durchlöchert.

1944 wurde er Divisionsarzt der 9. SS-Pz.Div. »Hohenstaufen«, die gegen die englischen Luftlandetruppen an den Rheinbrücken bei Arnheim eingesetzt wurde. Die Engländer waren eingeschlossen, hatten große Verluste und konnten ihre Schwerverwundeten nicht versorgen. Das wurde beobachtet. Dr. Scalka überredete den Kommandierenden General des II. SS-Pz.Korps, Obergruppenführer (General der Waffen-SS) Bittrich, den Tommys einen zweistündigen Waffenstillstand und die Übernahme der Verwundeten anzubieten. Das durch einen Parlamentär überbrachte Angebot wurde akzeptiert. Die Waffen schwiegen, die verwundeten Engländer wurden mit den Sankras der Division abgeholt, ins deutsche Lazarett gebracht und dort von Dr. Scalka und seinen Ärzten versorgt. Als die Blutkonserven ausgingen, ging er zu einer in Reserve stehenden

SS-Einheit und fragte nach freiwilligen Blutspendern. Alle stellten sich zur Verfügung. Keiner drückte sich. Wie paßt so etwas in das Bild einer angeblich verbrecherischen Organisation?
Dieses Ereignis ist übrigens in dem Filmklassiker »Die Brücken von Arnheim« eine eindrucksvolle Szene.

Nach der Kapitulation suchte der Befehlshaber dieser englischen Luftlandetruppen Dr. Scalka, fand ihn im Internierungslager Dachau, sorgte für seine Entlassung und brachte ihn persönlich nach dem in der britischen Besatzungszone Österreichs liegenden Klagenfurt, wo er eine Praxis eröffnete.

Nach dieser Einblendung zurück zu mir. Der Chef blieb bei meiner Untersuchung dabei. Ich begann in eine Art Dämmerzustand zu fallen, bekam aber noch mit, was gesprochen wurde. In Erinnerung blieb mir folgender Dialog: »Suchen Sie sich einen neuen R 2! Dieser Knabe hat Fleckfieber, auch Fleckthyphus genannt, was dasselbe ist. Übeltäter sind die hiesigen nutzlosen Läuse. Sie werden ihn so bald nicht wiedersehen. Wenn überhaupt.« Nickmann sagte niedergeschlagen: »Den kann ich kaum ersetzen. Er war zwar eigenwillig, aber zuverlässig und für alle Aufgaben brauchbar. Ich habe mich sehr an ihn gewöhnt.« Dr. Scalka verpaßte mir eine Spritze und erwiderte ungerührt: »Niemand ist unersetzlich«, befahl dem assistierenden Sani, den Sankra klarzumachen und mich nach Charkow ins Lazarett zu fahren.

Als sie mich auf eine Trage legten, sagte mein Batteriechef: »Mach's gut, du Fleckfiebervogel!« Er duzte von seinen Leuten nur den Spieß, Max Winter und mich, was wir als Auszeichnung empfanden. Dieser beliebte Offizier überlebte den Krieg ebenfalls nicht. 1944 ist er in Ungarn gefallen. Schade um ihn. Er war ein prima Kerl.

Die Fahrt von 40 km über die holprige Rollbahn war qualvoll. Meine Einlieferung ins Lazarett erfolgte im Zustand der Besinnungslosigkeit.

Einweisung, Entlausung und Duschen bekam ich nicht mit. Als ich nach mehreren Tagen erwachte, saß an meinem Bett eine schwarzhaarige Krankenschwester und trichterte mir mit einer Schnabeltasse Suppe ein. Ich genoß es, nach vier Monaten endlich wieder in einem Bett zu liegen, was mir luxuriös vorkam. Wir waren so anspruchlos und bescheiden geworden, daß ein Bett als etwas Besonderes empfunden wurde. Die Schwester erzählte mir, ich hätte fünf Tage in einer Art Koma gelegen und gehörte zu den wenigen, die eine so schwere Krankheit überstanden hätten. In den nächsten beiden Wochen gab sie mir nicht nur Spritzen und Medikamente, sondern versuchte auch, mich aufzupäppeln.

Als ich in den Lazarettzug Richtung Westen verladen wurde, schenkte sie mir beim Abschied eine Schachtel Chokacola und wischte sich einige Tränen aus ihren Augen. Sie war ein etwa zehn Jahre älterer mütterlicher Typ. Für ihre Fürsorge war ich ihr sehr dankbar.

Mit dieser Krankheit und zwei leichten Kratzern endete mein Abenteuer Rußland. Es hat mir gereicht.

Der mit dem Roten Kreuz gekennzeichnete Lazarettzug fuhr ohne Zwischenfälle durch die bewaldeten Partisanengebiete bis Krakau in Polen, wo wir in das Krankenhaus im Stadtteil Kobyrzyn eingewiesen wurden. Die Sterblichkeitsrate bei Fleckfiebererkrankungen war hoch. Überlebende litten an Langzeitfolgen. Ich behielt einen Myocardschaden (Herzmuskelschaden) zurück, der mir noch lange zu schaffen machte, obwohl ich mit ihm leben konnte.

Nachdem unsere Gesundheit einigermaßen wiederhergestellt war, wurden wir nach Bad Rapka bei Zakopane in den Karpaten zur Erholung eingewiesen. Es war ein Ort der polnischen High-Society mit elegant ausgestatteten Villen. Jeweils acht Genesenden wurde ein Haus mit der Auflage zugewiesen, die Einrichtungen schonend zu benutzen und für Sauberkeit zu sorgen. Die Mahlzeiten wurden in einer Kantine im Zentrum eingenommen. Aus dieser Zeit blieben mir zwei Dinge in Erinnerung: Die Hühner übernachteten auf Bäumen, und Partisanen warfen nachts Eierhandgranaten in einige Unterkünfte, weshalb wir Gewehre empfingen und den unbeliebten Wachdienst wieder aufnehmen mußten. Dann herrschte Ruhe. Außer Sachschaden ist nichts weiter passiert.

Nach drei Wochen erhielt ich Urlaub, den ich in Hannover und bei meiner Großmutter in Georgsmarienhütte verbrachte, worüber sich Cousine Hanna, meine harmlose Jugendliebe, besonders freute.

Nach dem Urlaub wurde ich zu einem Fahnenjunkerlehrgang in der Artillerieschule Beneschau bei Prag kommandiert. Beneschau liegt in einer sehr schönen hügeligen Landschaft mit einem beachtenswerten Wildbesatz. Dort sah ich frei lebende Fasanen, die man bei uns zu Hause nur in Fasanerien bewundern konnte. Alles mit der Natur Zusammenhängende, insbesondere aber Tiere, hat mich immer fasziniert. Die Jagd mochte ich – obwohl notwendig – überhaupt nicht. Mein besonderes Interesse galt der Tierbeobachtung und Fotografie.

Nach drei Wochen erkrankte ich an Diphtherie, was einen erneuten Lazarettaufenthalt, diesmal in Prag-Podol, zur Folge hatte. Nachdem ich einigermaßen wiederhergestellt war, benutzte ich die Gelegenheit, diese wunderschöne Stadt zu erkunden, die den Namen »Goldene Stadt« zu Recht trägt.

Leider fällt auf sie der Schatten schwerer Menschenrechtsverletzungen im Zusammenhang mit dem Kriegsende im Jahre 1945. Schwerverwundete wurden aus dem oben erwähnten Lazarett gezerrt und von einem verbrecherischen Mob ermordet. Darunter waren auch Kameraden meiner Einheit. Nach der Kapitulation fielen den Massakern fast 250.000 Deutsche, vorwiegend Frauen, Kinder und Greise, zum Opfer. 3,5 Millionen wurden aus ihrer Heimat vertrieben und ihres Besitzes beraubt. Wer, wie die heutige tschechische Regierung durch Aufrechterhaltung der Benesz-Dekrete, behauptet, daß es den Deutschen wegen des Überfalls auf ihr

Land recht geschehen sei, verkennt, daß kein Rechtsstaat der Welt Rache an unschuldigen Menschen toleriert und kein Verbrechen mit einem anderen aufgerechnet werden darf.

Nach Beneschau zurückgekehrt, mußte ich ca. vier Wochen bis zum Beginn des nächsten Artillerielehrganges zur Vorbereitung auf die Offiziersschule warten. Um diese Zeit nutzbringend anzuwenden, beantragte ich die Teilnahme an einem KFZ-Lehrgang, der mit den damals üblichen Führerscheinprüfungen abschloß. Das Ziel, alle Führerscheine mit Ausnahme für Panzer zu erwerben, war kein Problem.

Aus dieser Zeit erinnere ich mich an ein besonderes Erlebnis. Mein Fahrlehrer war ein Unterscharführer älteren Jahrganges, ausgezeichnet mit dem Kriegsverdienstkreuz zweiter Klasse, allgemein als EK üb. (übungsweise) oder Kriegsverlängerungsorden bezeichnet. Der Mann war ein typischer Kommißkopp. Den Fahrunterricht mußten wir in voller Montur inklusive Stahlhelm und Handschuhen absolvieren. Damals gab es noch keine Synchrongetriebe, weshalb beim Herunterschalten Zwischengas gegeben werden mußte, was schwierig war, besonders geübt wurde und nicht immer ohne Getriebegeräusche funktionierte. Der auf dem Beifahrersitz plazierte Fahrlehrer besaß die Angewohnheit, bei jedem Ratschen des Getriebes dem Fahrschüler die Winkerkelle auf den Stahlhelm zu hauen, was ein unangenehmes klirrendes Geräusch zur Folge hatte. Als er das mit mir zum ersten Male machte, bat ich ihn in der üblichen respektvollen soldatischen Form um Unterlassung. Darauf »schiß er mich an« und wiederholte die Prozedur beim nächsten Schaltmißgeschick. Ich fuhr rechts ran, hielt, brüllte ihn in gleicher Weise an und kündigte ihm einen gepfefferten Heiligen Geist zur Nachtstunde für den Fall an, wenn er sich die auch anderen Fahrschülern auf den Wecker gehende Angewohnheit nicht abgewöhne. Daraufhin explodierte er und drohte die Meldung dieser Disziplinlosigkeit unter Hinweis auf negative Folgen für meine Karriere an. Ich erwiderte eiskalt, daß er für diesen Zusammenstoß keinen Zeugen habe, und fragte, ob er sich über die Folgen der

Mißhandlung eines Untergebenen mittels Winkerkelle im klaren wäre. Damit war der Fall erledigt. Wir kamen zukünftig gut miteinander aus. Der Mann hat mir das Fahren gut beigebracht.

Der Lehrgang mit gehobenen Weihen und Scharfschießen auf dem Truppenübungsplatz verlief planmäßig. Man vermittelte uns die Gesamtwissenskunde der Artillerie einschließlich ihrer Geschichte bis ins Altertum sowie alle technischen und taktischen Gesichtspunkte ihres Einsatzes. Übungsplatz für die theoretische Ausbildung war ein großer mit Geländeprofilen, Gebäuden und Figuren ausgestatteter Sandkasten.

Die Anforderungen an die Lehrgangsteilnehmer waren hoch. 25 % fielen durch. Nach bestandener Prüfung erwarb ich die Qualifikation zum Besuch einer Kriegsschule, wurde am 26. April 1944 vom SS-Sturmmann (Gefreiter) zum SS-Junker (Fahnenjunker) befördert und zum aktiven Offizierslehrgang zur SS-Junkerschule nach Bad Tölz in Bayern versetzt. Ich sollte Berufsoffizier werden.

Die im Alpenvorland gelegene Kriegsschule befand sich in einem quadratisch angelegten Gebäudekomplex mit zwei dicken Türmen im Eingangsbereich und wirkte beeindruckend. In Hallen befanden sich mehrere Exemplare aller gängigen schweren Waffen wie Panzer, Panzerfahrzeuge, Selbstfahrlafetten, eine Vielzahl von Geschützen und sämtliche Infanteriewaffen sowie PKW, LKW und alle Arten von Kettenfahrzeugen zu Unterrichtszwecken. Es gab einen Pferdestall mit Reithalle und 30 Pferden, ferner ein Stadion und Hallenschwimmbad. Die Hörsäle besaßen große Fenster, durch die man auf die Alpen sehen konnte. Die Stuben waren mit jeweils vier Junkern belegt. Die Mahlzeiten wurden gemeinsam in einem Kasino eingenommen, wo auf Tischsitten geachtet wurde. Kommandeur war der Obersturmbannführer (Oberstleutnant) Klingenberg, der mit drei Mann im Handstreich Belgrad eingenommen hatte. Er ist 1945 als Kommandeur der SS-Gebirgsdivision Prinz Eugen gefallen.

Die Lehrgangsteilnehmer waren in Junkerschaften von jeweils 18 Mann eingeteilt. Die Vermittlung der Unterrichtsstoffe erfolgte konzentriert unter Vermeidung jeden Kasernenhofdrills. Bei Geländeübungen wurden wir als Gruppen- bzw. Zugführer, Kompanieführer oder Bataillonskommandeure eingesetzt. Zu diesem Zweck gab es eine aus 120 Mann bestehende Übungskompanie.

Großer Wert wurde auf die sportliche Ausbildung, insbesondere Leichtathletik, Schwimmen und Reiten, mit ca. drei Stunden täglich gelegt. Das Reichssportabzeichen erwarben wir an einem Tag! Wir waren topfit und, gemessen an heutigen Maßstäben, durchtrainiert. Wir brachten Erfahrungen mit. Nur vom Reiten verstanden wir nichts. Der Reitlehrer, ein Oberscharführer (Wachtmeister) der 8. SS-Kavalleriedivision Florian Geyer, begann seinen Unterricht mit folgenden Worten: »Diese wilden Tiere nennt man Pferde. Sie trachten insbesondere Junkern nach dem Leben.« Dann wies er auf einen über dem Eingang zur Reithalle stehenden Spruch mit folgendem Text hin: »Wer Pferde und Frauen sucht ohne Mängel, hat nie ein gutes Tier im Stall, im Bett nie einen Engel.« Da standen wir nun im Drillichanzug ohne Reithose und Stiefel auf der Stallgasse vor den Pferden, die in Ständen angebunden ihre Hinterhände zeigten und uns, ihre Köpfe nach rückwärts drehend, neugierig betrachteten. Vor ihren eisenbeschlagenen Hufen hatten wir trotz unserer sonstigen Abgebrühtheit großen Respekt.

Auf den Befehl: »Halfter anlegen« (was wir zunächst nicht konnten) und »Pferde in die Reithalle führen!« wagten wir uns mutig in die Stände. Die 18 Pferde gehorchten. Wir stellten uns in einer Reihe nebeneinander auf. Sättel hatte man uns nicht zugebilligt. Das mehrmalige Auf- und Absitzen auf dem unbedeckten Pferderücken machte uns nichts aus. Als aber der Reitlehrer, nachdem wir endlich in Ruhe oben saßen, hinter unserem Rücken mit einer Longierpeitsche knallte, gingen alle Pferde durch, warfen uns ab und liefen in die Ecken, wo sie uns ihre Hinterhände zukehrten. Der Reitlehrer rief: »Das Glück dieser Erde liegt auf den Rücken der Pferde, in der Vollheit des Leibes und am Herzen des

Weibes. Holt sie da raus!« Das taten wir. Nun begann die Reitstunde ohne Sattel. Danach waren wir mehrere Tage wie gerädert, weil für das Reiten besondere Muskeln ausgebildet werden mußten. Der Schwur, nach der Kriegsschule nie wieder ein Pferd zu besteigen, erwies sich als unhaltbar. Nachdem wir einigermaßen reiten konnten, begannen wir besonderen Spaß daran zu finden, nebeneinander im Höllentempo die langen Alm- wiesen hinunterzugaloppieren.

Zum Abschluß dieses Kapitels fällt mir noch ein Zwischenfall ein. Es betraf die Beschreibung des Pferdes mit den speziellen hippologischen Fachausdrücken. Ich hatte das bis fast zum Schluß richtig hingekriegt und erlaubte mir den Fehler, den Schweif des Pferdes als Schwanz zu bezeich- nen, was unter Pferdefreunden einer Beleidigung gleichkommt. Darauf reagierte unser Reitlehrer mit drohendem Unterton folgendermaßen: »SS-Junker Vogel, Sie sind wohl nicht ganz dicht! Ein Pferd hat keinen Schwanz, sondern einen Schweif! Wissen Sie auch warum?« Antwort: »Nein, Oberscharführer.« Darauf er: »Weil es im Gegensatz zu anderen Geschöpfen ein edles Tier ist!« Mit dieser überzeugenden Begründung war das Thema beendet.

Die Unterrichtsthemen und Übungen umfaßten Taktik und Gelände- kunde, Polizei- und Heerwesen inklusive Haager Landkriegsordnung, Verhalten gegenüber Gefangenen und der Zivilbevölkerung eines be- setzten Landes, Truppendienst (körperliche Einsatzbereitschaft und Kenntnisse), Leibeserziehung (körperliche Einsatzbereitschaft und Fertigkeiten), Nachrichteneinsatzlehre, Waffentechnik, Pionier- und Kraftfahrzeugtechnik, Reitlehre und weltanschauliche Schulung. Die Weltanschauungsapostel ertrugen wir ohne Begeisterung, zumal uns bei den Fronteinsätzen jeglicher Idealismus verlorengegangen war und deshalb Phrasen auf Ablehnung stießen. Von den uns nach dem Kriege vorgeworfenen Menschenrechtsverletzungen erfuhren wir überhaupt nichts, weil es unsere Aufgabe war, zu kämpfen, und nicht, über Ne- gatives nachzudenken. Im übrigen galt der Führerbefehl Nr. 1 über die

Pflicht zur absoluten Geheimhaltung, was uns immer wieder eingebläut wurde.

Nach drei Monaten fanden die Zwischenprüfungen statt, Etwa 8 % fielen durch. Sie wurden zu Oberscharführern (Feldwebeln) befördert und zur Truppe versetzt, weil sie als gute Unteroffiziere galten. Eine Wiederholung des Junkerlehrgangs war nicht möglich. Wir wurden zu SS-Standartenjunkern (Fähnrichen) befördert.

Am 20. Juli 1944 fand der Stauffenberg-Putsch nach einem Attentat auf Adolf Hitler in seinem Hauptquartier statt, was wir damals weder begreifen noch akzeptieren konnten. Die Junkerschule wurde in Alarmbereitschaft versetzt, Waffen und Munition ausgegeben und alle Fahrzeuge aufgetankt. Aufgrund einer Vermutung, daß Teile der Wehrmacht an diesem Putsch beteiligt sein könnten, bereitete man uns auf einen möglichen Einsatz mit dem Ziel München vor.

Gegen eigene Soldaten vorgehen zu müssen, war für uns eine undenkbare Option, weil das einem Bürgerkrieg gleichgekommen wäre. Diese Befürchtung trat Gott sei Dank nicht ein. Der Alarmzustand wurde am Abend aufgehoben.

Wir begriffen gar nichts, zumal uns alle Hintergrundinformationen fehlten. Nach unserer damaligen Auffassung war das Hochverrat und Meuterei unter Bruch des Fahneneides, die Erschießung dieser Offiziere ihre verdiente Strafe. Heute, nachdem die Ursachen geschichtlich dokumentiert sind, sehe ich das anders, meine aber, daß diese Aktion an Dilettantismus nicht zu überbieten gewesen ist, weil man die Rechnung ohne die Mehrzahl deutscher Soldaten gemacht hatte, die durch die Schule der nationalsozialistischen Organisationen, insbesondere des Jungvolks und der Hitlerjugend, gegangen waren. Das Scheitern war vorprogrammiert.

An den Wochenenden beginnend, ab Sonnabend nachmittag, erhielten wir auf Antrag Urlaubsscheine für den Besuch in München oder Orte in den Alpen. Besonders München hatte es mir angetan, obwohl die alliierten Bomber dort schwere Zerstörungen angerichtet hatten. In den Alpen pflegten wir in den Heuschobern von Sennhütten zu nächtigen, wo es nette Sennerinnen gab, die mit einigen meiner Lehrgangskameraden intime Beziehungen pflegten. Aber dieses Thema spare ich aus, zumal ich daran nicht beteiligt war. Leider!

Im September fanden die Abschlußprüfungen statt, die ich mit einer Zweiernote als drittbester Lehrgangsteilnehmer bestand, zum SS-Standartenoberjunker (Oberfähnrich) befördert wurde und als Belohnung eine Walther PPK-Pistole – Kaliber 7,35 – erhielt.

Ende September 1944 verließ ich die Junkerschule und bekam 14 Tage Urlaub, fuhr mit einem Fronturlauberzug nach Hannover und erreichte meine Heimatstadt nach einem schweren Bombenangriff, in dessen Verlauf das Haus, in dem meine Eltern wohnten, zerstört worden war. Sie verloren alles. Eine Bombe detonierte in meinem im zweiten Stock liegenden Zimmer. Die Fassade stand trotz Beschädigung noch. Der Rest des Hauses bestand aus einem 5 m hohen im Hof liegenden Trümmerhaufen. Schon beim Halten des Zuges in Laatzen, einem Vorort von Hannover, ahnte ich Böses. Ich begann einen ca. 10 km langen Fußmarsch durch die Stadt. Die Straßen waren nicht mehr erkennbar, die Häuser zu 80 % zerstört. Ihre Kamine ragten in den Himmel. In der Eilenriede hatten die Bomben ein unentwirrbares Baumchaos angerichtet. Obwohl ortskundig, verlief ich mich und kam statt zu Hause im 5 km entfernten Stadtteil Kleefeld an.

Der erste schwere Luftnachtangriff auf Hannover erfolgte bereits am 9. Oktober 1943 mit 505 britischen Bombern, wobei die historische Altstadt und die angrenzenden Stadtteile zerstört wurden. Damals war mein Elternhaus mit einigen zerbrochenen Fensterscheiben davongekommen. Jetzt hatte es auch meine Eltern erwischt. Hannover wurde bis Kriegsende

125mal angegriffen. 6782 Bewohner kamen dabei um, 300.000 wurden ausgebombt.

Meine Eltern bezogen provisorisch eine gegenüberliegende Garage und evakuierten, nachdem auch das väterliche Büro zerstört worden war, nach Hameln an der Weser.

Als die Engländer in der folgenden Nacht wieder angriffen, hatte ich die Schnauze von einstürzenden Luftschutzkellern gestrichen voll, brach meinen Urlaub ab, kämpfte mich durch die Trümmer zu einem intakten Vorortbahnhof, stieg in einen Zug Richtung Osten und meldete mich bei der SS-Werfer-Ausbildungs- und Ersatzabteilung in Lübbinchen bei Guben, wohin ich versetzt worden war.

Der Adjutant meldete mich beim Kommandeur, dem Sturmbannführer (Major) Stolterfoth, an. Ich betrat sein Dienstzimmer mit dem üblichen Gruß: »Heil Hitler, Sturmbannführer! Melde mich gehorsamst zu Ihrer Abteilung versetzt.« Er sah mich mit einem ironischen Blick an und sagte: »Grüßen Sie ihn schön von mir, falls Sie ihn sehen.« Er meinte natürlich Adolf Hitler. »Und dann lassen Sie doch bitte die lächerliche Floskel ›gehorsamst‹, noch dazu mit der Endsilbe ›st‹, im Umgang mit mir weg! Gehorsam ist eine selbstverständliche Tugend des Soldaten und bedarf keiner besonderen Erwähnung. Trotzdem sind Sie mir in unserem seltsamen Haufen herzlich willkommen.« Der Kommandeur gefiel mir. Wir mochten uns auf Anhieb. Seinen geistvollen, gepflegten Zynismus bei jeder passenden oder unpassenden Gelegenheit schätzte ich sehr. Als er einmal in kleiner Runde die Bemerkung machte, es würde endlich Zeit, den Führer von seiner Umgebung zu befreien, reagierte ich keinesfalls betroffen, sondern begann ab diesem Zeitpunkt unter Verzicht auf meine bis dato ungestörte Gläubigkeit über alles, was derzeit passierte, kritisch nachzudenken. Das war wie ein Sprung in kaltes Wasser. Stolterfoth war Reserveoffizier und entstammte einer Idar-Obersteiner Familie aus der Schmuckwarenindustrie. Er fuhr seinen privaten PKW, einen Wanderer, den er mit einem Tarnanstrich versehen ließ. Den ihm zustehenden Fahrer brauchte er nicht. Er hat den Krieg überlebt. Wir blieben in brieflicher Verbindung.

Die Abteilung war in vier Dörfern einquartiert, die komische Namen wie Atterwasch, Bärenklau, Großgastrose, Lübbinchen und Pinow trugen. Stolterfoth übertrug mir die Führung der Ausbildungsbatterie in Atterwasch, die aus 300 Mann bestanden, vorwiegend sehr jungen Freiwilligen und einer Reihe älterer Semester aus der allgemeinen SS. Es gab einen Spieß, nur sechs Unteroffiziere, drei Werfer, drei MG 42, 200 Karabiner 98 K und 20 Pistolen P 38, eine Feldküche und einen VW-Kübelwagen. 300 Mann für einen Standartenoberjunker (Oberfähnrich) waren nach meiner Auffassung zuviel. Diese Ausbildungsaufgabe paßte mir nicht, weil ich die Versetzung zu einer Feldeinheit vorgezogen hätte. Aber Befehl war Befehl. Ich machte den Job zwei Monate. Als mir aber noch die Aufsicht über weitere 200 Mann in Bärenklau übertragen wurde, protestierte ich in besonderer Weise. Täglich mußte der Abteilung ein schriftlicher Bericht mit dem Tagesablauf übermittelt werden, den mir der Spieß zur Unterschrift vorlegte. Diese bestand aus dem Namen, dem Dienstgrad und der Dienststellung. Ich ersetzte die Dienststellung »Batterieführer« durch das Wort »Abt.-Kommandeur«, worüber der Spieß sein graues Haupt schüttelte. Das saß. Am nächsten Tag wurde ich zum Rapport befohlen (mit Stahlhelm und Handschuhen). Stolterfoth stauchte mich zusammen: »Mensch, Vogel, Sie sind wohl mit dem Klammerbeutel gepudert worden, sich selbst als Kommandeur zu titulieren. So etwas Dreistes ist mir in meiner langen Dienstzeit noch nicht begegnet. Aber Ihre originelle Art, Unzufriedenheit auszudrücken, hat mich amüsiert. In Ihrer Beurteilung aus Tölz (die ich nicht kannte) steht, daß Sie mehr der Typ für die Generalstabslaufbahn sein sollen. Sie bekommen die Gelegenheit, dieses Talent zu beweisen. In der nächsten Woche geben Sie Ihr Kommando ab und werden mein Adjutant. Ich hoffe, Sie wissen, was das heißt: Mädchen für alles! Ich beneide Sie nicht, gratuliere aber trotzdem.« Das war ein erfolgreiches »Aha-Erlebnis«.

Als ich am Abend nach Atterwasch zurückgekehrt war, besuchte mich ein Gutsbesitzer und fragte, ob wir ihm für eine Hasenjagd zwölf Treiber zur Verfügung stellen könnten. Als Entgelt bot er einen Teil der Beute an. Dagegen war nichts einzuwenden, zumal Hasenbraten nicht zu unserer Verpflegung gehörte. Ein Unterscharführer wurde mit der Aufgabe betraut. Es wurden 28 Hasen geschossen, wovon sechs fehlten. Nach dem Protest des Gutsbesitzers befahl ich dem Unterscharführer, eine strenge Untersuchung durchzuführen. Als er die zwölf Hanseln zusammenstauchte und harte Bestrafungen androhte, bemerkte ich, daß aus seinem Brotbeutel zwei Hasenlöffel heraushingen, und machte ihn diskret darauf aufmerksam. Die Vermißten wurden nicht gefunden, die Belohnung natürlich verweigert. Am Abend lud mich der Unterscharführer in sein Quartier als Gast zum Hasenbraten ein. Dort roch es gut. Mit zehn Mann aßen wir drei der von der Quartierwirtin lecker zubereiteten verschwundenen Hasen auf und hatten überhaupt kein schlechtes Gewissen.

In der folgenden Woche, kurz vor Weihnachten, begann mein Adjutantendasein in Lübbinchen. Zum Stab gehörten Nachrichtenhelferinnen und Krankenschwestern, was ich mit besonderem Interesse bemerkte. Der Kommandeur erklärte, sie seien für mich tabu. Schade! Schade! Ich bezog das mit einem Riesenschreibtisch ausgestattete Vorzimmer und erhielt nebenan eine gemütliche kleine Kammer als Schlafraum. Die Adjutantenkordel empfand ich als lächerlich und verstaute das Ding in der Schublade.

Bei der ersten Besprechung sagte Stolterfoth, mein aus Rußland bekannter Abteilungskommandeur, inzwischen Obersturmbannführer (Oberstleutnant) und Inspekteur der SS-Werfertruppen, habe angerufen und meine Ernennung zum »Adju« mit der Bemerkung abgesegnet: »Mit diesem Fleckfiebervogel werden Sie wahrscheinlich noch Ihr blaues Wunder erleben.« Das Wunder erlebte aber nicht Stolterfoth, sondern er selbst; denn er hatte den unverständlichen Ehrgeiz, aus den SS-Werferabteilungen ein Regiment aufzustellen und dessen Kommandeur zu werden, was aber gründlich danebenging. Zu diesem Zweck hatte er eine Reihe von Offizieren und Unteroffizieren namentlich für Versetzungen gesperrt und sich die Entscheidung über deren Verwendung persönlich vorbehalten. Diese Personalliste lag auf meinem Schreibtisch. Aber dazu später.

Am 31. Dezember 1944 wurde ich zum Untersturmführer (Leutnant) befördert und hatte es damit binnen Jahresfrist vom Gefreiten zum Offizier gebracht. (Meine Schwester Ingeborg bezeichnete mich als Bubileutnant.) Als erste Amtshandlung begann ich, die Kleiderkasse zu plündern, ließ mir eine Offiziersuniform schneidern, kaufte ein Paar Stiefel, eine Schirmmütze mit Silberkordel, einen Schlafsack und einen Koffer.

Meine Aufgabe als »Adju« bestand in erster Linie aus Papierkram und Anforderungen, die heute als Logistik bezeichnet werden. Mitte Januar wurde es interessant. Ich bekam den Befehl, mit einem PKW nebst Fahrer zur Nebeltruppenschule nach Celle zu fahren, dort eine Aktentasche mit Kurierpost gegen Quittung abzugeben und dann in den nahegelegenen traditionellen Aufstellungsraum unserer Werferabteilungen Groß- und Klein-Eicklingen, Wathlingen und Wienhausen zu fahren, wo zwei neuaufgestellte Batterien verladebereit waren, deren Einsatzbefehle ich in einem verschlossenen Umschlag zu übergeben hatte. Wir brachen am frühen Abend auf, fuhren wegen der Fliegerangriffe die Nacht durch und erreichten nach zehn Stunden am 14. Januar frühmorgens unser Ziel.

Ich hatte den Koffer mit meinen bei Einsätzen zu auffälligen Offiziersklamotten mitgenommen und benutzte die Gelegenheit zu einem Besuch bei meinen Wirtsleuten von 1942 in Groß-Eicklingen, wo wir übernachteten. Ich bat sie um Aufbewahrung meines Koffers, was sich nach dem Krieg als Glücksfall erwies.

Am 15. Januar begann die Verladung der ersten Batterie an der Rampe des Bahnhofes Wienhausen. Eine Lokomotive war erst für den nächsten Tag zugesagt worden. Am späten Vormittag, dem 16. Januar 1945, gab es

Fliegeralarm. Von Norden hörten wir ein näherkommendes starkes Dröhnen von Flugzeugmotoren. Etwa 700 amerikanische viermotorige Bomber zogen in einer breiten von Horizont zu Horizont reichenden Formation über uns hinweg. Sie wurden von Jagdbombern eskortiert. Uns ging der Arsch auf Grundeis. Die Maschinen waren im Anflug auf Magdeburg, das an diesem Tag dem Erdboden gleichgemacht wurde. Den Anblick dieser Armada werde ich niemals vergessen. Ungeachtet des Fliegeralarms lief der Personenzug von Celle nach Isenbüttel-Gifhorn, bestehend aus Lokomotive, Packwagen und zwei Personenwagen, mit weißer Dampfwolke in den Bahnhof von Wienhausen ein und hielt neben unserem mit Waffen und Fahrzeugen beladenen Transportzug.

Im gleichen Augenblick flogen drei amerikanische einmotorige Jagdbomber an und schienen uns ins Visier zu nehmen. Sie ließen unseren Zug aber ungeschoren und griffen mit Bordkanonen den Personenzug an, der inzwischen abgefahren war, die Eisenbahnschranke passiert und ein kleines Wäldchen erreicht hatte. Die Lokomotive explodierte in einer Qualmwolke. Die Jäger wiederholten den Angriff noch zweimal, bevor sie abdrehten. Es bot sich ein grauenhaftes Bild. Für Lokomotivführer, Heizer, Schaffner, zwölf Frauen und Kinder kam jede Hilfe zu spät. Sie waren zerfetzt und tot.

Es stellt sich die Frage, ob es angebracht ist, uns Deutschen Kriegsverbrechen vorzuwerfen und sich selber das Recht zu nehmen, derartige Menschenrechtsverletzungen ungestraft zu begehen. Der hier beschriebene Angriff war kein Einzelfall. Im letzten Kriegsjahr beschossen amerikanische und britische Flieger tagsüber alles, was sich auf der Erde bewegte, Autos, Tiere, Radfahrer, Schulkinder, Fußgänger, Pferdegespanne, weidende Tiere und auf den Feldern arbeitende Bauern. Sie beschossen zum Vergnügen Gebäude und Denkmäler. Diese Taten als militärisch notwendige Handlungen zu bezeichnen, ist abwegig. Es waren Kriegsverbrechen!

Wir fuhren die 380 km nach Lübbinchen in der Nacht zurück und sprachen unterwegs kein Wort. Dieses Erlebnis und die toten wehrlosen und an dem Krieg unschuldigen Menschen ließen uns nicht los.

Am 17.1.1945 brach im Osten die Weichselfront zusammen. Die Heeresgruppe Weichsel versuchte unter schweren Opfern, die Oder zu erreichen.
Am 29. Januar 1945 standen die Panzerspitzen der Roten Armee an der
Oder. Sie konnten einen Brückenkopf am Westufer errichten. Die Entfernung zu unserem Standort betrug ca. 30 km. Schlachtflieger kreisten
über uns. Lübbinchen wurde mehrmals beschossen.

Vom SS-Führungshauptamt in Bad Sarow am Scharmützelsee, 67 km
entfernt, erhielt die Abteilung den Befehl, eine Alarmeinheit, bestehend
aus zwei Batterien, zusammenzustellen, wozu aber weder die personellen
noch materiellen Reserven ausreichten. Der Kommandeur übernahm die
Bereitstellung von Waffen, Fahrzeugen und Material. Meine Aufgabe war
die personelle Besetzung, die er allerdings absegnen mußte. Wegen des
Mangels an verfügbaren Offizieren und Unteroffizieren griff ich befehls-
widrig auf die vom Inspekteur der Werfertruppen gesperrten Männer
zurück. Die Aufstellung der Alarmeinheit gelang durch Improvisationen
in zwei Tagen. Sie wurde einer Heeresdivision im Raum Lebus unterstellt
und sofort in Marsch gesetzt. Nach einer Woche kamen die geschlagenen
Reste zurück. Die Hälfte war ausgefallen. Der Inspekteur tobte am Telefon – ich hörte das mit Stolterfoth geführte Gespräch mit –, fragte, wer
die Aufstellung gemacht hätte, und drohte mit Kriegsgericht. Stolterfoth
übernahm als Kommandeur die Verantwortung, was zu der Vermutung
führte, daß die Aufstellung sicher sein Adjutant vorgenommen habe, der
offenbar seinen Aufgaben nicht gewachsen gewesen sei. Er empfahl, sich
möglichst bald von mir zu befreien. Nach Beendigung des Gespräches
sagte Stolterfoth: »Vergessen Sie das! Der Mann spinnt in einer Art Tor-
schlußpanik. Ihnen ist doch hoffentlich bewußt, daß wir uns im Zustand
der Agonie befinden. Der Ofen ist endgültig aus!«

Inzwischen hatten sich in unserem Raum chaotische Flüchtlingsprobleme
entwickelt. Pausenlos fuhren Pferdefuhrwerke, mit Frauen, Kindern und
alten Männern beladen, Radfahrer und Fußgänger, die ihre wenigen Habseligkeiten in Karren zogen, von Ost nach West. Die Dörfer und Häuser

121

waren überfüllt. Ich stellte einer schwangeren Frau mein Zimmer zur Verfügung und übernachtete selber im Schlafsack auf dem Fußboden meines Dienstzimmers.

Nach Stabilisierung der Front im Osten trat bis Mitte April 1945 Ruhe ein. Die Flüchtlinge waren weitergezogen. Auch in Lübbinchen normalisierten sich die Verhältnisse.

Ich bekam gesundheitliche Problem, woraufhin mir der Abteilungsarzt Bettruhe verordnete und eine seiner Krankenschwestern anwies, am Abend nach mir zu sehen.
Das tat sie in höchst angenehmer Weise, indem sie mich einer Spezialbehandlung unterzog, in deren Verlauf ich endlich meine Unschuld verlor. Nach heutigen Begriffen etwas spät. Sie hieß Hanny, war acht Jahre älter und stammte aus Holland. Die nach ihr kommenden Damen haben allen Grund, ihr dankbar zu sein, obwohl ich über meine Abenteuer niemals redete. Auf neugierige Fragen der Weiblichkeit sprach ich stets nur von leider verpaßten Gelegenheiten.

Am 10. Februar 1945 erhielt ich den Befehl, mich am nächsten Tag mit Marschgepäck beim Inspekteur der Werfertruppe in Bad Sarow zweck neuer Verwendung einzufinden. Stolterfoth ließ mich nur ungern gehen und wünschte mir Schwein für das, was mir wahrscheinlich noch bevorstehen würde. Offenbar konnte er hellsehen.

Als ich im Vorzimmer wartete, betrat unerwartet der mir aus Rußland bekannte Peter des Coudres, ehemaliger Chef der 1. Batterie unserer Werferabteilung 502, den Raum. Er war inzwischen Sturmbannführer (Major) und Kommandeur der SS-Werfer-Abt. 505, die er brillant aus dem Ostfrontdesaster mit relativ geringen Verlusten herausgeführt hatte. Sie lag südlich Frankfurt/Oder in Ruhestellung. Des Coudres war eine 1,85 m große eindrucksvolle Persönlichkeit, ausgezeichnet mit dem Deutschen Kreuz in Gold, Jahrgang 1908, Reserveoffizier, Dr. jur., im Zivilberuf

Direktor der Landesbibliothek in Kassel und ein kultivierter, gebildeter Mann. Er blieb über den Krieg hinaus mein väterlicher Freund. Nach der Begrüßung erzählte er mir, daß sein Adjutant, Untersturmführer Krombholz, 1942 mein Ausbilder in München, vor drei Tagen bei einem Tieffliegerangriff neben ihm gefallen war. Weil kein Offizier der eigenen Abteilung zur Verfügung stand, hatte er beim SS-Führungshauptamt Ersatz angefordert. Man schlug den »Fleckfiebervogel« als Adjutanten vor, was des Coudres mit der Bemerkung akzeptierte, er kenne ihn aus dem Rußlandeinsatz 1943. Nun war ich endlich wieder bei einer Feldeinheit gelandet. Gleichzeitig kam auch mein Tölzer Kumpel, Untersturmführer Hermann Stelzer, eine Berliner Kodderschnauze, mit mir zusammen zur 505 und wurde als VB-Offizier eingesetzt.

Nachdem wir entlassen worden waren, sagte des Coudres: »Wir machen uns heute einen schönen Tag und fahren nach Berlin zu meiner Freundin Joshi Schreiner, einer Operettensängerin deutsch-japanischer Herkunft. Sie hat Geburtstag und gibt eine Riesenfete. Weiß der Henker, wie lange wir uns in dieser beschissenen Lage noch amüsieren können.« Er hatte sie bei einer Fronttheatertournee kennengelernt.
Wir fuhren nach Berlin und wurden an der Stadtgrenze von Feldgendarmen angehalten. Berlin war Sperrgebiet und nur mit einer Sondergenehmigung zu betreten. Des Coudres zog ungerührt eine Art Passepartout aus der Tasche, den er irgendwo aufgegabelt hatte. Wir durften passieren. Das imponierte mir sehr. In der großen Wohnung von Joshi Schreiner war der Bär los. Am Abend erschien ihr derzeitiger Geliebter, der Jagdfliegerinspekteur Generalmajor Galland (über 100 Abschüsse), den wir ehrfurchtsvoll bewunderten. Nach kurzer Zeit gab es Fliegeralarm. Galland fuhr mit seinem PKW zum Flughafen Gatow, stieg in einen Nachtjäger und schoß, wie später erzählt wurde, einen Britenbomber ab.
Wir gingen in den Luftschutzkeller, der so überfüllt war, daß man darin nur stehen, aber kaum atmen konnte. Die Wände wackelten unter den Einschlägen. Das Haus wurde nicht getroffen. Nach der Entwarnung hat-

ten wir die Nase voll, verabschiedeten uns und fuhren auf der Autobahn nach Frankfurt/Oder Richtung Front.

Bei Fürstenwalde verlor der PKW sein rechtes Vorderrad. Weil wir nachts nur mit geringer Geschwindigkeit unterwegs waren, passsierte nichts. Der technische Offizier der Abteilung bekam einen geharnischten Anschiß, weil das Auto vor dieser Fahrt repariert worden war.

Die Stellungen der drei Batterien unserer Abteilung befanden sich nördlich des Oder-Spree-Kanals bei Groß Lindow-Finkenheerd mit Schußrichtung auf den ca. 4 km entfernten Oderbrückenkopf der Sowjets. Der Abteilungsgefechtsstand lag 500 m dahinter. Vor uns befand sich das Kraftwerk Brieskow, von dem aus ein weiter Ausblick auf das von den Russen eroberte Land östlich der Oder bestand. Die ausgebauten Stellungen enthielten Unterstände, die mit Baumstämmen gegen Beschuß abgedeckt waren. Die Fahrzeuge waren schräg nach unten eingegraben, um die Motoren vor Splittern zu schützen. Die Nachrichtenverbindungen bestanden telefonisch, nach vorne zu den vorgeschobenen Beobachtern (VB) mittels Funkgeräten. Die Abteilung besaß nur noch 80 % ihrer Sollstärke. Sie gehörte als selbständige Einheit zum V. SS-Gebirgskorps, obwohl es in dieser Region nur einige Hügel, aber keine Berge gab. Alle Truppen von Küstrin bis nach Cottbus gehörten zur 9. Armee unter dem Kommando des Generals der Infanterie Busse. Der aus ca. 200.000 Mann bestehende Verband setzte sich aus den Resten der von der Weichsel zurückgefluteten Truppen und Rekruten zusammen. Die Verbände und Einheiten waren angeschlagen und besaßen teilweise nur noch 60 % ihrer Sollstärke. Die Armee bestand aus einer bunten Mischung von Wehrmachts-, Waffen-SS –, Luftwaffenfeld-, Marine- und Arbeitsdiensteinheiten. Später kamen noch Volkssturm und 14- bis 15jährige Hitlerjungen dazu, die den Belastungen psychisch nicht gewachsen waren.

Der Nachschub an Waffen, Munition, Treibstoff und Verpflegung funktionierte nicht mehr. Flüchtlingsströme aus dem Osten wurden zum Problem, weil sie zwangsläufig unseren Waffeneinsatz, aber nicht den der

Sowjets behinderten. Die russischen Angreifer waren vier- bis fünffach, ihre Artillerie zehnfach überlegen. Sie waren voll ausgerüstet. Ihre Logistik klappte einwandfrei.

Für das märkische Kampfgebiet war sein Wald- und Seenreichtum von Bedeutung. Bis zu 100 m hohe Hügel wechseln mit ebenen Flächen. Der größte Teil wird von ausgedehnten Kiefernwäldern bedeckt, die einerseits Deckung boten und Absetzbewegungen tarnten, andererseits aber die Wirkung der gegnerischen Artillerie verstärkten, deren Granaten in den Baumwipfeln detonierten. Von den Flüssen sind die Spree und Dahme mit teilweise versumpften Abschnitten von Bedeutung. In dem Gebiet gibt es nur kleine und mittlere Ortschaften. Die Namen Halbe, Märkisch Buchholz, Teupitz und Baruth sind in die Geschichte der Kämpfe eingegangen. Das Straßennetz bestand vorwiegend aus den nach Berlin führenden Fernstraßen und Autobahnen. Eine große Zahl von Wald- und Feldwegen erwies sich für Bewegungen in alle Richtungen als vorteilhaft. Die Eisenbahn spielte angesichts der Kämpfe keine Rolle mehr.
Strategisch betrachtet war dieses Gelände für größere Kampfverbände wenig geeignet. Gewässer, versumpfte Niederungen und Engpässe behinderten den Einsatz schwerer Waffen, insbesondere von Panzern.

Mein Einstieg als Adjutant in die Abteilung war mit den üblichen Schwierigkeiten, die keinem jungen Offizier erspart blieben, verbunden, zumal ich außer dem Kommandeur und Hermann Stelzer niemanden kannte und auch an ihren Fronterlebnissen keinen Anteil hatte. Obwohl meine Auszeichnungen Kampferfahrung vermuten ließen, begegneten mir jungem Spund die älteren Offiziere, besonders aber die langgedienten Unteroffiziere, reserviert. Meine Position als rechte Hand von des Coudres erforderte Distanz. In einer Batteriefunktion hätte ich es wahrscheinlich leichter gehabt. Es dauerte für meine Begriffe etwas lange. Aber als der russische Großangriff begann, waren diese Anfangsschwierigkeiten vorbei.

Die Kampfhandlungen beschränkten sich zunächst auf oft intensives Störfeuer der Russen, die im Gegensatz zu uns über größere Munitionsvorräte verfügten. Außerdem beobachteten wir eine lebhafte Spähtrupptätigkeit bis an den Oder-Spree-Kanal. Einen aus vier Mann bestehenden Spähtrupp nahm die 2. Batterie 100 m vor ihrer Feuerstellung gefangen. Sie wurden dem I C des Korps (Abwehroffizier) überstellt.

Das Generalkommando unseres Korps lag in Beeskow. Die Adjutanten aller Einheiten wurden zu einer Besprechung befohlen. Ich fuhr in meinem VW-Kübel mit Fahrer los und bat ihn, mich außerhalb der Sichtweite der Abteilung ans Steuer zu lassen. Das war zwar allen Offizieren verboten, weil sie führen, aber nicht fahren sollten. Aber wir waren genauso autobesessen wie die heutige Generation und verstießen mehr oder weniger alle gegen das Verbot. 6 km vor Beeskow führte die Straße über einen beschrankten Bahnübergang, den der Iwan mit Artillerie beschoß. Warum, weiß ich nicht, denn die Bahn war stillgelegt. Eine weite Linkskurve führte darauf zu. Vor mir rollte ein Panzer IV, Luken dicht. Als ich ihn überholte, machte er eine Linksdrehung, erwischte mich am rechten Hinterrad, woraufhin der VW mit einer Pirouette gegen die linke Halterung der Bahnschranke krachte und schwerbeschädigt liegenblieb. Das war in meiner späteren über 50jährigen Fahrpraxis mein einziger selbstverschuldeter Unfall. Unverletzt stiegen wir aus. Eine Granate schlug 50 m entfernt ein, woraufhin wir in Deckung gingen. Die zweite lag näher, die dritte detonierte 5 m von unserem Wagen entfernt, der in Brand geriet und zerstört wurde. Unsere Meldung über den Verlust des VW beschränkte sich natürlich auf die Feindeinwirkung, was nicht gelogen war. Der Unfall wurde verschwiegen.

Ein vorbeikommendes Fahrzeug nahm uns zum V. SS-Gebirgskorps mit, wo uns der I A über die eigene und Feindlage, der I B über die kritische Versorgungssituation und der I C über das Verhör von gefangenen Russen informierte. Die eigene Lage war uns bekannt, die sowjetische Überlegenheit erdrückend.

Der I B teilte mit, daß es ab sofort weder Munitions- noch Treibstoffnach-
schub geben würde. Die Vorräte seien klug zu verteilen, wobei alles nicht
benötigte Benzin den Panzern und SPW zugeführt werden müsse. LKW
sollten mit Abschleppstangen ausgerüstet werden, so daß jedes zweite
Fahrzeug als Anhänger benutzt werden könnte, womit Treibstoff ge-
spart würde. Das Benzin aus nicht einsatzfähigen Fahrzeugen sei mittels
Schläuchen abzusaugen und in Kanistern aufzufangen. Sobald das Ver-
pflegungsdepot geräumt sei, gebe es keinen Nachschub mehr. Die Truppe
müsse sich selber versorgen, indem das Wild abgeschossen und auf die
Tierbestände der Landwirtschaft zugegriffen werden müsse. Notfalls gäbe
es auch eingemachte Vorräte in den Kellern der Zivilbevölkerung.

Der I C berichtete von den Verhören über die Kriegsmüdigkeit eines Teils
der russischen Streitkräfte, die angesichts des erwarteten Sieges den Krieg
überleben wollten. Die Kommissare hätten den Widerstand der Soldaten
teilweise mit Waffengewalt brechen müssen. Das Erschießen deutscher
Gefangener sei auf Befehl von oben erfolgt, weil man sich nicht mit Be-
wachungs- und Verpflegungsproblemen aufhalten wolle. Die Vergewaltigungen von Frauen seien das Ergebnis einer in der Soldatenzeitung Roter
Stern inszenierten Hetzkampagne von Ilja Ehrenburg, einem jüdischen
Journalisten. Das hätte zu erheblichen Disziplinarproblemen geführt und
sei bei Strafe verboten worden. In den russischen Streitkräften gebe es ungeachtet der kommunistischen Regeln soziale Unterschiede. Bei knapper
Verpflegung erhielten die Mannschaften zwei, Unteroffiziere drei und
Offiziere vier Kartoffeln. Mannschaften und Unteroffiziere hätten sich
mit Machorka (geschnittene Tabakstengel), gerollt in Zeitungspapier, zu
begnügen. Nur Offiziere bekämen Zigaretten. Die Kommissare müßten
die Angehörigen gefallener Soldaten benachrichtigen. Sie seien dazu aber
nur bei Mitgliedern der kommunistischen Partei verpflichtet. Alle anderen seien auf die Mitteilung von Kameraden angewiesen. Der Anteil von
Verschollenen sei deshalb sehr hoch.

Nach Beendigung dieser deprimierenden Vorträge fuhren wir verunsi-
chert zu unseren Einheiten zurück.

Am 16. April 1945 begann der sowjetische Großangriff aus dem Raum Küstrin auf Berlin. An unserem Frontabschnitt gab es zunächst keine Kampfhandlungen. Der alles bisher erlebte übersteigende Geschützdonner an der linken Armeeflanke war im Hinblick auf die Ruhe in unserem Abschnitt besorgniserregend, weil uns klar war, daß wir über kurz oder lang in diesen Strudel hineingezogen würden. Bereits am nächsten Tag griffen uns die Russen nach einem halbstündigen Feuerschlag frontal an und wurden von massivem Werferfeuer 100 m vor unseren Feuerstellungen gestoppt. Panzergrenadiere warfen sie im Gegenstoß auf ihre Ausgangsstellungen zurück. Das Gefechtsfeld war mit Gefallenen und Verwundeten übersät. Unsere Verluste waren gering. Noch! Hermann Stelzer war als VB eingesetzt und leitete das Feuer der 2. Batterie. Er identifizierte irrtümlich eine in 3 km Entfernung aus einem Waldstück zum Gegenstoß antretende Infanteriekampfgruppe als russische Einheit und gab das Feuerkommando, was Verluste durch Tote und Verwundete in den eigenen Reihen zur Folge hatte. So etwas kam leider im Laufe des Krieges immer wieder vor, wenn es bei beweglichen Operationen keine feste Hauptkampflinie gab. Stelzer wurde sofort abgelöst, nachdem das Drama zwei Stunden später von der betroffenen Gruppe gemeldet wurde. Vor einem Kriegsgerichtsverfahren bewahrte ihn nur das Ende. Wir konnten gerade noch verhindern, daß er sich aus Verzweiflung erschoß.

Die russischen Truppen unter Marschall Shukow verstärkten den Druck, stießen nach Eroberung der Seelower Höhen nach Westen durch und schnitten die 9. Armee in zwei Teile. Im Süden brachen die Sowjets unter Marschall Konjew bei Spremberg und Cottbus durch, fuhren in unserem Rücken mit überlegenen Kräften auf der Autobahn Berlin-Dresden und breitgefächert westlich davon Richtung Berlin, vereinigten sich bei Bohnsdorf mit den Verbänden Shukows und schlossen uns ein. Am 24. April 1945 saßen wir im Sack. Der Kessel mit über 200.000 Mann und einer großen Zahl von Zivilpersonen einschließlich unzähliger Flüchtlinge aus dem Osten befand sich 40 km südlich von Berlin im Raum Beeskow, Halbe, Märkisch-Buchholz, Teupitz und Staakow.

Die Russen griffen pausenlos von allen Seiten an und drückten ihn immer mehr zusammen. In dieser vernichtenden Schlacht wurde alles aufgeboten, was ein Krieg an Morden, Schrecken und Entsetzen zu bieten hatte. Schwere Waffen aller Kaliber, Panzerkanonen, Werfer, Maschinengewehre, Maschinenpistolen, Granatwerfer, Gewehre, Panzerfäuste, Handgranaten und pausenlose Tiefangriffe von Jagdbombern machten einen Höllenlärm. Die Druckwellen belasteten die Ohren bis an die Hörgrenze. Wer getötet wurde, blieb als Unbekannter unbestattet liegen. Die medizinische Versorgung brach zusammen. Schwerverwundete verbluteten hilflos im Gelände. Die Wälder waren übersät mit getöteten Pferden, zerstörten Panzern, schweren und leichten Waffen, Munition, Fahrzeugen und jeder Art von Material. Unter den Flüchtlingen gab es Tote und Verletzte. Frauen bewaffneten sich und kämpften wie die Männer. Trotz heftiger Gegenwehr wurden viele Einheiten versprengt und lösten sich in gemischte Kampfgruppen von 100 bis 200 Mann, geführt von jungen Offizieren, Unteroffizieren oder Mannschaftsdienstgraden, die das Kommando ohne Befehl übernahmen, auf. Im Gelände irrten demoralisierte Soldaten aller Dienstgrade ohne Waffen herum, die sich selber aufgegeben hatten. Die Führung brach größtenteils zusammen.

Dieses Höllenszenarium begleitete uns in den folgenden Kämpfen pausenlos acht Tage lang, bis am 2. Mai 1945 die Waffen schwiegen. Ich habe es angeschlagen überstanden, kann aber heute nach 60 Jahren immer noch nicht begreifen, wie wir das aushalten konnten. Erst jetzt, nach so langer Zeit, habe ich mir diese Erlebnisse von der Seele geschrieben. Politiker, die ihrem Volk so etwas Grausames zumuten, sind gewissenlose Schwerverbrecher! Seit dem Altertum sind die wirklichen Kriegsmotive – Machtanspruch, Einfluß, Prestige, Gewalt, Rache, Raub und Gewinngier auf Kosten von unschuldigen Toten und Verkrüppelten, von Zerstörungen, Vertreibungen und materiellen Verlusten, oft mit gezieltem Völkermord verbunden – unverändert geblieben. Diese niedrigen Politikerinstinkte scheinen unausrottbar zu sein. Viele Völker dieser Welt werden, wie die Gegenwart beweist, auch zukünftig mit derartigen Risiken leben müssen.

Unsere Werferabteilung war zu diesem Zeitpunkt noch ziemlich intakt. Die Position konnten wir jedoch nicht halten und wechselten nachts nach stundenlangen Mot-Märschen über verstopfte Straßen auf Umwegen und durch brennende Ortschaften die Feuerstellungen auf die hügelige Beeskower Platte bei Falkenberg. Unmittelbar nachdem wir uns eingegraben hatten, wurden wir mit Artilleriefeuer eingedeckt. Die Granaten detonierten in den Baumkronen, was ihre Splitterwirkung verstärkte. Wir hatten Ausfälle an Toten und Verwundeten. Ein Teil der Fahrzeuge ging in Flammen auf, darunter der PKW des Kommandeurs. Als unser Abteilungsarzt, Dr. Möbius, der Sohn eines renommierten Professors der Universitätsklinik in Halle, einen Verwundeten versorgte, dem das linke Bein abgerissen worden war, tötete ihn ein seinen Kopf treffender Granatsplitter, ein zweiter seinen daneben liegenden Jagdhund, der ihn stets begleitet hatte. Auch der Schwerverwundete verlor sein Leben. Der Kommandeur lag mit mir 10 m daneben in Deckung. Uns passierte nichts. Wir wechselten in der nächsten Nacht nochmals die Stellungen, ohne erkannt zu werden, feuerten, was die Rohre hergaben, und bemerkten die demoralisierende Wirkung, als die Russen ihren Angriff aufgaben und sich zurückzogen. Unsere Raketen waren nahezu verschossen, in den verbliebenen Fahrzeugen befand sich nur noch Treibstoff für max. 30 km.

Ein Ordonnanzoffizier des V. SS-Geb.Korps übermittelte uns den Befehl des Kommandierenden Generals, Vorbereitungen für einen Ausbruch aus dem Kessel Richtung Westen mit Schwerpunkt Märkisch-Buchholz-Halbe-Teupitz, Entfernung ca. 25 km, zu treffen. Die Planung sah vor, danach bis zur Elbe vorzustoßen, wo uns die Reste der 12. Armee des Generals Wenck aufnehmen sollten.

Die Engländer und Amerikaner hatten mit ihren Panzerspitzen bereits am 19. April die Elbe erreicht und waren dort stehengeblieben.

Der Abteilungskommandeur befahl, die noch vorhandenen Raketen der 2. und 3. Batterie sowie den aus allen Fahrzeugen abzusaugenden Sprit der 1. zuzuführen, die als einzige einsatzbereit bliebe, Werfer, Fahrzeuge und Material, ausgenommen Nachrichtengeräte, unbrauchbar zu machen, Sprengungen zu unterlassen, um dem Gegner unsere Stellungen nicht zu verraten, aus den bis auf 40 % ihrer Sollstärke zusammengeschmolzenen Batterien Gruppen von je 20 Mann zu bilden, die mit leichten Waffen infanteristisch eingesetzt würden, die restliche Munition und Verpflegung auszugeben! Ziel Märkisch-Buchholz. Abmarsch um Mitternacht! Die erste Batterie fährt auf der Straße, die Kampfgruppen begleiten sie in Schützenreihe links und rechts daneben! Sammeln im Wald an der Straßenabzweigung nach Kleinwasserburg vor Märkisch-Buchholz!

Der Kommandeur fuhr im PKW zusammen mit dem Batteriechef der 1. vorne. Ich übernahm mit einer Kampfgruppe von 20 Mann die linke Flanke. Gegen Morgen erreichten wir unter ständigem Störfeuer und nächtlichen Jagdbomberangriffen den Sammelpunkt. Von Westen hörten wir Gefechtslärm mit pausenlosen Artillerieeinschlägen. Des Coudres befahl mir, die Lage Richtung Halbe zu erkunden und einen Funktrupp mitzunehmen. Wir erreichten Märkisch-Buchholz, wo es von führungslosen Soldaten, Verwundeten und Flüchtlingen wimmelte, überquerten die Dahmebrücke und gingen außerhalb des Ortes hinter einem Hügel links der Straße in Deckung. Mit drei Mann als Spähtrupp arbeiteten wir uns im Straßengraben unbemerkt bis auf 200 m an Halbe heran. Der Ort war gut einzusehen. Was wir dort mit unseren Ferngläsern beobachteten, war unbeschreiblich. Ein erster Durchbruch aus dem Kessel war im Trommelfeuer des Gegners unter blutigen Verlusten gescheitert. Die Überlebenden flohen panikartig in den Ort zurück. Sie wurden von zehn Russenpanzern zusammengeschossen. Vier deutsche Panzer, ein Tiger, zwei Panther, ein Panzer IV, griffen sie an, vernichteten davon sechs, zwangen die restlichen zum Rückzug und durchfuhren den Ort nach Westen. Mit massiver Artillerieunterstützung eroberten die Russen Halbe im Gegenstoß zurück. Der Eingang in den Ort führte über einen beschrankten Bahnübergang. Rechts daneben lag das Stellwerk in Trümmern, Flammen schlugen aus dem Sägewerk am Bahnhof, mehrere Häuser im Ort brannten. Auf den Straßen lagen unzählige Leichen gefallener Deutscher und Russen neben-

und übereinander. Die Panzer beider Seiten waren über sie hinweggerollt und hatten sie bis zur Unkenntlichkeit zerquetscht. Der Versuch, in den Ort zu gelangen, kam einem Selbstmord gleich. Wir brachen die Beobachtung ab und gingen zu unserer Gruppe zurück.

Dort meldeten sich zwei Obergefreite einer Flakbatterie und baten mich, sich uns anzuschließen, was ich akzeptierte, weil sie bewaffnet waren, erfahren zu sein schienen und uns verstärkten. Der Ältere berichtete mir, daß er aus einem nahen Ort stamme, als Forsteleve in den umliegenden Wäldern gearbeitete habe und sich in der Gegend auskenne. Durch den Forst Staakow könne er uns über Waldwege und Schneisen bis in die Nähe der Autobahn führen, wenn wir dort durchbrechen sollten. Ich meldete über Funk die Beobachtungen von Halbe, schlug vor, den Ort zu umgehen und mit meiner Gruppe im Wald zwischen den Autobahnbrücken Teupitz und Baruth an einem mit Koordinaten angegebenen Punkt auf die Abteilung zu warten. Der Funkverkehr erfolgte codiert. Des Coudres genehmigte meinen Vorschlag mit der Auflage zu erkunden, ob der Weg mit Fahrzeugen und Werfern befahrbar sei.

Wir brachen in Deckung am Ufer der Dahme Richtung Westen auf, überschritten die Bahnlinie Berlin-Cottbus, wurden von zwei Jagdbombern angegriffen, die nicht trafen, tauchten im weitläufigen Kiefernwald unter und marschierten Richtung Autobahn. Unerwartet standen wir an einer Lichtung im Rücken einer ca. 150 m entfernten, aus drei leichten Geschützen bestehenden russischen Batterie, die sich, auf Halbe gerichtet, feuerbereit machte. Wir kamen unbemerkt heran und griffen sie unter dem Feuerschutz unseres MG an. Die Überraschung gelang. Die überlebenden Russen flohen. Nachdem die Verschlüsse der Kanonen unbrauchbar gemacht worden waren, marschierten wir weiter und erreichten gegen Abend unser Ziel. Ich setzte eine Meldung per Funk ab und erhielt den Befehl, auf die Abteilung zu warten, die uns in der Nacht folgen würde. Nach Einteilung der Wachen schliefen wir total übermüdet ein. Der Flaksoldat war als Führer ein Glücksfall.

Die Abteilung erreichte uns in der Nacht. Die Werfer gingen 1000 m rückwärts mit Schußrichtung auf die Westseite der Autobahn in Stellung. Dann rollten drei Panzer IV heran, die neben uns hielten. Im Laufe der Nacht sammelten sich um uns herum Gruppen von demoralisierten, führungslosen Soldaten, die teilweise ihre Waffen weggeworfen hatten. Es gab keine Führungsstruktur mehr. Die Situation war chaotisch. Jeder war auf sich allein gestellt und bestrebt, der militärischen Niederlage keine persönliche Katastrophe durch Gefangenschaft, Verwundung oder Tod folgen zu lassen.

Die Führer der dezimierten zusammengewürfelten, noch relativ intakten Kampfgruppen improvisierten eine Lagebesprechung, beschlossen, am nächsten Morgen um 5.30 Uhr den Durchbruch aus dem Einschließungsring und legten die Angriffstaktik fest. Es war der zweite Versuch, nachdem am Vortag ein anderer Verband dabei total aufgerieben worden war. Das von der Autobahn durchzogene Gefechtsfeld bot ein blutiges Bild von Vernichtung und Tod.

Meine Gruppe war auf Zusammenarbeit mit den neben uns stehenden drei Panzern angewiesen, worüber wir uns mit deren Kommandanten abstimmten.

Die ganze Nacht über strömten immer mehr Fahrzeuge, Flüchtlinge mit Pferdefuhrwerken, darunter Frauen und Kinder, in den Bereitstellungsraum. Auf einer nahen Waldlichtung versammelte sich eine SPW-Gruppe (Schützenpanzerwagen, oben offene gepanzerte Halbkettenfahrzeuge mit doppelter schräger Heckklappe, Bewaffnung MG 42, Besatzung zehn Mann). Links von uns standen vier Hetzer (niedrige kleine Jagdpanzerfahrzeuge mit Ketten, 7,5-cm-Pak mit drei Mann Besatzung), dahinter mehrere Sanitätswagen und LKW mit Verwundeten, die vor Schmerzen schrien. Zum letztenmal traf ich unseren Kommandeur Dr. des Coudres. Er sagte: »Dieses Inferno zu überleben wäre ein Glücksfall! Ich habe für Sie keine Befehle mehr. Versuchen Sie, sich mit Ihrer Gruppe nach Westen durchzuschlagen! Es würde mich freuen, wenn wir uns irgendwann oder irgendwo wiedersehen, im Himmel, in der Hölle oder in der Heimat. Sie haben ihre Sache bis hierher sehr ordentlich gemacht. Viel Glück!« Er gab mir die Hand, drehte sich um und verschwand zwischen den Bäumen Richtung Werferbatterie.

Inzwischen hatten die Russen unsere Stellungen entdeckt und belegten das Gebiet mit einer Feuerwalze. Die Erde bebte, Bäume und Äste flogen durch die Gegend. Die Splitter der Granaten kamen von oben, Schlachtflieger griffen im Tiefflug an. Es gab unzählige Tote und Verwundete. Neben mir riß es einem Soldaten die Gedärme heraus. Einem über die Flachte eines zerschossenen LKW hängenden Mann war der rechte Unterarm abgerissen worden. Die Knochen von Elle und Speiche waren zu sehen. Er verblutete. In den Bäumen hingen Gliedmaßen. Auf dem blutgetränkten Boden lagen menschliche Torsos. Die Schreie nach Sanitätern nahmen zu. Drei meiner Männer fielen. Wir mußten sie liegenlassen, weil der Angriff begann.

Unsere Werfer feuerten ihre letzten Raketen gegen die sowjetischen Stellungen auf der Westseite der Autobahn Berlin-Cottbus-Dresden. Artillerie und Flak schossen über uns hinweg auf die vorgesehene Durchbruchstelle. Die Panzer warfen ihre Motoren an, fuhren bis an die Autobahn und feuerten, was die Rohre hergaben. Ich befahl: »Los! Den Panzern und mir folgen! Zusammenbleiben!« Sie überquerten die Autobahn und schwenkten auf der anderen Seite nach links. Aus ihrer Deckung heraus griffen wir die Sowjets frontal mit MG, Maschinenpistolen und Handgranaten an. Ihre Panzer und Stalinorgeln beschossen flankierend aus Richtung der Brücke bei Teupitz die mit Gefallenen, Verwundeten, Pferdekadavern, zerstörten Panzern, Fahrzeugen und Fuhrwerken bedeckte Autobahn. Die Einschläge rissen Löcher in die mit geronnenem Blut überströmte Fahrbahn. Ich rutschte aus und stolperte über einen Toten. Die Infanteriegeschosse flogen uns mit zwitschernden Geräuschen um die Ohren, Querschläger schlugen gegen die auf der Straße liegenden Trümmer. Beim Einbruch in die gegnerische Stellung brach der Teleskopschlagbolzen meiner MPI. Ladehemmung! Die Sowjets flohen an der Einbruchstelle unter Zurücklassung von Toten und Verwundeten. Ich warf meine MPI weg und griff mir die Kalaschnikow (MPI mit aufgesetztem Trommelmagazin) eines gefallenen Russen. Wir liefen auf die linke Seite des parallel neben der gegnerischen Linie fahrenden letzten Panzers, der uns vor dem rechts aus einer Schonung entgegenprasselnden Schützenfeuer deckte. Dem Führungspanzer wurde eine Kette zerschossen. Er drehte sich. Die Besatzung stieg aus und fiel im MG-Feuer. Nach etwa 2 km erreichten wir eine nach rechts führende Schneise, in die wir hineinliefen. Die beiden unversehrt gebliebenen Panzer erhöhten ihr Tempo und waren plötzlich verschwunden. Der Gefechtslärm verebbte. Wir waren durch.

Als ich mich umdrehte, bestand die Kampfgruppe nur noch aus zwei meiner Männer und zehn mir unbekannten Soldaten verschiedener Wehrmachtsteile, die sich uns unbemerkt angeschlossen hatten. Was aus meinen anderen Männern geworden ist, weiß ich nicht. Das ist erklärlich; denn bei derartigen Kämpfen gerät man in eine Art Rausch und handelt unbewußt, ohne jedes Risikogefühl, allein durch den Selbsterhaltungstrieb gesteuert. Was rechts, links und dahinter passiert, nimmt man nicht oder nur schemenhaft wahr.

Alle Männer hatten leichte Wunden, die sie aber nicht kampfunfähig machten. Mir war nichts passiert. Pulverschleim lag im Hals und auf den Stimmbändern. Der Explosionsdruck verminderte stundenlang unsere Hörfähigkeit. Die Ohren schmerzten. Als ich den Stahlhelm abnahm, bemerkte ich an der rechten Seite eine 3 cm lange Delle. Dort muß mich ein Granatsplitter oder Infanteriegeschoß getroffen haben, was ich während des Gefechtes nicht gemerkt hatte. Wir warfen uns total fertig auf den Boden, versuchten zur Ruhe zu kommen und waren nur noch ein Haufen abgekämpfter, zigarrettenqualmender nervöser Männer, hatten keinen Hunger, aber großen Durst. Die bange Frage lautete: »Wohin jetzt?«

Der unserem Angriff folgende Durchbruchsversuch der eingeschlossenen Hauptkäfte mißlang. Die Russen schlossen den Kessel hinter uns und schlugen sie zurück. Deshalb hatten sie wohl auf unsere Verfolgung verzichtet. Die Reste der 9. Armee konnten sich erst zwei Tage später unter schwersten Verlusten in Richtung Elbe retten.

Unsere Lage blieb trotz der Kampfpause kritisch, denn wir bewegten uns in dem vom Gegner besetzten Hinterland. Nach Ablauf einer halben Stunde orientierte ich mich anhand meiner Karte über unseren Standpunkt, peilte ein im Westen liegendes Waldstück an und rief zur Aufmunterung der sich uns angeschlossenen Marinesoldaten: »Auf, auf, ihr müden Leiber, die Pier steht voller nackter Weiber«, wonach uns aber nicht zumute war.

Wir marschierten in Schützenreihen auf beiden Seiten der Schneise, bis wir an einen nach Baruth führenden Weg kamen. Dort lagerte auf einer Lichtung eine offenbar noch intakte Kampfgruppe in Bataillonsstärke, darunter einige mit Gewehren bewaffnete junge Frauen in Wehrmachtsuniformen, die von den Männern nicht zu unterscheiden waren. Am Waldrand standen zwei Jagdpanzer als Sicherung. In dem rechten saß als Richtschützin ein Mädchen. Auf dem Weg stand ein zerschossener LKW. Daneben lagen verstreut Gewehre, Maschinenpistolen, Kisten mit Munition und Handgranaten. Am Fuße einer Kiefer saß ein Offizier, in der linken Hand eine Flasche, in der rechten eine Zigarre.
Als ich näher kam, traf mich fast der Schlag: Der Hauptsturmführer war mein Taktiklehrer an der Junkerschule in Bad Tölz gewesen. Er erkannte mich und fragte nach der Begrüßung: »Welcher Idiot hat Sie denn in diese Scheißgegend befördert? Sie kommen mir mit Ihren paar Hanseln aber gut zupasse. Wir werden heute nacht Baruth angreifen.« Er schien nicht ganz nüchtern zu sein. Sofort erwachte mein Widerspruchsgeist; denn den Angriff hielt ich für falsch. Die Aussicht auf Straßenkämpfe fürchteten wir seit Rußland wie der Teufel das Weihwasser. Meine Überlegungen gingen dahin, uns über Nebenwege unter Umgehung von Ortschaften und Vermeidung von Kämpfen möglichst weit nach Westen durchzumogeln. Ich versuchte, ihm das anhand meiner Karte zu begründen. Er erwiderte:

»Überlassen Sie das mir! Hören Sie dahinten im Norden den Schlachtenlärm? Dort sind die Sowjets mit ihren Kampftruppen im Großraum Berlin.
In Baruth gibt es nur Trosse und Nachschubeinheiten, mit denen wir fertig
werden. Ein überraschender nächtlicher Stoß bringt sie in Verwirrung.
Die Baruth kreuzenden Straßen sind wichtig. Werfen Sie ihre russische
Spritze weg und bedienen Sie und ihre Leute sich mit den neben dem LKW
verstreuten Waffen!« Das taten wir. Ich warf die leer geschossene Kalaschnikow weg, nahm mir eine herumliegende MPI mit drei Magazintaschen
und zwei Eierhandgranaten sowie die dazugehörenden Zündkapseln.

Mein Auftrag lautete, zusätzlich zu meiner Gruppe einen Zug von 25
Mann zu übernehmen und die rechte Flanke zu sichern. Ein zweiter Zug
wurde links flankierend eingesetzt. Vorne, beiderseits der Straße, fuhren
die beiden Hetzer. Dahinter folgte die Kampfgruppe. Für den Fall, daß der
Durchbruch abgebrochen werden müßte, hatte meine Gruppe das Absetzen zu sichern und sich dann an die neben dem Ort verlaufende Bahnlinie
zurückzuziehen. Wir marschierten los. Nach Einbruch der Dunkelheit
standen wir am nördlichen Ortsrand. Aus den Fenstern hingen weiße
Flaggen und Tücher, die internationalen Zeichen für Kapitulation oder
Parlamentäre. Wir sahen keine Wachen und wurden nicht entdeckt. Um
24 Uhr griffen wir die schlafenden Sowjets an, die sehr schnell wach wurden, in Stellung gingen, Leuchtkugeln abschossen und sich mit leichten
Waffen, aber ohne Artillerieunterstützung zur Wehr setzten. Wir kämpften uns von Haus zu Haus vor. Die Russen zogen sich zurück. Als es hell
wurde, lagen wir in der Ortsmitte vor einer Straßensperre fest.
Eine Pak schoß den Hetzer mit dem Mädchen ab. Der andere fuhr rückwärts
in die Deckung eines Gebäudes. Aus einem abseits stehenden Haus mit ein-
gestürzter Rückwand feuerte ein vom Gegner erbeutetes deutsches MG 42,
was wir an der schnellen Schußfolge erkannten. Unbemerkt kamen wir von
hinten heran und setzten es mit zwei Handgranaten außer Gefecht.

Wenig später griffen uns aus ca. 500 m Entfernung sechs T-34-Panzer
und Infanterie von rechts an. Der zweite Hetzer schoß einen T 34 ab

und erhielt selbst einen Treffer. Die Besatzung stieg aus. Um nicht abgeschnitten zu werden, mußten wir uns absetzen. Mit einem MG und zwei Mann sicherte ich den Rückzug an die Bahnlinie. Unter dem Feuer der Panzer lief ich als letzter aus dem Ort hinaus, versuchte einen vor den Gleisen liegenden Graben zu erreichen, sprang in den Feuerball einer in 10 m Entfernung in eine Baumwurzel einschlagenden Panzergranate, verspürte einen Schlag im linken Fuß und flog durch den Detonationsdruck in den Graben.

In der Sohle meines Schuhs steckte ein Granatssplitter. Aus dem Riß quoll Blut. Als ich mit dem Gedanken: »Das war es wohl«, meine Pistole zog, kam ein Sani (Sanitäter) den Graben entlang, griff nach der Waffe, steckte sie in mein Futteral zurück, zog mir vorsichtig den Schuh aus, versuchte die Blutung zu stillen, untersuchte den Fuß und sagte: »Nur eine ca. 7 cm lange Fleischwunde ohne Verletzung von Sehnen oder Knochen. Mehr Schwein als Verstand!« Er legte einen Verband mit Bandage an und stülpte nach Entfernung des Splitters den offenen Schuh darüber. Inzwischen hatte sich der Rest unserer Kampfgruppe irgendwohin verzogen, wodurch ich zu den Verwundeten gehörte, die man in dieser chaotischen Lage ihrem Schicksal überlassen mußte. Zum Glück zog sich der Gegner unter Verzicht auf Verfolgung nach Baruth zurück. Die Wunde begann erst jetzt zu schmerzen. Ich versuchte zu gehen, was humpelnd gelang. Der Sani zeigte auf eine ca. 1500 m entfernte Häusergruppe, wo sich ein Verbandsplatz befinden sollte. Allein auf weiter Flur, schleppte ich mich mühsam bis dahin. Vom Verbandsplatz keine Spur. Im ersten Haus fand ich einen Spazierstock, der das Gehen etwas erleichterte. Das Nest trug den schönen Namen Mückendorf. Auch hier hingen weiße Tücher aus den Fenstern, was gespenstisch wirkte, weil kein Mensch zu sehen war. In einer Seitenstraße standen drei getarnte SPW unter Führung eines Oberscharführers (Feldwebels), dessen Auszeichnungen den Eindruck von Kampferfahrungen vermittelten. Die Einheit gehörte zum XI. SS-Pz.-Korps und war beim Durchbruch versprengt worden. Sie bestand nur noch aus 24 Mann. Ich fragte, ob sie mich mitnehmen könnten, was akzeptiert wurde. Der Führer dieser Einheit war unschlüssig, wohin er fahren sollte. In den Tanks befand sich nur noch für ca. 60 km Sprit. Er hatte keine Karte. Aber die besaß ich und dazu einen Marschkompaß, was ihn spürbar erleichterte. Wir legten eine Route querwald- und querfeldein in Richtung Westen fest. Meinem Vorschlag, die Wegeorientierung zu übernehmen, stimmte er zu. Ich hatte Schmerzen, Hunger und Durst. An Bord war etwas Brot und Büchsenwurst vorhanden. Man gab mir eine mit Wasser gefüllte Feldflasche.

Nach Entfernung der Tarnnetze fuhren wir los. Im Wald bei Kummersdorf stießen wir auf drei mit Panjepferden bespannte Wagen, auf deren Böcken drei Russen saßen. Schreckensbleich hoben sie die Hände und befürchteten wohl, von uns bösen SS-Männern umgelegt zu werden. Wir taten das natürlich nicht, nahmen ihnen ihre Gewehre ab, durchsuchten die Wagen, fanden deutsche Beuteverpflegung, bestehend aus Brot, Schmalzfleisch, Trockenfrüchten und Chokacola, die wir als willkommene Beute beschlagnahmten. Dann ließen wir sie weiterfahren. Die Muschiks bedankten sich überschwenglich. Einer wollte uns die Hände küssen.

Wir rollten nach Westen über zwei Brücken, nahmen das Risiko mangelnder Tragfähigkeit in Kauf, überquerten die Reichsstraße nach Berlin nördlich von Luckenwalde und erreichten ohne Feindberührung bei Einbruch der Nacht ein sumpfiges Waldgebiet am Spitzberg, 1500 m vor Hennickendorf. Anhaltender lauter Geschützdonner aus Richtung Berlin drückte neben der Ungewißheit über unser weiteres Schicksal auf die Stimmung.

In der Nacht hörten wir im Ort Motor- und Panzerkettengeräusche, bemerkten Scheinwerfer und Stimmen. Der Führer unserer SPW-Gruppe ging mit zwei seiner Leute durch den Wald auf Spähtrupp und stellte fest, daß dort eine russische Panzereinheit untergezogen war. Es waren mindestens zehn T 34. Wir mußten da durch. Es gab keine Alternative. Wir beschlossen, um 2 Uhr nachts langsam an das Dorf heranzurollen und es dann mit Höchstgeschwindigkeit zu durchfahren. Das wäre fast gelungen, weil uns die Russen nicht erwartet zu haben schienen. Mit durchgeladenen entsicherten Waffen kamen wir, ohne einen Schuß abzugeben, in wenigen Metern Entfernung an den neben der Straße abgestellten Panzern vorbei. Als die Besatzungen alarmiert aus den Häusern zu ihren Fahrzeugen stürzten, waren wir ohne Verluste durch.

Das Führungsfahrzeug versäumte den Ortsausgang und fuhr von der anderen Seite wieder in das Dorf hinein. Uns empfing ein ohrenbetäubender Feuerzauber. Wir feuerten, was die Waffen hergaben. Der erste SPW erhielt einenVolltreffer, den offenbar niemand überlebte. Ich befand mich im zweiten Wagen, dem die Vorderräder weggeschossen wurden, wodurch er seitwärts gegen ein Haus krachte. Aus dem Fahrzeug stürzte ich auf die Straße. Der dritte SPW war noch intakt. Um mich nicht zu überrollen, bremste er kurz ab. Ich sprang auf, lief um ihn herum und hielt mich mit beiden Händen an den Oberkanten der beiden Heckklappen fest. Meine Beine hingen nach unten. Ich mußte sie anziehen, um eine Bodenberührung mit meinem verwundeten Fuß zu vermeiden. Der SPW erreichte unter Beschuß über den Ortsausgang von Hennickendorf einen Waldweg, wo er nach Verbrauch des letzten Tropfens Benzin neben einer ausgedehnten Schonung liegenblieb.

Wir sprangen heraus und liefen in alle Richtungen auseinander, weil die Russen uns verfolgten. Ich fand eine mit Reisig gefüllte Grube, kroch hinein und deckte mich damit zu. Sie liefen an mir vorbei und fanden mich nicht. Das Schicksal der anderen Kameraden dieser Besatzung habe ich nicht mitbekommen. Die Suche wurde abgebrochen. Es fielen mehrere Schüsse, weshalb zu vermuten ist, daß sie liquidiert worden sind. Gefangene der Waffen-SS wurden grundsätzlich sofort erschossen. Diese Methoden änderten sich erst nach Kriegsende, wo sie in Straflagern nach Ausbeutung ihrer Arbeitskraft halbverhungert und ausgezehrt ihr Leben verloren.

Als in der Schonung alles ruhig war, kroch ich aus der Deckung. In Uniform mit allem Lametta als SS-Offizier zu identifizieren, machte ich mir Gedanken, wie es allein auf weiter Flur weitergehen sollte. Ich besaß noch meine Armeepistole, eine P 38, Kartentasche, Marschkompaß, Uhr, Feuerzeug, Taschenlampe in den letzten Zügen und eine Schachtel Chokacola, den Rest meiner eisernen Ration. Das Problem war, den Russen nicht in die Hände zu fallen. Ich hatte keine Ahnung, wo sie sich befanden. Immer noch war, allerdings nachlassender, von Pausen unterbrochener Geschützdonner von Norden zu hören. Seit Beginn des Ausbruches waren wir ohne Nachrichten geblieben, weshalb keine Schlußfolgerungen aus der allgemeinen Lage zu ziehen waren. Meine Uhr war stehengeblieben. Das Gefühl für Tag und Zeit war weg. Der Rand meiner Karte war erreicht. Ich hing im wahrsten Sinne des Wortes in der Luft. Der Wundschmerz wurde stärker. Eine Gewöhnung daran gelang nur, weil die Überlegungen über einen Ausweg aus diesem Schlamassel alle Gefühle überdeckten. Ich versuchte, den Schmerz zu verdrängen, und vertraute meiner antrainierten Kondition und Härte, von der man sich heute keinen Begriff mehr machen kann. Beunruhigender war die Befürchtung einer Sepsis. Ich besaß noch vier Verbandspäckchen und zwei Mullbinden aus dem Vorrat des Schützenpanzers. Als ich den Verband wechseln wollte, kam plötzlich ein »Reichskriegsrottenmeister« (SS-Rottenführer = Obergefreiter) aus dem Gebüsch auf mich zu. Er war der Fahrer des SPW, mit dem wir durchgekommen waren, hieß Herbert, war zwei Jahre älter als ich und stammte aus Köthen in Anhalt. Er gehörte zu den erfahrenen Obergefreiten, die man als Rückgrat der Armee bezeichnete. Unsere Begegnung erwies sich als weiterer Glücksfall. Ohne überflüssiges Gefasel sagte er: »Lassen Sie mich das machen!« Er besah die Wunde, sagte: »Prost Mahlzeit«, und verband sie, so gut es mit seinen dreckigen Pfoten ging. Apropos dreckig: Wir machten nach den Kämpfen der letzten Tage einen nicht gerade gepflegten Eindruck, hatten uns tagelang nicht gewaschen und Bartstoppeln im Gesicht. Unsere Uniformen waren schmutzig, mit geronnenen Blutflecken bedeckt und voller Risse. Noch niemals bin ich einem Menschen so dankbar gewesen wie ihm. Er hatte mir mit dem Stop in Hennickendorf das

Leben gerettet und half mir jetzt, mit der Verwundung klarzukommen. Ich sagte nur: »Danke, und laß bitte das Sie weg! Dienstgrade sind in unserer beschissenen Lage das Allerletzte, was uns gerade noch fehlt. Ich heiße Rudolf.« Er besaß noch seine Pistole 08, einen Brotbeutel mit Verpflegungsresten, eine mit Wasser gefüllte Feldflasche, Feuerzeug und eine angebrochene Schachtel Zigarretten. Hundemüde legten wir uns schlafen, uns gegenseitig wärmend, mit Laub zugedeckt. Gegen Morgen wurde es saukalt. Wir beschlossen, mit Hilfe des Marschkompasses Richtung Westen zu marschieren und dabei Spähtruppgrundsätze zu beachten: beobachten, ausweichen, Kämpfe vermeiden. Leider hatten wir kein Fernglas mehr. Nach einer Stunde kamen wir an einem ausrangierten Güterwagen vorbei, der als Jagdhütte eingerichtet und anscheinend längere Zeit nicht benutzt worden war. Der Vorhängeschloßschlüssel der Schiebetür lag auf der oberen Schiene. Innen befanden sich eine Handpumpe mit Ausguß, darüber ein Regal mit Seife und ein Rasierapparat. Nachdem es gelungen war, die Pumpe in Betrieb zu setzen, haben wir uns nach einer Woche endlich waschen und rasieren können.

Mit der Versorgung meiner Wunde waren die Verbandspäckchen verbraucht. Ich fand einen Spazierstock mit einem geschnitzten Wildschweinkopf als Knauf, der mir wie ein Geschenk vorkam.

Wir setzten unseren Weg nach Westen fort und überlegten, wie es weitergehen sollte. Jede Gefahr vermeidend, in eine wahrscheinlich tödliche Gefangenschaft zu geraten, wollten wir versuchen, unsere Heimatorte zu erreichen. Das war aber in Uniform unmöglich, weil dazu die von den Russen bewachte Elbe überquert werden mußte. Die dortige Lage kannten wir jedoch nicht. Unser erstes Problem bestand in der Beschaffung von Zivilzeug.

Als wir den Waldrand erreichten, lag vor uns ein Gutshof. Kein Mensch war zu sehen. Vorsichtig gingen wir darauf zu. Im Herrenhaus mußten Vandalen gehaust haben. Die Türen waren aus den Angeln gerissen, die Fensterscheiben kaputt, Schubfächer herausgerissen, das Mobiliar zerschlagen, die Betten aufgeschnitten. Das Porträt eines Mannes war als Zielscheibe benutzt worden und von Schüssen durchlöchert. Andere Bilder hatten Risse. Im Büro stand ein geöffneter Tresor. Davor lagen einige Aktien von Daimler-Benz, auf dem Schreibtisch unter einer Mappe 500 Reichsmark in Scheinen, die wir einsteckten. Auf dem Hof liefen außer Katzen einige Hühner herum. In deren Stall wurden zwei Dutzend Eier unsere Beute. In der Speisekammer fanden wir angebrochene Gläser mit Marmelade und Pflaumen, einige Maggiwürfel sowie drei Konservenbüchsen mit Erbsen. Die Suche nach Zivilklamotten verlief erfolgreich. Herbert fand einen Trainingsanzug, ich einen dunklen Anzug und ein Hemd mit zerrissenen Ärmeln, die abgeschnitten wurden. Herbert sah sportlich aus, während mein Aussehen einer Vogelscheuche glich; denn der Anzug war zu groß. Hosenbeine und Jackenärmel mußten umgeschlagen und mit Sicherheitsnadeln festgesteckt werden.

Die Uniformen auszuziehen, fiel uns sehr schwer. Wir glaubten, unsere Identität, Vergangenheit und Gegenwart verloren zu haben. So ähnlich müssen sich Deserteure gefühlt haben. Wir rissen die Personalseiten aus den Soldbüchern (Truppenausweisen) heraus und steckten sie, mit Heimatanschriften ergänzt, unter die Einlegesohlen unserer rechten Schuhe, um im Falle des Falles identifiziert werden zu können, entluden die Pistolen, zerlegten sie in ihre Einzelteile, nahmen die Erkennungsmarken ab, warfen alles zusammen mit den Uniformteilen in einen Schacht und deckten ihn mit einem Strohballen zu. Die Pistolen in Zivilklamotten hätten damals bei einer Festnahme unsere sofortige Erschießung bewirkt. Von meiner Uhr nahm ich das Armband ab und steckte sie in die Brusttasche. Sie ist bis heute ein wertvolles Erinnerungsstück geblieben und läuft nach 62 Jahren noch einwandfrei.

Wir waren hungrig und müde. Meine Wunde tat weh. Auf einem Spirituskocher brühten wir die Maggiwürfel auf und warfen eine Büchse Erbsen hinein. Das war unsere erste warme Mahlzeit seit zwei Wochen. Die gefundenen Eier wurden als Marschverpflegung hart gekocht. Inzwischen war es Abend geworden. Wir legten uns im hinteren Teil einer Scheune ins Stroh, hörten seit Tagen zum erstenmal keinen Geschützdonner mehr und schliefen ein. In der Nacht ertönten Motorengeräusche, Türenklappern und russische Laute. Es war eine Nachschubkolonne. Mit Strohballen zugedeckt, merkten wir, daß sich die Russen in unserer Scheune zum Schlafen legten. Am Morgen zogen sie ab, ohne uns bemerkt zu haben. Wir aßen zwei gekochte Eier mit den Pflaumen aus dem Glas als Frühstück und machten uns in ungewohntem Zivil auf den Weg nach Westen. Im Büro hatten wir eine an der Wand hängende beschädigte Regionalkarte gefunden, die eine grobe Orientierung bot. Neben der Straße kamen wir an eine nach Süden führende Bahnlinie, an der wir entlanggingen, weil dort keine Russen zu erwarten waren. Bei Treuenbrietzen gab es eine Abzweigung nach Niemegk kurz vor der Autobahn Berlin-Dessau. Das Laufen mit dem verletzten Fuß machte Schwierigkeiten und erforderte Pausen. In unserer Ausbildungszeit waren wir mit voller Ausrüstung bis zu 45 km am Tag marschiert. Jetzt waren es nur etwa 15. Wir klopften an die Tür eines alleinstehenden Hauses. Ein alter Mann öffnete, erkannte die getarnten Soldaten und ließ uns herein. Seit Hennickendorf war es der erste Mensch, mit dem wir sprechen konnten. Er besaß einen Volksempfänger und erzählte, Adolf Hitler und Dr. Goebbels seien gefallen (was sich später als unwahr herausstellte – sie hatten Selbstmord begangen). Berlin habe kapituliert. Großadmiral Dönitz sei der Nachfolger Hitlers und hätte den Alliierten Waffenstillstandsverhandlungen angeboten. Heute war der 3. Mai 1945. Gestern endeten die letzten Kämpfe. Die Russen waren hier nur durchgezogen, hatten geplündert, waren besonders scharf auf Uhren und standen an der Elbe. Sie benutzten die Autobahn als Nachschubweg. Besatzungen befanden sich nur in wenigen größeren Orten. Jetzt wußten wir endlich, was Sache war. Wir bekamen einen Teller Suppe und konnten im Haus übernachten.

Am nächsten Morgen bedankten wir uns für die Gastfreundschaft und brachen in Richtung Autobahn auf. Dort gingen einzelne Personen und kleine Gruppen mit Rucksäcken, Taschen, Kinder- oder Handwagen in beiden Richtungen auf der Fahrbahn entlang. Darunter waren Ausländer, die ihre Herkunft mit Armbinden oder Stickern in den jeweiligen Nationalfarben kennzeichneten. Wir sahen nur wenige russische LKW und PKW mit Offizieren. Es schien sicherer zu sein, neben der Autobahn zu gehen, um bei Gefahr schneller ausweichen zu können. Das erwies sich als richtig, weil nach einigen Kilometern an einer Straßensperre alle Personen angehalten und kontrolliert wurden. Ausgesonderte und Festgenommene mußten einen LKW besteigen. Wir wichen auf eine Nebenstraße aus. Dort überholte uns ein dreirädriger Tempowagen, den eine Frau steuerte. Sie nahm uns auf dem Kasten des Fahrzeugs etwa 15 km mit. Als sie meinen verbundenen Fuß bemerkte, lud sie uns in einem kleinen Ort vor dem Haus eines älteren Arztes ab, der nach ihren Worten nicht mehr praktizierte, aber sicher helfen konnte. Das tat er, ohne viel zu reden, desinfizierte und verband die Wunde und schenkte mir zwei Mullbinden.

Wir übernachteten in einer Feldscheune, nachdem die letzten Eier aufgegessen waren.

Am nächsten Tag erreichten wir Coswig an der Elbe, das von russischen Truppen besetzt war. Vorsichtshalber gingen wir nicht weiter. An der Autobahnbrücke begegnete uns eine Gruppe von Holländern, die sich mit Ansteckfähnchen in ihren Nationalfarben blau-weiß-rot als solche kenntlich gemacht hatten. Angeblich hatten sie in einem Berliner Rüstungsbetrieb gearbeitet und suchten einen Weg über die Elbe nach Hause. Sie boten uns an, sich ihnen anzuschließen, und schenkten uns zwei ihrer holländischen Ansteckfähnchen. Sie hatten gerüchteweise erfahren, daß es bei Dessau-Roßlau eine Möglichkeit zum Überqueren der Elbe geben solle. Als Holländer getarnt den Übergang zu riskieren, erschien uns als die Masche. Für den Fall von Befragungen legten wir uns mit Hilfe unserer Pseudolandsleute eine Legende mit der Behauptung zu, aus Arnheim zu stammen. Tätigkeit: unfreiwillige Kriegsdienstverpflichtung bei Borsig in Berlin.

Nach einer unbequemen Nacht in einem verlassenen Gebäude waren die Holländer am nächsten Morgen still und heimlich verschwunden. Sie hatten wohl unsere SS-Zugehörigkeit mitbekommen und sich deshalb zur Vermeidung von Risiken abgesetzt. Aus ihren Erzählungen hatten wir herausgehört, daß die Sowjets Jagd auf ehemalige Soldaten, Waffen-SS-Angehörige und sogenannte Nazifunktionäre machten.

Gegen Mittag erreichten wir den Stadtrand von Roßlau an der Elbe. Es war der 7. Mai 1945, ein Datum mit Erinnerungswert! Die Leute liefen auf den Straßen herum, dazwischen einzelne Rotarmisten mit Gewehren, auch in kleinen Gruppen, die sich nicht feindlich benahmen und erstaunlich freundlich wirkten. Das sah fast friedensmäßig aus, zumal eine allgemeine gelöste Stimmung zu herrschen schien, die wir uns nicht erklären konnten. Ein älterer Mann antwortete auf unsere Frage, was hier los sei, über den Rundfunk sei die Vereinbarung eines Waffenstillstandes zwischen Deutschland und den Alliierten bekanntgegeben worden, der morgen, am 8. Mai 1945, in Kraft treten sollte. Der Krieg sei zu Ende. Das hatte sich wie ein Lauffeuer bei Freund und Feind herumgesprochen und geradezu euphorisch gewirkt.

Wir beschlossen, diese Situation sofort auszunutzen und das Elbufer nach einem geeigneten Übergang zu erkunden. Am Hydrierwerk kamen wir bis auf 100 m an das Ufer heran, fanden aber das Gelände bis zum Fluß durch einen hohen, mit Stacheldraht gesicherten Zaun versperrt. Wir gingen zurück und kamen an einen zur Elbe führenden Weg. Rechter Hand befand sich eine Villa mit Garten und Gartenhaus. An der linken Seite standen zwei Baracken, die den Russen als Unterkunft dienten. Davor lag, 50 m vom Fluß entfernt, ein kleines offenes Bootshaus, worin sich zwei Rudersportboote und ein am linken oberen Rand beschädigtes Kanu befanden. Auf Querbalken unter dem Dach lagen Ruder und Paddel. Niemand beachtete uns. Ungehindert gingen wir zum Elbufer, wo zwei Rotarmisten Posten standen und uns »Holländern« freundlich zunickten. Das konnte doch nicht wahr sein! Daneben war eine Kompanie angetreten. Die Soldaten zogen sich aus, warfen Unterwäsche und Socken auf einen Haufen und stürzten mit lautem Geschrei splitternackt ans Elbufer, um sich dort bis zu den Knien im Wasser stehend zu waschen. Als sie zurückkamen, empfingen sie neue Wäsche, zogen sich wieder an, traten ausgesprochen fröhlich weg und verschwanden in den beiden Baracken. Urkomisch! Sie vermittelten uns den Eindruck, überglücklich darüber zu sein, den Krieg lebend überstanden zu haben. In dieser Stimmungslage bot sich uns die Chance der Elbüberquerung geradezu an. Wir beobachteten beide Ufer. Auf unserer Seite gab es in Abständen von einigen hundert Metern eingerichtete Feldwachen. Am westlichen Ufer fuhren Amerikaner mit Jeeps in unregelmäßigen Abständen Streife. Stellungen gab es dort offenbar nicht. Von dort schien keine Gefahr zu drohen. Den Russen trauten wir trotz ihrer Freundlichkeit aber nicht über den Weg und verhielten uns unter Beibehaltung der Tarnung als Holländer bei aller Frechheit umsichtig. Für den Elbübergang wollten wir das Kanu klauen. Dafür mußten wir in der Nähe bleiben und gingen in die unbewohnt scheinende Villa. Aus der Küche kam angenehmer Essengeruch. Als wir eintraten, saß ein mit drei Orden geschmückter Starchima (russischer Feldwebel) an einer Nähmaschine und nähte sich etwas Undefinierbares aus einem roten Bettinlett. Er fragte in gebrochenem Deutsch: »Was ihr suchen hier?« Ich erwiderte in Pseudoplatt: »Wir sin Olländer un wulln na Hus over de Elbe.« Das schien ihn nicht zu überzeugen. Er zeigte auf meinen verbundenen linken Fuß und fragte: »Was du haben da?« Herbert antwortete blöderweise: »Wunde durch Mine.« Daraufhin fing er an zu lachen und sagte: »Bei Mine beide Beine ab und nix laufen bis hier. Ihr deutsche Soldaten auf Flucht! Aber nix Angst! Wojna (Krieg) kaputt, Chitler (Adolf Hitler) kaputt, wir nach Haus, ihr nach Haus, schießen auf Feind vorbei. Ich haben deutsch Oma von Wolga und kann euer Sprach.« Wir wurden nicht wieder. Als er unsere hungrigen Augen auf den Herd gerichtet sah, gab er jedem einen Teller Suppe mit fremder Geschmacksrichtung und sagte: »Da in Garten klein Haus! Ihr da schlafen! Morgen wir werden sän. Doswidania!« In dem Gartenhaus standen ein Sofa und eine Bank. Aus den Fenstern konnten wir die Umgebung einsehen. Die überraschenden Erlebnisse mit den Russen waren aber noch nicht vorbei. Nach einer Stunde kam eine Frau in russischer Uniform herein, entweder eine Ärztin oder Krankenschwester, entfernte und erneuerte wortlos den Verband an meinem Fuß, woraufhin sie mit einem freundlichen Kopfnicken ebenso wortlos verschwand. Wir konnten über das unseren Erfahrungen mit sowjetischen Soldaten widersprechende Verhalten nur noch ungläubig staunen.

Am Nachmittag begannen die russischen Soldaten den Sieg zu feiern. Sie tranken bis zur Bewußtlosigkeit flaschenweise Wodka, der überreichlich vorhanden zu sein schien, sangen Lieder, die später in lautes Gröhlen übergingen, und machten einen Heidenkrach. Einige schossen mit Gewehren in die Luft. Der Spaß dauerte bis nach Mitternacht. Dann wurde es still.

Wir schlichen aus dem Haus. Die Russen lagen total besoffen am Rand des zur Elbe führenden Weges und auf der daneben liegenden Wiese. Die beiden Posten am Ufer waren verschwunden. Wir kamen ungesehen zum Bootshaus, schnappten das Kanu und zwei Paddel, trugen es zur Elbe, sprangen hinein und stießen vom Ufer ab. Es war 2.30 Uhr. Problemlos ruderten wir bis zur Flußmitte, wo uns eine starke Strömung etwa 2 km abtrieb. Als wir das Kanu wieder unter Kontrolle hatten und nur noch etwa 10 m vom westlichen Ufer entfernt waren, wurden vom Ostufer Leuchtkugeln abgeschossen, wodurch wir entdeckt wurden. Ich rief Herbert zu: »Ins Wasser! Schwimm ans Ufer!« Als wir im Wasser waren, feuerte ein Maschinengewehr auf uns und traf das treibende Boot. Die Geschosse zwitscherten in kleinen Fontänen über den Fluß. Obwohl nicht getroffen, raubte mir der Schock die Besinnung. Als ich wieder zu mir kam, lag ich im Schilf des Westufers und habe nicht mitbekommen, wie ich da hingeraten war. Klitschnaß kroch ich ins Trockene und rief nach Herbert. Als er nicht antwortete, lief ich suchend am Ufer entlang, konnte ihn aber nicht finden. Er blieb verschwunden. Sein Schicksal blieb trotz einer späteren Anfrage beim Suchdienst des Deutschen Roten Kreuzes ungeklärt.

Inzwischen begann die Morgendämmerung. Der Jahreszeit entsprechend war es kalt. Die Temperatur des Elbwassers lag bei etwa 12° C. In den nassen Klamotten fror ich erbärmlich. Nach Ausschütten des Wasser aus meinen Schuhen und Auswringen der Jacke versuchte ich, mühsam humpelnd mit der Kälte fertig zu werden. Vor einem sumpfigen Abschnitt führte ein Waldweg landeinwärts. Nach einer halben Stunde lag vor mir das Dorf Groß Kühnau. Neben der Eingangstür eines Gehöftes stand eine Bank, auf der ich total fertig zusammenklappte. Wie lange das gedauert hat, ist mir nicht erinnerlich. Zwei Frauen kamen aus der Tür und brachten mich ins Haus. Es waren Mutter und Tochter. Sie halfen, die nasse Kleidung auszuziehen, hängten sie zum Trocknen über den Herd, der angeheizt war, und gaben mir ein großes Handtuch. Die Frau schnitt mit einer Schere den nassen, durchgebluteten Verband auf und erneuerte ihn. Sie machte einige Schmalzbrote, gab mir einen großen Becher Muckefuck (Malzkaffee) und brachte mich in einer Kammer zu Bett, wo ich sofort einschlief. Nach dem Aufwecken am Abend sagte sie, ich hätte fast zwölf Stunden geschlafen.

Erst jetzt konnte ich ihnen etwas über meinen Weg bis hierher erzählen. Die Frau und ihre 16jährige Tochter waren sehr hilfsbereit. Meine mit Sicherheitsnadeln gekürzte Hose und Jacke hatten sie umgenäht. Der Mann war im Osten vermißt. Bei der Bewirtschaftung des Hofes half ein Pole, der nach der Besetzung durch die Amerikaner verschwunden war. Über diese wußten sie wenig, obwohl das für meinen weiteren Weg von Bedeutung war. Sie sagten nur, während der Sperrstunde von 22 bis 6.30 Uhr dürfe sich niemand im Freien aufhalten. Die Tochter bot mir ein in der Scheune abgestelltes altes klappriges Fahrrad an, das vorne einen Platten hatte. Es gab aber weder Flickzeug noch eine Luftpumpe. Am nächsten Morgen besorgte sie beides im Dorf. Nachdem wir das Rad repariert hatten, bedankte ich mich für die Hilfe und fuhr, glücklich darüber, nicht mehr laufen zu müssen, mit meiner holländischen Kennzeichnung in Richtung Heimat. Die war noch ca. 240 km entfernt.

Der erste Ort, Aken, war von den Amis besetzt. Sie nahmen von mir keine Kenntnis. Unbehelligt fuhr ich bis Köthen weiter, wo Kontrollen erfolgten. Frech das Risiko eingehend, als Pseudoholländer erkannt zu werden, radelte ich darauf zu. Sie winkten mich durch. Am frühen Abend kam ich bis Bernburg an der Saale. An die Brückenkontrolle traute ich mich nicht heran, setzte mich in der Nähe am Flußufer auf eine Bank, beobachtete die Amis und erinnerte mich an unsere Erfahrung, daß Posten in bestimmten Abständen abgelöst und bei der Übergabe unaufmerksam würden. Als ich die Ablösung kommen sah, schob ich das Rad bis kurz vor die Brücke. Die Amis unterhielten sich und waren abgelenkt. Ich schwang mich aufs Fahrrad und war wieder einmal durch. In einer abgelegenen Scheune versteckte ich das Rad unter Stroh, aß die von den beiden Damen in Groß Kühnau als Wegzehrung mitgegebenen Brote und legte mich schlafen.

Am nächsten Tag radelte ich über Aschersleben und Quedlinburg unbehelligt bis kurz vor Vienenburg. Fast alle Orte waren voller Amerikaner. Sie beachteten mich nicht. Eine rechtzeitig bemerkte Kontrolle vor Quedlinburg konnte ich umfahren. Am Rathaus der Stadt hing ein Aufruf folgenden Inhalts: »Wir kommen als Sieger und nicht als Befreier! Alle nicht offiziell entlassenen Angehörigen der geschlagenen deutschen Wehrmacht haben sich sofort im Rathaus zu melden! Während der Sperrstunden ist das Verlassen der Häuser verboten! Der Besitz von Waffen wird mit dem Tode bestraft! Eine Fraternisierung mit den Soldaten der Besatzung ist verboten! Den Anordnungen der Militärregierung ist Folge zu leisten! Zuwiderhandlungen werden bestraft. Der Ortskommandant.«

Dieses Plakat erwähne ich absichtlich für diejenigen, die als Folge einer über die Nachkriegsgenerationen verhängten »reeducation« bis heute den Unsinn nachplappern, wir hätten den Alliierten für unsere Befreiung ewig dankbar zu sein. Das galt zweifellos für die von Deutschland besetzten Staaten, Kriegsgefangene, politische Häftlinge und Verfolgten des Regimes, nicht aber für uns Deutsche. Wir fühlten uns keineswegs befreit, sondern besetzt, zerstört, vertrieben, großer Teile unserer Heimat beraubt, unterdrückt und bestraft. Die erbärmlichen deutschen Lebensverhältnisse änderten sich erst nach drei Jahren, 1948, obwohl unsere Besieger über materielle Hilfsmöglichkeiten im Übermaß verfügten. Deutschenhaß und Rachsucht bestimmten ihre Entscheidungen und Handlungen. Obwohl Deutsche auch viel Schuld auf sich geladen haben, kann nicht verschwiegen werden, daß fast alle unsere Gegner selbst noch in der Nachkriegszeit Menschenrechtsverletzungen begangen haben, was unstrittig dokumentiert worden ist. Jeder Krieg ist ein Verbrechen. Die Geschichte beweist aber leider, daß ein solcher Konflikt stets mit Grausamkeiten auf allen Seiten verbunden ist, denen meist Unschuldige zum Opfer fallen.

In der Nähe von Vienenburg hatte ich mich beim Umfahren einer Gruppe von Polen verfranzt und bat einen etwa 16jährigen Jungen um Auskunft über den nächsten Weg nach Bad Salzgitter. Als er fragte, was mit meinem Fuß sei, kamen wir ins Gespräch. Er war ein ehemaliger Jungvolkfähnleinführer, der einen Volkssturmeinsatz hinter sich hatte, aber rechtzeitig vor den Amis nach Hause kam. Er lud mich in sein Elternhaus ein. Dort verbrachte ich die letzte Nacht vor meiner Heimkehr. Er erzählte mir unglaubliche Geschichten, die über die von den Alliierten übernommenen deutschen Rundfunkstationen verbreitet worden waren. Adolf Hitler sei nicht gefallen, sondern habe sich erschossen. Stets die Mär vom asketischen Junggesellen verbreitend, habe er eine Geliebte namens Eva Braun gehabt. Na und? Warum nicht? Die hätte man ihm gegönnt!
Dr. Goebbels soll seine sechs Kinder vergiftet haben, bevor er seine Frau und sich erschoß.
Der Reichsführer SS und Chef der deutschen Polizei, Heinrich Himmler, wurde verkleidet in Bremervörde verhaftet und beendete sein Leben mit Hilfe einer Zyankaliampulle.
Die Reichsregierung unter Admiral Dönitz sei verhaftet worden.

In einem KZ namens Auschwitz wären Millionen von Juden vergast worden. Den Namen Auschwitz sowie von den dortigen Verbrechen hörte ich zum erstenmal und hielt beides für Kriegspropaganda; denn so etwas war für uns Soldaten undenkbar. In Konzentrationslagern seien Tausende von Häftlingen verhungert. Die Erklärung, daß die Versorgung nicht zuletzt durch die ständigen Tieffliegerangriffe der amerikanischen und englischen Jagdbomber zusammengebrochen war, wurde ignoriert.

Alle verantwortlichen Führungspersönlichkeiten würden vor Gericht gestellt. Waffen-SS-Angehörige sollten sich darauf einrichten, lebenslang auf einer Insel interniert zu werden. In Gefangenschaft geratene deutsche Soldaten würden noch jahrelang für den Wiederaufbau der zerstörten Länder eingesetzt werden. Sie mußten ihre Rangabzeichen sowie Orden ablegen und die feldgrauen Uniformen umfärben. Die jüngere Militärgeschichte kennt kein vergleichbares Beispiel dafür, einen unterlegenen Gegner derart ehr- und würdelos behandelt zu haben Es bedeutete eine Verletzung jahrhundertelang geltender ungeschriebener internationaler soldatischer Spielregeln. Unsere Gegner schienen unter dem Einfluß bestimmter politischer Gruppen jede Fairneß verloren zu haben.

Nach einer aufgrund dieser Informationen fast schlaflosen Nacht fuhr ich am frühen Morgen los, hatte nur noch ca. 90 km vor mir und kam nach Umfahren von zwei Kontrollpunkten nachmittags in Hameln an. Die Weserbrücke war durch Sprengung zerstört. Zum anderen Ufer, wo das von meinen Eltern bewohnte Haus in Sichtweite war, führte ein Holzsteg, der auf beiden Seiten von bewaffneten Soldaten bewacht wurde. Davor war zunächst Endstation. Den Versuch, mittels meiner holländischen Vignette wie in den Fällen davor, frech wie Oskar draufloszugehen, hielt ich kurz vor dem Ziel für zu riskant.

In der Innenstadt wohnte eine Freundin meiner Mutter, genannt Tante Ellen, die ich schon als Junge sehr verehrte. Wir besuchten uns vor dem Krieg gegenseitig in Hameln und Hannover. Ihr Mann, Onkel Kagu (Abkürzung für Karl-Gustav), war Brennstoffgroßhändler, vermögend und gehörte zu den Honoratioren der Stadt. Die Familie besaß im ersten

Stock eines Mietshauses in bester Wohngegend eine große, sehr elegant eingerichtete Wohnung.

Ich stellte mein Rad vor der Haustür ab. (Es wurde sofort geklaut, was damals ein unersetzlicher Verlust war) und klingelte. Als ich vor der Wohnungstür stand, öffnete Tante Ellen und fragte, auf mein holländisches Abzeichen blickend: »Was wünschen Sie?« Ich grinste, worauf sie mich erschreckt erkannte und ausrief: »Mensch, Rudolf, du komischer Vogel (daher stammt der Titel meiner Erinnerungen!), wie siehst du denn aus, und wo kommst du um Gottes willen her?« Sie ließ mich rein und plazierte mich in einem ihrer Wohnzimmersessel. Dort hatte ich 1943 beim letzten Besuch in Uniform gesessen. Der Unterschied war gravierend. Jetzt hockte dort ein heruntergekommener, schmutziger, unrasierter, langhaariger Mensch mit verbundenem Fuß in einem unmöglichen Aufzug, der aussah wie Don Quichotte, der Ritter von der traurigen Gestalt. Onkel Kagu bekam den Mund nicht zu und sagte: »Bevor es weitergeht, hole ich uns erst einmal einen Cognac, am besten zwei.« Das paßte zu seiner fröhlichen Natur und der stets geröteten Nase. Die beiden zehnjährigen Zwillingstöchter musterten mich wie ein seltenes Insekt und bemerkten, Onkel Rudolf würde ihnen sicher wie früher interessante Geschichten erzählen können.

Tante Ellen hatte inzwischen ihre Fassung wiedergewonnen und nahm sich des unerwarteten Problems in ihrer energischen, praktischen Weise an. Sie begann mit der schockierenden Frage, wie ich es geschafft hätte, mit der Tätowierung meiner Blutgruppe an der Innenseite des linken Oberarmes bis nach Hameln zu kommen. Es hatte sich herumgesprochen, daß nach der Kapitulation von Hameln alle gefangenen Soldaten ihren Oberkörper frei machen und die Arme heben mußten. In Wehrmachtsuniform getarnte Waffen-SS-Angehörige wurden anhand dieses Kainsmals identifiziert, ausgesondert, verprügelt und mit einem LKW abtransportiert. Ich hatte an der Stelle ein »A« und keine Ahnung, daß diese vernünftige Kennzeichnung für den Fall einer Bluttransfusion nur für unsere Truppe gefährlich werden konnte. Tante Ellen befahl mir, alle Klamotten auszuziehen, und ließ ein Bad ein. Den verwundeten Fuß sollte ich auf den Rand legen, um einen neuen Verband zu bekommen. Als sie die Wunde sah, offen, wildes Fleisch, Eiter, sagte sie zu ihrem Mann, er solle sofort ihren Arzt anrufen. Der war aber von den Amis für das mit Verwundeten überfüllte Hamelner Lazarett dienstverpflichtet worden und deshalb nicht erreichbar.

Tante Ellen war zusammen mit meiner Mutter in der Wehrmachtsbetreungsstelle als Krankenschwester tätig gewesen, kannte sich aus und versorgte den Fuß. Im Anschluß an das Bad gab sie mir Zahnbürste und Rasierapparat. Danach sah ich wieder einigermaßen aus. In einem Bademantel bekam ich etwas zu essen und wurde mit der Bemerkung, vorläufig hierzubleiben, in das Bett des Gästezimmers gesteckt. Onkel Kagu suchte etwas zum Anziehen aus seinem Schrank. Meinen Anzug legte Tante Ellen zur Seite, Hemd, Unterwäsche und Socken warf sie in den Mülleimer. Die nächste Maßnahme war die Benachrichtigung meiner Eltern. Die Wasser-, Strom- und Gasversorgung funktionierte wieder, das Telefon aber nur auf dieser Weserseite. Tante Ellen machte sich auf den zehnminütigen Weg über den Brückensteg. Zu Hause traf sie meine Mutter und meine Schwester Ingeborg an, die zwei Tage vor der Einnahme Hamelns vom Arbeitsdienst und Kriegshilfsdienst in Solingen entlassen und auf dem Kotflügel eines LKW der Organisation Todt sitzend angekommen war. Sie sagte zu Tante Ellen, daß sie sich etwas einfallen lassen und am nächsten Morgen kommen würde. Diese Mitteilung war beruhigend, denn meine clevere Schwester war einfallsreich, mutig und fackelte nicht lange. Die Unterbringung und Versorgung eines Waffen-SS-Angehörigen auch aus der eigenen Familie stand unter Strafe.

Am nächsten Mittag kam Inge mit einem ausgeklügelten Plan. Sie hatte weserabwärts nahe Fischbeck Verbindung mit einem Polen aufgenommen, der gegen Zigaretten einen illegalen Fährbetrieb über die Weser mit einem geklauten Ruderboot betrieb. Der Übergang funktionierte.

Zwischenspiel

Im Untergrund

Das Betreten des Hauses, in dem meine Familie wohnte, war gefährlich. Im Erdgeschoß befand sich der Stab einer belgischen Truppe. Außerdem lebten dort noch drei andere Familien, die wir mit meiner Anwesenheit nicht belasten wollten. Inge hatte auf dem Boden eine Dachkammer eingerichtet, in der ich bis zu meiner Genesung bleiben sollte. Vor die Tür wurde ein Schrank gestellt, dessen Rückwand entfernt worden war. Das Zimmer mußte man durch die Schranktür betreten oder verlassen. Es ließ sich aber nicht vermeiden, daß ich zum Klo ungesehen in die elterliche Wohnung gehen mußte, was manchmal schwierig war. Ein Nachttopf nach Großvätersitte war dabei manchmal hilfreich. Nachdem ich die Dachkammer bezogen hatte, ergaben sich mehrere Probleme. Ich war auf ärztliche Hilfe angewiesen, besaß eine verräterische Tätowierung, hatte keine Papiere und keine Lebensmittelmarken. Das bedeutete für meine Angehörigen die Teilung der ohnehin unzureichenden Hungerrationen mit mir.

Am nächsten Tag ging meine Schwester zum Hausarzt der Familie, den ich allerdings nicht kannte. Der weigerte sich unter Hinweis auf seine Familie, das Risiko eines Hausbesuches einzugehen, gab ihr aber Verbandzeug, Desinfektionsmittel und Heilsalbe mit. Inge schaffte meine Heilung innerhalb von acht Wochen ohne ärztliche Hilfe.
Das habe ich ihr niemals vergessen.

Inzwischen war auch mein Vater von einem Volkssturmeinsatz zurückgekehrt. Als politisch Belasteter hatte er sich einige Wochen bei einer befreundeten Familie auf dem Lande einquartiert. Das erwies sich als unnötig, Niemand wollte etwas von ihm.

Als nächstes mußte das »A« unter dem linken Oberarm verschwinden. Mit dem Gasbrenner des Küchenherdes brachte ich die Spitze eines Schraubenziehers zum Glühen, bat meinen alten Herrn, den Arm zu halten, und brannte die Tätowierung heraus. Das zischte und schmerzte, war aber erfolgreich. Brandsalbe und Pflaster drauf. Fertig! Wie schon gesagt, wir waren ziemlich hart im Nehmen.

Jetzt mußten Papiere beschafft werden. Ich nahm Verbindung mit meinem alten Jungvolkkumpel Horst Voigt auf, der offiziell aus der Wehrmacht entlassen worden war. Er nahm seinen Entlassungsschein als Vorlage und produzierte eine mit meinen Personalien und Paßbild versehene Fälschung. Der Stempel wurde mit einem hartgekochten Ei übertragen, was aber etwas blaß geriet. Jetzt stand ich nicht mehr ganz blank da.

Als nächstes stand die Beschaffung von Bekleidung an. Zu kaufen gab es nichts. Ich besaß nur den Pullover und eine alte Hose von Onkel Kagu sowie meinen Fluchtanzug, mit dem man allerdings nächtlicherweise nicht einmal über den Friedhof gehen konnte. Er wurde gewaschen und umgearbeitet. Als die Eisenbahnen wieder in Betrieb waren, fuhr mein Vater zu meinen ehemaligen Wirtsleuten bei Celle, um den dort hinterlassenen Koffer mit meiner Extrauniform abzuholen. Der war noch da! Die Wirtsleute hatten aber klugerweise alle auf die Waffen-SS hinweisenden Embleme entfernt. Sie übersahen dabei einen unter dem Deckel plazierten Umschlag mit Dokumenten, Schulterstücken und EK. Das am Waffenrock befindliche EK-Band und das Sturmabzeichen waren verschwunden. Die Uniform wurde blau eingefärbt. Trotzdem sah man dem Zivilisten immer noch den Soldaten an.

Die bis zu meiner Wiederherstellung in der Dachkammer verbrachte Zeit der Untätigkeit nutzte ich zu einer Bilanz meiner Kriegseinsätze. Ich hatte immer einen Schutzengel und unverschämtes Glück, wie man aus den Erlebnisschilderungen entnehmen kann. Mir halfen dabei ein angeborener Instinkt für gefährliche Situationen, die ich oft schon vorher ahnte, eine sehr schnelle Reaktionsfähigkeit, ein durch Überlegungen gesteuertes taktisches Gefühl, Vorsicht und die Ablehnung sogenannter Heldentaten. Über Kleinigkeiten oder Dummheiten konnte ich mich maßlos aufregen. Wenn es aber ernst wurde oder es uns an den Kragen ging, entwickelte ich eine Eiseskälte, die mir manchmal selber unheimlich vorkam. Ich wurde einmal ziemlich schwer und zweimal leicht verwundet. Der Druckausgleich meines Gehörs funktioniert als Folge der Detonationswellen von Granaten und Bomben nicht mehr. Besonders beim Fliegen in Maschinen mit undichten Druckkabinen bekomme ich noch heute starke Kopfschmerzen, die erst eine Stunde nach der Landung abklingen. Als Folge der Flecktyphuserkrankung plagte mich ein Herzmuskelschaden, der erst fünf Jahre später ausgeheilt war.

Bei Beendigung des Krieges war ich noch nicht 21 Jahre alt!

Dem Inferno der letzten Schlacht des Zweiten Weltkrieges bei Halbe, die Militärhistoriker als zweites Stalingrad bezeichneten, bin ich mit viel Glück entkommen.
Die sowjetischen Truppen waren uns vierfach überlegen. Sie präsentierten sich im Gegensatz zu unseren abgekämpften, demoralisierten Restverbänden hochmotiviert. Die siebentägigen Kämpfe kosteten ca. 80.000 deutsche und ca. 180.000 russische Menschen das Leben. Etwa 120.000 unserer Soldaten gerieten in Gefangenschaft. Die meisten kehrten nicht zurück. Viele Vermißtenschicksale sind bis heute ungeklärt. Auf dem Soldatenfriedhof in Halbe, den ich nach der Wiedervereinigung zusammen mit meiner Frau aufsuchte, wurden ca. 22.000 Tote bestattet, von denen nur ca. 8000 identifiziert werden konnten. Bis 1988 fand man in der Region noch Skelette Gefallener, teilweise mit Erkennungsmarken.

In der Bodenkammer quälten mich nächtliche Alpträume, in denen ich das Grauen des Krieges noch einmal erlebte. Im Traum erschienen mir

157

meine gefallenen Kameraden mit ihren weit aufgerissenen starren Augen und den sich krümmenden Fingern, nachdem sie bereits tot waren, die zerfetzten Körper von Soldaten, Frauen und Kindern, die nach ihren Müttern schreienden 15jährigen verwundeten Jungen in HJ-Uniform und die Einschläge von Geschossen. Schweißgebadet wachte ich auf und stellte fest, daß mein Herz laut schlug. Im Laufe der Zeit gelang es mir, diese Erlebnisse zu verdrängen. Ich habe auch nicht drüber sprechen wollen. Mit diesem Buch ist die Erinnerung wieder aufgebrochen. Viele Nächte schlief ich nicht mehr gut.

Meine heimliche Anwesenheit in der Bodenkammer blieb den Hausbewohnern nicht verborgen. Der belgische Stab war verlegt worden und das Haus wieder besatzungsfrei.

Inzwischen hatte sich die britische Militärregierung etabliert. Als besonders gefährlich erwies sich der Geheimdienst CIC, in dem Söhne jüdischer Emigranten, die in den dreißiger Jahren Deutschland verlassen hatten, als englische Offiziere agierten.

Deutsche betätigten sich als Denunzianten. Ein im Hause wohnender höherer Beamter der Stadtverwaltung, dessen Sohn gefallen war, verlangte mehrmals meinen Auszug. Auf die Frage meines Vaters, wohin ich mit der noch nicht ausgeheilten Verwundung gehen sollte, schlug er die Meldung im Lazarett eines englischen Gefangenenlagers vor. Dies lehnten meine Eltern ab. Jetzt wurde es nicht nur für mich, sondern auch für die Eltern und Inge noch gefährlicher.

Die einzige Möglichkeit unterzutauchen bot ein Job in der Landwirtschaft. Mein Vater machte den klugen Vorschlag, diese unsichere Zeit nicht als Landarbeiter, sondern für eine landwirtschaftliche Lehre zu nutzen. Als ich mich Ende Juli wieder einigermaßen bewegen konnte, nahm ich meinen gefälschten Entlassungsschein, meldete mich unter falscher Anschrift beim Einwohnermeldeamt an, erhielt eine Bescheinigung, jedoch keinen

Ausweis. Mit dieser Bescheinigung bekam ich Lebensmittelkarten. Damit ging ich zum Arbeitsamt und bat um Vermittlung einer landwirtschaftlichen Lehrstelle. Man gab mir drei Anschriften. Die Beschreibung eines ca. 20 km von Hameln entfernten Betriebes sagte mir zu. Ich rief dort an. Der Landwirt war Friedrich Meyer, Ahrenfeld, im Landkreis Hameln-Pyrmont. Er sagte:»Kommen Sie morgen zur Vorstellung! Wenn wir Gefallen aneinander finden, können Sie sofort hierbleiben. Am besten bringen Sie ihre Sachen gleich mit. Am 1. August fuhr ich hin, blieb und unterschrieb aufgrund meines fortgeschrittenen Alters einen auf zweieinhalb Jahre verkürzten Lehrvertrag.

Mit dieser Entscheidung wurden mehrere Fliegen mit einer Klappe geschlagen. Mein Untertauchen in einem abgelegenen Ort befreite Eltern und Hausbewohner in Hameln von der Gefahr, für die verbotene Unterbringung eines SS-Offiziers im Falle seiner Entdeckung bestraft zu werden. Damit waren aber auch meine Ernährungsprobleme und der ewige Hunger endlich vorbei. Denn Landwirtschaftsbetriebe erzeugten ihre Nahrungsmittel selbst und litten in Notzeiten keinen Mangel. Ich konnte mich endlich wieder satt essen.

Mein Lohn betrug 25 Reichsmark pro Monat bei freier Station. Eine stolze Summe! Man gab mir ein Eckzimmer mit zwei kleinen Fenstern. Das Mobiliar bestand aus Bett, Schrank, Tisch und Stuhl. An der rechten Wand befand sich eine verschlossene Verbindungstür zum Nebenzimmer, die später eine sehr praktische Bedeutung erlangte.

Die sanitären Verhältnisse waren, verglichen mit heute, noch mittelalterlich. Ich wusch mich in einer im Pferdestall auf einem Brett stehenden Schüssel. Darüber hingen ein kleiner Spiegel und ein Becher. Das Wasser entnahm ich einem neben den Pferdetränken befindlichen Hahn. Das klassische ländliche Plumpsklo befand sich im Schweinestall. Die diesbezüglichen Geschäfte wurden stets durch lebhaftes Grunzen begleitet. An einem Haken hing sauber geschnittenes Zeitungspapier.

Die Familie bestand aus dem Senior, seiner Frau, dem 30jährigen Junior Fritz, dessen Frau Elli und ihrem zweijährigen Sohn. Fritz, mit dem ich gut zurechtkam, hatte auch eine NS-Vergangenheit (nicht SS, sondern SA). Er war von Beruf Ingenieur, mußte aber den väterlichen Hof übernehmen, nachdem sein älterer Bruder gefallen war. Der Senior, eine starke, eigenwillige Persönlichkeit, war zwar noch der Chef, aber Fritz schmiß den Laden. Er hatte was drauf und war ein guter Lehrmeister.

Dann gab es dort noch eine junge Dame, die aber nur alle 14 Tage am Wochenende nach Hause kam. Sie war sechs Jahre älter als ich und sehr lebenslustig. Sie schlief im Nebenzimmer. Zwischen uns begann es heftig zu knistern. Die Verbindungstür zwischen unseren Zimmern erwies sich als nützlich. Sie organisierte den Schlüssel. Als wir einmal die Zeit verschlafen und leichtfertigerweise den Türriegel nicht umgelegt hatten, kam Fritz ins Zimmer, weckte uns und verschwand mit verständnisvollem Lächeln. Er schwieg eisern. Das tat ich bei einer ihn betreffenden ähnlichen Situation ebenfalls. Männer sind in derartigen Fällen eben Komplizen.

Auf dem Hof gab es einen Lehrlingskollegen namens Martin und einen Knecht, wie man damals sagte. Er hieß Wilhelm, war ein 1,90 m großer Riese mit Schuhgröße 45 und Händen so groß wie ein Klosettdeckel. Das Hausmädchen Gerda war ihm sehr zugetan, was sie allerdings nicht daran hinderte, gelegentlich auch Martin ihre Gunst zu schenken. Das war ein lustiges Haus!

Der Betrieb hatte eine Größe von 140 Morgen, heute vha, und lag auf einem der fruchbarsten schweren Böden Niedersachsens. Es wurden Weizen, Hafer, Zuckerrüben, Runkelrüben, Kartoffeln und Rotklee angebaut. Außerdem erfolgten Saatgutvermehrungen von Gräsern und Runkelrüben. Das Grünland wurde als Weide oder zur Heugewinnung genutzt. In den Ställen standen zwei, später drei schwere Pferde, darunter die Stute Lotte, die zur Zucht eingesetzt wurde. Der Hengst stand auf dem 3 km entfernten Hof Spiegelberg, wohin ich mit der Stute zum Decken ritt. Im Stall standen zwölf schwarzbunte Kühe, die als prämierte Herdbuchtiere gute Milchleistungen brachten. Der hofeigene Bulle hieß Calmus. Der Nachwuchs bestand aus etwa 20 Rindern und Kälbern. Dann gab es noch zwei Zugochsen, die mich zur Verzweiflung brachten, ca. 20 Borstentiere mit einem Eber, 30 Hühner und einen laut krähenden Hahn. Den Hof bewachte ein Schäferhund, die Mäuse hielten drei Katzen in Schach. Unter dem Scheunendach hatte ein Uhu, der nach dem Aberglauben Schutz vor Feuersbrunst bot, sein Nest. Die Tiere garantierten unsere Vollbeschäftigung. Meine angeborene Tierliebe wurde durch diese buntgemischte Herde mehr als befriedigt.

Der altertümliche Trecker war ein Deutz-Diesel, der mit Kurbel und Zündpatrone angeworfen wurde und die sagenhafte Geschwindigkeit von 8 km/h erreichte.
Die Landtechnik befand sich noch auf dem Vorkriegsstand und war mit dem heutigen Niveau nicht einmal ansatzweise vergleichbar. Das modernste Gerät war ein Mähbinder. In der Scheune stand eine Dreschmaschine mit Elekromotor. Fünf Ackerwagen mit großen eisenbeschlagenen Rädern waren für die umfangreichen Transporte des Landwirtschaftsbetriebes gerade eben ausreichend. Für die Bodenbearbeitung wurden Einschar- und Schälpflüge sowie Eggen und Curzonwalzen eingesetzt. Die meisten Arbeiten erfolgten von Hand. Das betraf Melken, Ausmisten, Mistaufladen und -streuen, Rübenhacken, Verziehen, Heuwenden, Garbenaufstellen, Aufladen, Abladen in der Scheune, Einbansen und Bedienen der Dreschmaschine, Schleppen von schweren Getreidesäcken auf den Boden, Kartoffel- und Zuckerrübenauflesen sowie Aufladen mit der Forke. Es waren schwere körperliche Arbeiten. Wir wurden um 5 Uhr morgens geweckt, melkten, misteten aus und putzten die Pferde. Um 7 Uhr gab es Frühstück, um 9 Uhr eine Viertelstunde Pause. Um 12 Uhr waren Mensch und Tier auf dem Hof zurück. Die Pferde wurden gefüttert, die abgekalbten Kühe gemolken. Dann wurde gemeinsam gegessen. Um 14 Uhr ging es weiter bis 18 Uhr. Nach dem Füttern aller Tiere

und dem Melken gab es Abendessen. Der Feierabend begann niemals vor 19.30 Uhr. Sonnabends war um 18 Uhr Schluß, sonntags um 12 Uhr. Aber das abendliche Füttern blieb uns nicht erspart. An diesen Tagen wechselten wir uns ab. In der Erntezeit gab es nur Essenspausen. Es wurde so lange malocht, bis die Arbeit fertig war. Diese heute unvorstellbar lange Arbeitszeit empfanden wir als normal und beklagten uns nicht.

Die Atmosphäre auf dem Hof war super. Wir hatten eine Menge Spaß. Als ich eines Morgens zum Füttern der Pferde in den Stall kam, lehnte der Wallach Felix an der Wand, hatte die Vorhand gekreuzt, ließ den Kopf hängen und sah mich anstatt der üblichen »Wwwwuf«-Begrüßung mit glasigen Augen an. Er war nicht angebunden. Wir bekamen ihn nicht wach. Der Chef rief den Tierarzt an. Der fragte, was das Pferd gefressen hätte. Es schien besoffen zu sein. Erst da entdeckten wir, daß es eine größere Menge Kartoffeln gefressen hatte, die nach der Ernte in einer Abseite des Stalles gelagert waren. Durch die Ammoniakverdauung der Kartoffeln im Körper bildete sich Alkohol. Felix war total blau! Mit fünf Mann holten wir ihn aus dem Stall. Er ging nicht wie ein normaler Gaul, sondern eher im Paßgang eines Kamels. Vor dem Misthaufen fiel er um und schlief dort mehrere Stunden lang seinen Rausch aus. Ein stinkbesoffenes Pferd hatte es dort noch nie gegeben. Das machte Schlagzeilen.

Die Tochter des Nachbarn, des örtlichen Gastwirtes, wollte heiraten. Das heißt nach den damals herrschenden Moralvorstellungen: Sie mußte. So etwas nannte man Galopphochzeit. Es wurden mehrtägige Feiern angesetzt, zu denen man Martin, Wilhelm, Gerda und mich nicht eingeladen hatte. Wir beschlossen, ihnen einen Denkzettel zu verpassen. Das Plazieren eines alten verrosteten Kinderwagens auf dem Dach und das Hieven eines Klapperstorches aus Pappe an der Fahnenstange waren uralte Hüte, die uns keinen Lacher abforderten. Ich erinnerte mich an die Streichideen meiner Jugendzeit. Am Polterabend holten wir einen Wagen voll Mist und luden ihn auf der Freitreppe des Hochzeitshauses ab. Dann kletterten Martin und ich mit einer dort stehenden großen Leiter aufs

Dach und deckten den qualmenden Schornstein mit einer Holzplatte ab. In kurzer Zeit war der Saal voll Rauch. Die Fenster wurden aufgerissen. Der Brautvater öffnete laut schimpfend die Doppelhaustür, wollte wütend die Übeltäter erwischen und stand vor dem Misthaufen auf der Treppe. Der Brautmutter war das wohl auf die Blase geschlagen. Sie eilte über den Hof zum Plumpsklo, was wir aus einer Ecke beobachteten. Mit einem Nagel heftete ich die Tür so zu, daß sie sich selber befreien konnte. Sie protestierte laut schimpfend. Das waren zweifellos grobe Scherze, die nicht nur uns noch lange amüsierten.

Trotz der schweren körperlichen Strapazen bin ich bei Meyers gerne gewesen und erwarb in dieser Zeit die Grundkenntnisse für meinen späteren Beruf in der Pflanzenzucht und Saatgutvermehrung, einem Spezialbereich der Landwirtschaft. Im Gegensatz zu den meisten meiner Mitbewerberkollegen hatte ich von der Pike auf gelernt und war ihnen damit immer um eine Nasenlänge voraus. Ungewöhnlich war nur, daß ich Großstädter eine landwirtschaftliche Tätigkeit ausübte und damit problemlos klarkam. Die theoretischen Kenntnisse erwarb ich auf der Landwirtschaftlichen Lehranstalt in Hameln, einer sehr angesehenen Fachschule. Jeden Mittwoch fuhr ich mit der Bahn dorthin. Die Unterrichtszeit betrug acht Stunden zu je 45 Minuten.

Meine Eltern besuchte ich bei diesen Gelegenheiten absichtlich nicht, weil immer noch keine normalen Verhältnisse herrschten und weiter nach Männern wie mir gefahndet wurde.

Nach zwei Monaten fragte der Direktor, ob ich mich als Schulsprecher zur Wahl stellen wolle. Es blieb rätselhaft, warum er ausgerechnet mich auswählte, obwohl ich mich wegen meiner Vergangenheit stets unauffällig verhalten hatte und nicht auffallen durfte. Ich lehnte den Vorschlag ab, was das Lehrerkollegium nicht verstand. Der Grund war die mir bekannte Verordnung der Militärregierung, der zufolge alle Kandidaten für Ehren- und politische Ämter einen Fragebogen einzureichen hatten, der detaillierte Angaben über ihre politischen Betätigungen forderte. Dieses Risiko konnte ich nicht eingehen. Aber das Unglück war bereits passiert; denn die Schule hatte den Fragebogen ohne mein Wissen beantragt, wodurch ich ahnungslos in das Visier des englischen Geheimdienstes CIC geraten war.

Am 6. Februar 1946, neun Monate nach Kriegsende, wurde ich unvorsichtig und besuchte nach der Schule meine Eltern. Die Gelegenheit schien günstig zu sein, weil in Hameln und Umgebung wegen einer Hochwasserkatastrophe chaotische Zustände herrschten. Englische Kampfflugzeuge hatten während des Krieges die Eder-Talsperre mit Torpedos zerstört, wodurch die Wasserregulierung der Weser nicht mehr funktionierte. Schneeschmelze und Regenfälle taten ein übriges. Der Steg über die zerstörte Weserbrücke befand sich nur noch wenige Zentimeter über der Wasseroberfläche. Das Haus, in dem meine Eltern wohnten, stand zwar hoch, aber ringsherum floß das Wasser durch die Straßen. Die Leute fuhren dort mit Booten umher. Die Schiffe der Oberweser-Dampfschiffahrtsgesellschaft wurden als Fähren eingesetzt. Sie steuerten durch die Gärten über die Bäume hinweg bis an den Straßendamm und legten dort an. Durch die Wasserwüste führte ein Eisenbahndamm, auf dem sich Rehe, Füchse, Hasen, Wildschweine, Hamster, Ratten und Mäuse in Sicherheit gebracht hatten. Das allein war eine zoologische Sehenswürdigkeit.

Gefangennahme

Internierung

Auf dem Brückensteg fanden keine Kontrollen mehr statt, so daß ich ungehindert nach Hause gehen konnte. Meine Mutter war über meinen Besuch besorgt, weil am Vortage ein Brief der englischen Ortskommandantur mit der Anschrift Rudolf Vogel und der Aufforderung, sich heute dort zu melden, abgegeben worden war. Mein Vater, der ebenfalls Rudolf Vogel hieß, allerdings mit einem Dr. davor, hatte den Brief geöffnet und war vor zwei Stunden dort hingegangen. Meine Mutter saß am Fenster und bemerkte, daß mein Vater in Begleitung von zwei englischen Militärpolizisten und einem Offizier über den Wersersteg auf das Haus zukam. Bevor ich mich durch eine der Hintertüren absetzen konnte, waren sie bereits in der Wohnung, riefen: »hands up!« und durchsuchten mich. Mein Vater sagte: »Junge, mach keinen Mist und akzeptiere die Situation! Du hast keine Chance zu entkommen. Die Briten wissen alles über dich. Sie haben dein Untergrunddasein dank des Schulfragebogens entdeckt.« Der akzentfrei Deutsch sprechende Offizier erklärte mich für verhaftet und befahl mir, meine Sachen zu packen. Es würde ein paar Tage dauern. Daraus wurden nahezu zwei Jahre. Meine wenigen Habseligkeiten waren in Ahrenfeld. Ohne Gepäck wurde ich mit vorgehaltenen Maschinenpistolen in das Untersuchungsgefängnis von Hameln gebracht und zusammen mit einem warmen Bruder in eine Zelle gesperrt.
Am nächsten Tag begann ein Verhör durch den englischen Offizier. Er eröffnete die Partie mit der Bemerkung: »Sie hatten feine HJ-Kameraden! Einer hat Sie denunziert, nachdem wir Sie aber schon im Visier hatten. Wir wissen inzwischen über Sie und Ihre Kriegsteilnahme aus dem Documents Center in Berlin Bescheid, wo sich alle Personalak-

ten der Waffen-SS-Angehörigen befinden.« Er las mein Dossier vor. Es endete mit meiner Versetzung zur »505« und stimmte haargenau. »So, NSDAP-Mitglied waren Sie auch?« Davon wußte ich nichts und bestritt es. Daraufhin nannte er mir meine Mitgliedsnummer. Der Brief über die automatische Parteiaufnahme hatte mich in den Kriegswirren nicht erreicht. Anschließend sprach er von Auschwitz, Judenvergasungen und anderen Kriegsverbrechen. Davon hatte ich noch niemals etwas gehört und bat ihn aus Überzeugung, diese Propagandamärchen neun Monate nach dem Krieg zu unterlassen. Daraufhin zeigte er Aufnahmen von Leichenbergen hinter Stacheldraht, die ich als mögliche Fotomontagen mit der Bemerkung deutete, derartige Verbrechen seien für mich absolut unglaubwürdig. So etwas könne nicht wahr sein. Er möge doch endlich mit diesen Horrorgeschichten aufhören. Daraufhin bezeichnete er mich als Lügner und schlug mir ins Gesicht. Nach dieser Szene reagierte ich mit passivem Widerstand und lehnte jedes weitere Gespräch ab.

Man brachte mich in die Zelle zurück, wo ich drei Wochen bei Hungerrationen ohne Informationen oder weitere Vernehmungen schmorte. Mir wurde nicht erlaubt, meine Eltern über meinen Verbleib zu informieren. Für sie blieb ich fast ein halbes Jahr verschollen.

Zusammen mit vier mir unbekannten Männern wurde ich unter Bewachung von zwei bewaffneten britischen Posten auf einen geschlossenen LKW verladen, der uns in ein Kriegsverbrecheruntersuchungslager in der Nähe von Verden brachte. Gespräche untereinander waren verboten. Man arrestierte uns in schwarzen Nissenhütten, die nur einen 1,50 m breiten mit Stacheldraht gesicherten Gang besaßen. Dort veranstaltete man stundenlange Verhöre, um zu ermitteln, ob ich an Kriegsverbrechen beteiligt gewesen wäre. Im Mittelpunkt standen immer wieder Fragen über Konzentrationslager, Auschwitz, Judenvergasungen und Morde, an die ich nicht glauben konnte. Man zeigte mir Filme und Fotos. Trotzdem hielt ich solche Handlungen für undenkbar, weil sie die von unseren Familien, Schulen und Jugendorganisationen vermittelten Grundwerte auf den Kopf stellten und bedeutet hätten, daß wir einer verbrecherischen Clique ausgeliefert waren. Das konnte nicht sein! Dafür hätten wir unsere Knochen nicht hingehalten!

Nach einer Woche verlegte man mich für einige Tage in das englische Gefangenenlager Westertimke. Meine Reise endete aber erst im »Civilian Internement Camp« Sandbostel bei Bremervörde, wo man mich 22 Monate nutz- und sinnlos wegsperrte.

Sandbostel war ein heruntergekommenes Gefangenenlager der ehemaligen Wehrmacht. Es lag auf einer vegetationslosen Sandfläche, ausgestattet mit Holzbaracken und einigen massiven Gebäuden. Ursprünglich bestand es aus zwei Teilen, die durch eine 5 m breite Gasse getrennt waren. Den rechten Teil hatte man nach einer Typhusepidemie abgebrannt. Am Eingang und in den Ecken standen Wachtürme mit bewaffneten Posten und Scheinwerfern. Als Einzäunung diente ein doppelter elektrisch geladener Stacheldraht. Darin waren in 25 m Abstand je zwei Strahler installiert. Davor befand sich ein 3 m tiefer Wassergraben mit einem Warndraht, dem man sich nur bis auf 2 m nähern durfte, um nicht beschossen zu werden. Im Frühjahr und Herbst gerieten, irritiert durch die nächliche Beleuchtung, Tausende von Zugvögeln in den Stacheldraht und blieben darin verendet hängen. Das war ein trauriger Anblick.

Das Lager war mit ca. 4500 Männern, vorwiegend ehemaligen Waffen-SS-Angehörigen ab Dienstgrad Oberscharführer (Feldwebel) bis Obergruppenführer (General) belegt. Ferner mit Diplomaten, Ärzten, Beamten des höheren Dienstes, Gestapo-und Sicherheitsdienstangehörigen, Parteiführern bis zum Gauleiter und einigen höheren HJ-Führern. In ihrer Nazi-Hysterie hatten die Engländer auch harmlose Normalbürger verhaftet, die einen Berufstitel mit der Bezeichnung »Rat« trugen. Das waren Studienräte, Landräte und Regierungsräte, die nicht verstanden, warum ihnen die Ehre eines automatischen Arrestes, so die offizielle Bezeichnung, zuteil wurde. Es war eine auf engem Raum konzentrierte bunte Gesellschaft. Abgesehen von der negativen Situation als Gefangener werde ich niemals wieder mit so interessanten ehemals führenden Persönlichkeiten zusammenkommen, die vieles erzählten, was uns bis dahin verborgen geblieben war. Das blieb eines der wenigen positiven Erlebnisse dieser Zeit.

Nachdem man uns in das Lager gefahren hatte, wurden wir von Wachmanschaften durch die Lagergasse und ein Tor auf den Appellvorplatz getrieben. Neu ankommende Gefangene waren in der Abgeschlossenheit eines Lagers immer Objekte der Neugier. Dort hatten sich etwa 50 Insassen eingefunden. Inmitten dieser Gruppe stand mein ehemaliger Kommandeur, Dr. Peter des Coudres, und der Oberscharführer Nini Bösche, der den KFZ-Instandsetzungstrupp unserer Abteilung geführt hatte. Total überrascht begrüßten wir uns. Des Coudres war einen Tag nach unserem Ausbruch aus dem Kessel von Halbe mit dem Rest unserer Abteilung durch den russischen Einschließungsring gestoßen und hatte zusammen mit Bösche die Elbe erreicht. Sie setzten über und begaben sich im Gegensatz zu mir freiwillig in englische Gefangenschaft. Mir fiel auf, daß mein früher so fröhlicher Kommandeur sehr deprimiert war. Aus seinen Erzählungen über die Kämpfe nach unserer Trennung an der Autobahn konnte ich den Grund nachempfinden. Alle seine langjährigen Kameraden waren entweder gefallen oder in Gefangenschaft geraten, wo sie als Waffen-SS-Angehörige wahrscheinlich sofort liquidiert wurden. Nur er und Bösche kamen durch. Darunter hat dieser sensible Mann und verantwortungsbewußte Offizier sehr gelitten. Mein Bericht konnte seine Stimmung auch nicht verbessern, nachdem wir feststellen mußten, daß von 305 Soldaten unserer SS-Werfer-Abteilung 505 nur wir drei dem Inferno entkommen waren. Mit ihm blieb ich befreundet. Nach meiner Entlassung mußte er noch ein Jahr in Sandbostel verbringen. Als Jurist erhielt er danach eine Position beim Max-Planck-Institut für internationales Privatrecht in Hamburg. Er ist inzwischen verstorben.

Die nächste Überraschung war Hartmann Lauterbacher, der ehemalige Gauleiter und Oberpräsident der Provinz Hannover. Wir kannten uns aus unserer Jungvolkzeit. Im Lager machten wir Spaziergänge entlang des Warndrahtes. Eines Tages gelang ihm, wahrscheinlich mit Hilfe von außen, die Flucht. Er schrieb mir später aus Italien. Sein Buch »Erlebt und mitgestaltet« ist ein objektiver Bericht über seine Hannoversche Zeit.

In der Kopfstube unserer Baracke war Willi Blomquist, unser ehemaliger HJ-Gebietsführer, untergebracht, der als gelernter Goldschmied mit einfachsten Mitteln eine Betätigung fand. Blomquist war der höchste HJ-Führer Niedersachsens gewesen.

Im Lager befanden sich noch einige ehemalige SS-Offiziere, mit denen ich während meiner Dienstzeit in Beneschau und München zu tun hatte. Der Obergruppenführer und General der Waffen-SS Harmel führte zuletzt die SS-Pz.Division Hohenstaufen.

Auch unser »Weltanschauungsapostel« aus Tölz war darunter, mit dem wir einen bösen Disput über die uns verschwiegenen Rechtsverletzungen hatten, wofür man uns als daran nicht Beteiligte pauschal zu bestrafen beabsichtigte.

Weitere ehemalige Waffen-SS-Angehörige anderer Einheiten kannte ich nicht. Wir alle blieben aber in der Gefangenschaft unseren Prinzipien treu und versuchten, diese trostlose Zeit mit Haltung zu überstehen.

Die Barackenstuben waren mit jeweils acht Mann belegt. Darin befanden sich zweistöckige Holzbetten. Matratzen oder Strohsäcke und Kopfkissen gab es nicht. Wir schliefen mit zwei Decken auf den blanken Brettern. Anstelle von Spinden wurde ein am Kopfende des Bettes befestigtes Brett für die Aufbewahrung unserer wenigen Habseligkeiten benutzt. Es gab einen Tisch und einige Holzschemel. An der Decke hing eine ungesicherte Glühbirne. Zerbrochene Fensterscheiben wurden nicht ersetzt. In der Ecke stand ein eiserner Ofen. Brennmaterial haben wir selbst im harten Winter 1946/47, als der Schnee bis zur Unterkante der Dächer stand, nicht einmal gesehen. Wir verbrannten den doppelten Fußboden und alle entbehrlichen Holzteile der Baracke, um uns bei größter Sparsamkeit am Tag eine knappe Stunde Wärme zu verschaffen.

Die Baracken waren derartig verwanzt, daß wir bei wärmerem, trockenem Wetter davor im Sand schliefen. Vergasungen wirkten nur vorübergehend. Die Wanzen waren interessante Studienobjekte. Bisher waren wir im Osten nur mit Läusen in Verbindung gekommen. Jetzt fehlten in unserem Sortiment nur noch die Flöhe.

Die Toiletten befanden sich in gemauerten Gebäuden. Dort zog es ständig, weil es zwar Fensteröffnungen, aber keine Fenster gab. Je zehn Tonklos ohne Ring und Deckel waren an den Außenwänden, jeweils zwei Zehnerreihen in der Mitte, sozusagen Hintern gegen Hintern, installiert. Es gab weder Spülungen noch Papier. Mangels Trennwänden war die Benutzung immer ein Gemeinschaftserlebnis besonderer Art. Sehr begehrt war eines der wenigen Arbeitskommandos, genannt 4711. Es bestand aus acht Mann, welche die Jauche mittels einer Handpumpe in ein Faß auf Rädern leiteten, das Gefährt aus dem Lager zogen und auf einem Feld davor entleerten. Begehrt deshalb, weil sich draußen verbotene Kontaktmöglichkeiten ergaben.

Jede Woche gab es eine Massenduschveranstaltung. Die Hautfalten besonders älterer Leute sind mir in unschöner Erinnerung geblieben. Bei uns Jüngeren sah man die Knochengerüste durchschimmern.

Im Mittelpunkt stand unser permanenter Hunger. Morgens bekamen wir einen halben Liter dünne Milchsuppe mit einer undefinierbaren Einlage und Muckefuck. (Malzkaffee). Mittags gab es an sechs Tagen der Woche einen dreiviertel Liter Steckrüben-, sonntags Erbsensuppe dünnster Konsistenz. Und das ohne Abwechslung! Abends wurden 150 g Brot, eine Wurstscheibe oder Leberkäse, ein Klacks Margarine und ein Löffel Marmelade unter den Argusaugen der Stubeninsassen peinlich genau verteilt. Dazu gab es wieder Muckefuck. An sogenannten Festtagen wurde anhand einer von der Lagerverwaltung geführten Strichliste der ausgekochte

Malzkaffeesatz in einer Wanne an die empfangsberechtigte Baracke ausgegeben und zur Aufbesserung der morgendlichen Milchsuppe verwendet. In ähnlicher Weise erfolgte die Verteilung von dreimal ausgekochten Knochen der Steckrübengerichte, die sich als eine Spielart von Kaugummi großer Wertschätzung erfreuten. Die meisten Lagerinsassen waren unterernährt und litten wegen des Eiweißmangels unter Ödemen.

Es gab Praktiker, die mit Primitivfallen Spatzen fingen. Fangleistung max. zwei pro Woche. Gärtner zogen im Sand Steckrüben, die bestenfalls Tennisgröße erreichten. Aus einem abgeschlossenen Sportraum wurden zwei mit Mais gefüllte Boxbirnen geklaut und die mindestens zehn Jahre alten knochenharten Körner verspeist.

Als Essensgeschirr und Trinkgefäße dienten leere Konservenbüchsen, die als Wertgegenstände sorgsam gehütet wurden.

Jeden Mittag traf sich eine Gruppe von Spezialisten, die mittels Kochrezeptentwürfen ihre Hungergefühle zu mildern versuchten.

Verpflegungsdiebstahl wurde intern durch ein von der Jahreszeit unabhängiges Bad im Feuerlöschteich geahndet.

Kleidung war Mangelware. Die von Emblemen und Auszeichnungen befreiten, zum Teil abgerissenen feldgrauen Uniformen wurden umgefärbt. Als Ersatz gab es ausgemusterte blaugefärbte englische Kleidungsstücke. Die Schuhe wurden mit Resten von ausrangierten Autoreifen besohlt. Ansonsten lief man in Holzpantinen herum. Mit dem Outfit konnte die einstmals stolze Truppe keinen Staat mehr machen. Diese krankhaften Demütigungen waren von unseren rachsüchtigen Besiegern zweifellos politisch gewollt. Sie waren unnötig, weil sie die Falschen trafen.

Rundfunk und Zeitungen gab es nicht. Wir erfuhren über ein Jahr lang nicht, was außerhalb des Lagers vorging.

Der Postverkehr wurde auf Sparflamme praktiziert. Jeder Internierte erhielt pro Vierteljahr eine rote Antwortpostkarte, auf der hin und zurück maximal 15 Worte geschrieben werden durften. Sie wurde zensiert. Bis zum Eingang der Antwortkarte vergingen bis zu zehn Wochen. Illegaler Briefverkehr war verboten und wurde mit Arrest bestraft. Lockerungen von dieser Vorschrift ergaben sich erst nach fast zwei Jahren. Diese Zeit hatten die Engländer für die Erkenntnis gebraucht, daß die »fucking bastards«, wie sie uns nannten, ganz normale Menschen waren und auch so behandelt werden mußten.

Arbeit gab es bis zum Juni 1947 nur für etwa 450 Lagerinsassen, die zum Holzfällen, Torfstechen oder für Dienstleistungen bei den Engländern eingesetzt wurden. Erst wenige Wochen vor unserer Entlassung bestanden Einsatzmöglichkeiten auf freiwilliger Basis in der regionalen Landwirtschaft gegen die ehrenwörtliche Verpflichtung, nicht zu fliehen.

Es gab eine Reihe von Fortbildungsmöglichkeiten, weil es im Lager qualifizierte Fachleute, Professoren und Dozenten, gab, die verschiedene Lehrgänge veranstalteten. Diese waren sehr gefragt, weil die Mehrzahl der Internierten eine höhere Schulbildung absolviert oder studiert hatte. Wir Jüngeren hätten die Zeit gerne für das Nachholen des Abiturs genutzt. Aber das wurde uns nicht gestattet. Die Teilnahme an diesen Lehrgängen war mit dem Privileg verbunden, beschriebenes rotes Durchschlagpapier aus dem Bremerhavener Fischereihafen zu erhalten, dessen Rückseite für Notizen (aber auch für hinterlistige Zwecke) benutzt werden konnte.

Die Gesundheitsfürsorge war trotz bescheidener Ausstattung infolge einer Ärzteschwemme sehr gut. Daran waren nicht nur unsere angesehenen Truppenärzte beteiligt, sondern auch Kapazitäten aus Universitäten und zivilen Krankenhäusern, die man als Opfer des britischen Verfolgungswahns in Sandbostel eingesperrt hatte, weil sie Mitglieder der Allgemeinen SS oder anderer Organisationen gewesen waren.

Lagerkommandant war der englische Colonel Vickers, ein auch nach deutschen Maßstäben akzeptabler Offizier und sympathischer Mann. Er und seine Soldaten behandelten uns korrekt, aber distanziert, worauf wir in gleicher Weise reagierten. Mißhandlungen, die bei Gefangennahmen oft vorgekommen waren, fanden nicht statt. Unter dem Eindruck ihrer Kriegspropaganda waren wir aber für sie noch gefährliche »war criminals«, denen man sich nur mit größter Vorsicht nähern durfte. Sie hatten vor der internierten Truppe immer noch Respekt und trauten ihr selbst hinter Stacheldraht nicht über den Weg. Das änderte sich im Laufe der Zeit und vermittelte uns das Gefühl, daß man gerne bessere Beziehungen herstellen wollte. Dem standen aber die rigorosen Vorschriften der Sieger entgegen. In 22 Monaten Sandbostel habe ich mit keinem Engländer gesprochen, obwohl ich ihre Sprache einigermaßen beherrschte. Colonel Vickers hatte nur einen Tick. Er wollte Sandbostel zum Vorzeigelager der britischen Zone machen. Wie er auf die Idee kommen konnte, die desolaten Internement-Camps in einen Wettbewerb zu stellen, war unerfindlich. Wir spotteten: »Vickers internees are the best.«

Direkte Kontakte zwischen den Engländern und uns gab es nicht. Die Verbindungen erfolgten über den deutschen Lagerältesten, einen ehemaligen SS-Obersturmbannführer (Oberstleutnant), der den Innenbetrieb mit Assistenz der Barackenältesten organisierte.

Ansagen erfolgten über Lautsprecher. Täglich um 17 Uhr fand eine Anwesenheitskontrolle auf dem Appellplatz statt, zu der die Lagerinsassen barackenweise anzutreten hatten. Wenn die Zahl nicht stimmte, mußten wir bis zur Klärung oft mehrere Stunden dort stehen bleiben.

Nach Ertönen der Lagersirene hatten wir uns in die Stuben unserer Baracken zu begeben und vor den Betten zu warten. Das wurde für einige gefährlich. Der Grund war meistens eine sogenannte Auslieferungskommission aus ehemals besetzten Ländern, die nach Soldaten fahndete, welche in ihren Ländern vorwiegend zur Partisanenbekämpfung eingesetzt worden waren. Anhand einer von den Engländern geführten Liste mit Personalangaben, Baracken- und Stubennummern wurden die Betreffenden identifiziert, festgenommen, in Handschellen abgeführt, in Arrestzellen gesperrt und kurz darauf ausgeliefert. Es fehlte jede Gewähr für Rechtsschutz oder ein gerechtes Verfahren. Oft genügte zur Auslieferung die ehemalige Zugehörigkeit zu einer Truppe, ohne an irgendwelchen Aktionen beteiligt gewesen zu sein. Ein Freund von mir, der Angehöriger der SS-Gebirgsdivision Prinz Eugen gewesen war, wurde in Sandbostel abgeholt, in Jugoslawien für einen Einsatz vor Gericht gestellt, an dem er nicht teilgenommen haben konnte, weil er in jener Zeit zusammen mit mir einen Offizierslehrgang in Bad Tölz besucht hatte. Er wurde zum Tode verurteilt und gehängt.

Dieser Rachejustiz sind nach dem Krieg schätzungsweise 10.000 deutsche Soldaten aller Ränge und Waffengattungen zum Opfer gefallen. Das waren Menschenrechtsverletzungen, wozu Siegermächte Beihilfe geleistet haben.

Der Ausbruchsversuch einer kleinen Gruppe, die sich einer derartigen Gefahr entziehen wollte, mißlang, wobei es Tote und Verwundete gab.

Nach der auch von den Alliierten unterzeichneten Haager Landkriegsordnung gab es unter anderem auch Regeln für Kriegsgefangene. Sie verpflichteten die Gewahrsamsmächte zu deren Entlassung innerhalb einer gesetzlich festgelegten Zeitspanne nach einem Krieg. Daran hat sich kein Siegerstaat korrekt oder mancher nur verspätet gehalten. Die Waffen-SS fiel als militärische Truppe unter dieses Abkommen. Die Engländer heuchelten Vertragstreue, indem sie uns zur offiziellen Entlassung aus der Kriegsgefangenschaft einbestellten, den Entlassungsschein aushändigten und sofort danach zu Zivilinternierten erklärten. Auf Proteste erwiderten sie, Deutschland habe bedingungslos kapituliert und besitze keinerlei Rechte mehr. Was rechtens sei, bestimme allein die Besatzungsmacht.

An den Lautsprechern des Appellplatzes wurden wir zur Anhörung des Nürnberger Kriegsverbrecherprozesses gezwungen, dessen Berechtigung wir nur für die unbestreitbaren Verbrechen gegen die Menschlichkeit akzeptierten. Die Verurteilungen von Feldmarschall Keitel und Generaloberst Jodel zum Tod durch Erhängen empfanden nicht nur wir als Verstoß gegen ungeschriebene internationale soldatische Traditionen. Als Prozeßbeobachter teilnehmende alliierte Offiziere verließen bei der Urteilsverkündung unter Protest den Gerichtssaal.

Entgegen dem Völkerrecht, demzufolge keine Verurteilung für Tatbestände erfolgen darf, die bisher nicht unter Strafe standen (Rückwirkungsverbot), wurde die Waffen-SS pauschal zur verbrecherischen Organisation erklärt. Pauschal bedeutet, daß jeder ehemalige Soldat der WaffenSS, unabhängig von persönlicher Schuld, ein Verbrecher war. Dieses Urteil hat die erste Bundesregierung in den fünfziger Jahren nicht anerkannt. Im Zusammenhang mit der Gründung der Bundeswehr fiel es sang- und klanglos unter den Tisch. Aber nur wenige nahmen davon Kenntnis, und es spukt noch heute in manchen Köpfen herum, obwohl inzwischen 60 Jahre vergangen sind. Der damalige Bundeskanzler Konrad Adenauer erklärte unserem ranghöchsten Offizier, dem Obergruppenführer und Generaloberst der Waffen-SS, Paul Hausser, daß es keinen Grund gebe, Soldaten der Waffen-SS zu diskriminieren, die ehrenvoll für ihr Land gekämpft hätten. Ich erwähnte das bereits zu Beginn des Kapitels »Zweiter Weltkrieg«. Leider sehen das Teile unserer Medien im Rahmen der »politischen Korrektheit« noch heute anders.

1947 richteten die Engländer auf dem stillgelegten Stader Flughafen für die in Sandbostel internierten ehemaligen Waffen-SS-Angehörigen sieben sogenannte Spruchgerichte zur Umsetzung des Nürnberger Urteils ein. Sie wurden mit deutschen Richtern und Staatsanwälten, oft ehemaligen Gerichtsoffizieren der Wehrmacht, besetzt, die sich aus dieser Berufung eine Wiedereinstellung in den Justizdienst erhofften und offenbar keine Skrupel besaßen, sich von den Siegern zur Verurteilung ihrer ehemaligen Kameraden mißbrauchen zu lassen. So etwas wäre in keinem anderen

Land möglich gewesen. Jeder Internierte ab Dienstgrad Oberscharführer (Feldwebel) bis zum Obergruppenführer (General) wurde angeklagt und verurteilt. Unteroffiziere und Mannschaften waren unverständlicherweise nicht betroffen und bereits entlassen worden! Die Strafen waren relativ gering, richteten sich nach dem Dienstgrad und galten mit der Lagerhaftzeit als verbüßt. Aber darauf kam es nicht an. Ziel war die Diskriminierung durch Eintragung in das Strafregister. Die Urteilsbegründung in meinem Verfahren war haarsträubend. Sie enthielt Ereignisse, an denen ich nicht beteiligt, und Orte, wo ich noch niemals gewesen war. Man warf mir die Unterstützung von Judenvergasungen und Menschenrechtsverletzungen vor, allein durch meine Zugehörigkeit zur Waffen-SS begründet, ohne konkrete Fälle nennen zu können. Man unterstellte mir Kenntnisse, die ich nicht hatte. Sonst nichts. Dieses Urteil hat meine negative Einstellung zu einer Justiz, die keine Gerechtigkeit kennt, sondern nur Urteile praktiziert, bis heute geprägt.

Gegen das Urteil legte ich Berufung ein und mußte zum zweitenmal in Stade erscheinen. Das Verfahren endete mit der Einstellung wegen »geringfügiger« Schuld. Zu einem meiner Lage angemessenen Freispruch konnten sich diese Richter unter englischer Aufsicht nicht durchringen.

Meine Stunde null

Drei Tage nach dem ersten Urteil verfügte man meine Entlassung aus dem Lager mit folgenden Auflagen: Der Wohnort oder der Landkreis durfte nicht ohne Genehmigung verlassen werden. Alle 14 Tage hatte ich mich bei der Polizei zu melden und erhielt dazu ein abzustempelndes Formular.

Ich mußte mich unverzüglich einem Entnazifizierungsverfahren stellen und wurde in die Kategorie V als nicht Belasteter eingestuft.

Mein schulisches Reifezeugnis war wertlos. Es bestätigte nur den Abschluß der mittleren Reife. Ich hätte gerne das Abitur in einem zweijährigen Lehrgang nachgeholt und anschließend studiert. Aber davor stand als unüberwindliches Hindernis der berüchtigte Fragebogen als Zulassungsvoraussetzung, in den die Vergangenheit eidesstattlich einzutragen war. Die Zulassung wurde mir trotz Verfahrenseinstellung und Entlasteter nach Kategorie V verweigert. Begründung: politisch untragbar! Also kein Abitur und kein Studium! Das waren damals die Realitäten.

Ich war nun 23 Jahre alt und hatte einiges hinter mir, was man dieser Geschichte entnehmen kann. Für heutige Verhältnisse etwas zuviel. Die Zeit in Sandbostel war zwar verloren, hat jedoch meine Entwicklung durch Lebenserfahrungen und die Begegnung mit interessanten Menschen gefördert, aber auch tiefe Spuren über die Vergangenheit hinterlassen, in die wir alle zwangsläufig, meistens ohne Schuld, verstrickt worden waren.

Eine erschütternde Begegnung hat sich mir tief eingeprägt. Eines Tages wurde eine Gruppe von 20 Mann ins Lager gebracht. Es handelte sich um die auf den Wachtürmen von Auschwitz eingesetzten Bewachungsmannschaften. Natürlich stellten wir ihnen Fragen über die uns von den Engländern vorgehaltenen Verbrechen. Als sie die Ereignisse bestätigten, brach unsere Welt zusammen. Die Bestätigung dieser Verbrechen an unschuldigen Menschen war für uns ein schwerer, kaum zu überwindender Schock, weil diese Täter die gleiche Uniform wie wir getragen und unsere Soldatenehre besudelt hatten.

Wir mußten erkennen, getäuscht, mißbraucht und verraten worden zu sein. An die sinnlosen Opfer unserer gefallenen Kameraden mochten wir nicht denken.

Wir waren bemüht, die Vergangenheit aufzuarbeiten. Keiner von uns verließ Sandbostel als Unbelehrbarer von gestern. Niemand stellte die unentschuldbaren Verbrechen in Frage. Schuld ist jedoch immer etwas Persönliches. Sie muß bestraft werden. Aber eine Kollektivschuld gibt es in keinem Rechtsstaat der Welt!

Deshalb empfanden wir es als unbegreiflich, nach dem altertümlichen Grundsatz »vae victis« (Wehe den Besiegten!) angeklagt und verurteilt worden zu sein, während die Taten unserer ehemaligen Gegner, auch in der Zeit nach dem Krieg, tabuisiert worden sind.

Am Jahresende 1947 wurde ich, versehen mit 50 RM, dem finanziellen Erlös von fast zwei Jahren, vor das Lagertor gesetzt. Mit dem Handikap einer politisch nicht tragbaren Vergangenheit stellte ich mich meiner persönlichen Stunde null in der Erkenntnis, daß mir viele Türen zukünftig verschlossen bleiben würden.

Quellenverzeichnis

Karte der Sowjetunion Westhälfte
Regionalkarte Rund um Berlin

Paul Hausser
»WAFFEN-SS IM EINSATZ«
Verlag K. W. Schütz, Preußisch Oldendorf
ISBN 3 877 25 004 -1

Bernhard Baumgart
»HALBE 1945« – Durchbruch in den Untergang
Druffel Verlag, Berg am Starnberger See 1999
ISBN 3 8061 1126-6

Richard Lokowski / Karl Stich
»DER KESSEL VON HALBE« – Das letzte Drama
Brandenburgisches Verlagshaus, Berlin1997
ISBN 3-89488-112-7

Jan von Flocken
»HALBE MAHNT«
Denkschrift für Frieden und Völkerverständigung
Zentralfriedhof Halbe 1990
Buchverlag der Morgen, Berlin 1990
ISBN 3-371-00 322-1

Rudolf Vogel
»Tagebuchaufzeichnungen«